L'AMOUR

ET

LA PHILOSOPHIE.

L'AMOUR

ET

LA PHILOSOPHIE.

Par BERRIAT-SAINT-PRIX.

TOME CINQUIÈME.

A PARIS,

Chez LAVILLETTE et Compagnie, Libraires, rue Saint-André-des-Arcs, n°. 46.

1801.

L'AMOUR
ET LA
PHILOSOPHIE.

LIVRE NEUVIÈME.

CHAPITRE PREMIER.

RÉVOLTÉ de la domination du beau sexe, domination si accablante pour son orgueil, l'homme se plaît à lui chercher et à lui trouver des vices, des défauts, des travers, des ridicules. Doué par la nature d'une fibre plus forte, et d'organes moins irascibles, il se rit de cette sensibilité excessive, qu'elle départit à sa compagne, et qui sert à celle-ci pour assurer son triomphe, bien mieux que l'éclat de la beauté, ou l'artifice de la parure. Il affecte d'attribuer à toutes les femmes les simagrées de certaines coquettes, et il traite leurs fréquentes défaillances, de jeux d'actrices, de feintes préméditées. Il veut détruire en elles ce don précieux qu'il jalouse, et dont une

Tome V. A

fausse vanité lui fait étouffer le germe, aussitôt qu'il prend la robe de la virilité... Méprisez ses sarcasmes, bravez ses injures, sexe charmant qui conservez le signe le plus caractéristique de l'humanité ! pleurez, ah ! continuez de pleurer sur l'infortune ; laissez-le dans l'isolement affreux de sa prétendue fermeté, ou plutôt de son égoïsme ! Il se vante des avantages de son sang froid, mais avec cet œil sec, cette physionomie dépouillée de compassion, ce cœur presqu'ossifié par la dureté, il gémit, il enrage de la contrainte cruelle où le retient l'opinion, la divinité de son amour-propre, et le tyran perpétuel de son existence !....

Que l'envie de venger la plus belle moitié du genre humain des outrages de l'autre, ne nous fasse pas trahir la vérité !.. Ne nous le dissimulons point ; le bien a un terme, passé lequel il devient mal. Souvent les femmes s'abandonnent trop vite à leur sensibilité : un danger pressant les frappe ; c'est une rixe, c'est un incendie, par exemple, elles ne cherchent point à y remédier ; la douleur les prive du raisonnement, et pendant qu'elles se lamentent, le mal s'accroît et peut devenir irréparable. Tel étoit le cas où se trouvoient presqu'en même temps madame Mérinbert et l'amante de son fils.

M. de Martinville fréquentoit la maison Mérinbert avant que son régiment

partît pour Briançon. Aussitôt après la
tenue du conseil de guerre, il rendit
visite à Mad. Mérinbert, qui l'invita à
dîner. Il prit congé d'elle avant la fin
du repas. Les tambours se faisoient
entendre. « Vous êtes bien pressé de me
fuir, mon cher Martinville, lui dit-elle ;
vous atteindrez facilement votre corps,
dès qu'il ne va qu'à Voreppe. »

« Il est vrai, belle dame ; mais je suis
obligé de me trouver à une exécution qui
aura lieu à notre passage à la porte de
France. »

« De quoi s'agit-il ? y a-t-il quelque
chose d'extraordinaire ? »

« Ce sont deux soldats qu'on a condamné à la fusillade : l'un a donné un
soufflet à son officier ; l'autre s'est en-
dormi en faction, dans un poste avancé....
On regrette vivement celui-ci, continua-
t-il, en passant dans l'antichambre ; il
est de votre pays. »

« De Grenoble ? répondit-elle en l'accompagnant. »

« Précisément, c'est un jeune homme
très-courageux, et rempli de talens ; il
n'y a pas huit jours qu'il s'étoit engagé. »

« Il n'y a pas huit jours ! Son nom !
son nom ! »

« Charles Berrémin. »

Mad. Mérinbert pousse un cri affreux
et tombe évanouie aux pieds du capitaine. Il appelle ses domestiques ; on la

porte sur son lit ; un froid mortel glaçoit tous ses membres. Martinville envoya chercher à l'instant Thimothée.

Le charitain la rappela bientôt à la vie. Elle se lève sur son séant, ouvre les yeux, et apperçoit Martinville au pied de son lit ; elle pousse un nouveau cri : « Malheureux que fais-tu là ? rends moi mon fils que tu laisses fusiller !.... »

« Votre fils, madame ! Charles Berrémin !.... » Il n'a pas achevé de prononcer ce nom, qu'il entrevoit son rapport avec celui de Mérinbert. « Dieux ! s'écrie-t-il, il aura changé de nom. » Livré à la plus grande consternation, il se retire précipitamment. Il étoit convaincu qu'à cette heure l'exécution devoit être finie. Thimothée, qu'il en instruit, rentre aussi pâle que la mort, essayant envain de cacher son horreur. Madame Mérinbert, qui s'en apperçoit, s'élance de son lit, et veut courir à la suite de l'officier, malgré les efforts de ses femmes et du moine. Martinville reparoît au même instant, suivi de Montmartin qu'il a rencontré dans l'escalier. « Votre fils est vivant, madame ; voici M. le Comte qui vous l'attestera. »

Thimothée interrompt ensuite le récit que Montmartin se disposoit à faire ; il craint que la joie ne soit aussi funeste à Mad. Mérinbert que la douleur. « Votre fils est vivant, madame, vous

saurez le reste tantôt ; que ceci maintenant vous suffise. »

« Vous me trompez, barbares ! je veux
le voir , oui, qu'on me l'amène. » Elle
veut encore s'élancer hors de son lit :
heureusement M. Mérinbert paroît et
confirme la nouvelle. Il l'assure qu'elle
verra Charles le lendemain , mais qu'auparavant cela est impossible.

Le colonel, surpris de la course extraordinaire du maréchal, et appercevant
les signes qu'il faisoit en descendant de
voiture , avoit fait lui-même signe à l'officier de service de suspendre l'exécution,
dont il prononçoit le second comman-
dement. Charles, qui invoquoit alors ses
parens, sa maîtresse et le ciel, étonné
de ce retard, reporte ses yeux du côté
de ses camarades ; il apperçoit son père
et tombe sans connoissance, à cet aspect
si redouté ; les soldats le relèvent : un
peu d'eau rappelle ses sens. « Où est mon
père, s'écrie-t-il alors ? — Il ne t'a donc
pas reconnu , lui répond-on ; il se sauve
de ce côté. » Charles, le découvrant, pénètre à travers son escorte, et court
l'embrasser ; les soldats le poursuivent
et le rejoignent auprès du jurisconsulte.

Le maréchal survient avec le colonel,
et le fait relâcher. « Que signifie ceci ?
dit ce dernier ; c'est Charles Berrémin
qui est condamné et non point monsieur

votre fils. — Mon colonel, répond Charles, j'ai changé de nom en m'engageant; mon nouveau costume a sans doute trompé mon père. »

Le maréchal suspend le départ du régiment jusqu'à nouvel ordre ; il veut qu'on revoie d'abord le jugement de Charles, et il convoque, dans son hôtel, le conseil de guerre. Charles est conduit à la prison des casernes, et afin de le dérober aux regards importuns des curieux, on le place au milieu de sa compagnie.

Après avoir rassuré son épouse, M. Mérinbert se rend chez le maréchal où il examine les procès-verbaux et autres pièces relatives à cette affaire. En homme consommé dans le métier des lois, il a bientôt démêlé la question principale des questions accessoires ou incidentes. Il s'agit d'examiner si l'on a pu faire monter la garde à Charles et le placer en faction dans la redoute. Pour s'en assurer, il faut entendre les soldats de sa chambrée et ceux de la garde. On les mande.

Dans l'intervalle, impatient d'arborer le cordon rouge, le marin prie le maréchal de le recevoir commandeur de St-Louis. Cette cérémonie retarde la procédure de Charles, qui ne se termine qu'après minuit, et où les soldats déposent tous en sa faveur. Ils déclarent qu'ils

ont été induits en erreur par son adresse
à manier les armes : que, ne réfléchissant
pas qu'il pouvoit avoir appris l'exercice
d'un maître particulier, ils ont cru qu'il
connoissoit déjà le service : que, d'après
cette supposition, ils l'ont commandé de
garde, quoiqu'une recrue ne puisse l'être
avant qu'on lui ait enseigné tous les détails ; ils attestent qu'il étoit d'ailleurs
excessivement fatigué, et qu'habitué à
de bons lits, il a pu ne pas dormir, les
trois premières nuits, dans ceux qu'il
partageoit avec ses camarades.

D'après ces observations, et en considération du courage qu'a montré Charles
dans la redoute, le conseil de guerre,
mieux informé, l'absout de l'accusation.
Le colonel consent à ce qu'on lui délivre
son congé, et renvoie M. Mérinbert,
pour cet arrangement, à Martinville,
de la compagnie duquel il dépend. Le
jurisconsulte se rend aussitôt chez celui-
ci ; il est absent et l'on ne peut lui indiquer où il se trouve. Accablé de fatigues,
M. Mérinbert se retire, et est obligé de
renvoyer au lendemain matin, l'obten-
tion du congé de son fils.

CHAPITRE II.

ON pressent déjà l'influence de
de l'artificieux Montmartin. Mais pour
connoître les motifs qui le dirigeoient,
il faut revenir sur sa conduite depuis l'en-
rôlement de Charles.

On a vu, (liv. 8. ch. 2.) qu'aussitôt
qu'il en avoit été informé, il s'étoit déterminé à se rendre à Lyon. En arrivant
dans cette ville, il fut obligé de s'arrêter
quelque temps sous le vestibule de l'hôtel
où il descendit ; il s'agissoit de payer les
postillons et de faire remiser sa voiture.
Une société nombreuse et bruyante vint
le distraire de cette occupation. Des
jeunes gens, du genre suprême, s'empressoient autour de deux femmes richement parées. Suivant sa coutume imper-
tinente, Montmartin lorgna la première,
sar daigner se déranger du milieu du ves-
ti où il se trouvoit. La dame étonnée,
demanda une lorgnette, et fixa à son tour
le petit maître avec la même assurance,
ce qui donna lieu à de grands éclats de
rire. Le comte, feignant de ne pas les
remarquer, traversa tout-à-coup le vestibule, sans se découvrir, et embrassa le
conducteur de la dame, qu'il venoit de
reconnoître. « Eh ! bon jour, mon cher !

est-ce que tu ne te rappelles plus ton ami le comte ?.... »

« Cela n'est pas étonnant, interrompit la dame, il y a tant de comtes par le monde ! » et les risées de recommencer.

« Vous êtes facétieuse, belle dame, en honneur, » répondit Montmartin. En même temps, s'inquiétant peu d'offenser le cavalier qui la conduisoit, il lui présenta la main et voulut l'aider à monter dans sa voiture qu'on venoit de faire avancer. Comme il tenoit sa lorgnette de la même main, la dame feignit de croire qu'il la lui offroit. « Je l'accepte très-volontiers, dit-elle en la prenant; si j'en juge par votre constance imperturbable à la tenir devant vos yeux, elle doit avoir quelque propriété importante. » Elle s'élança aussitôt dans la voiture, au bruit des nouvelles risées que ce tour d'adresse occasionna. Sa compagne la suivit, ainsi que deux personnages, dont les habits dorés et les diamans annonçoient l'opulence.

Les jeunes gens s'égayèrent un instant sur le compte de Montmartin. Ils lui apprirent que la dame facétieuse n'étoit rien moins que la célèbre B.**, cantatrice de l'opéra de Paris, dont les saillies malignes sont connues de tout le monde, et sa compagne, la séduisante D.**, première danseuse du même théâtre. » Ta fatuité, lui dit son ami, vient de t'exclure des plus charmantes parties possibles. Ces

A 5

deux nymphes logent ici. Elles sont tenues sur le plus grand pied par deux des plus gros Crésus de cette ville. Après le spectacle, où elles vont actuellement, il y a tous les soirs un souper magnifique et nombreux , auquel succède un jeu d'enfer. »

« Je crois que tu plaisantes, mon cher ; moi être exclus de ces parties ! je prétends, au contraire, y être admis et dès ce soir même. » Les huées et les persifflages recommencèrent.

« Tu te moques de moi, mon cher comte ; comment veux-tu , après la manière dont tu t'es conduit, qu'on ose t'y présenter ? tu ne connois pas l'amour-propre de ces deux princesses , et surtout l'esprit malin de celle qui t'a si bien habillé. Si tu avois la hardiesse de te montrer chez elle , sois persuadé que tu serois écrasé. »

« Écrasé, mon petit monsieur ! apprenez que je suis en état de forcer ces deux femmes à me rendre des soins. » Les huées reprirent avec un tel fracas, qu'il eut bien de la peine à se faire entendre. « Tu dis qu'on y joue un jeu d'enfer ? et bien ! je m'y invite, et tu verras si je leur tiendrai tête. »

« Tu extravagues, mon ami ; nous nous contentons pour la plupart du souper ; les gros négocians ont mis le jeu sur un pied inabordable. »

« Sois tranquille, tu m'y verras ce soir, et dès demain ces beautés seront rangées sous mes étendards ; je vous en donne ma parole la plus sacrée. Faites-moi seulement le plaisir de ne leur en rien dire, et vous verrez si je la tiendrai. Si je ne réussis pas, je vous paie à tous le plus brillant souper qu'on ait jamais vu.» On le lui promit en le persiflant de plus belle. « Nous espérons, lui dit-on, que tu ne viendras pas dans ton équipage de voyageur ? »

« Je vous assure que je n'y ajouterai pas une seule épingle. » Il courut aussitôt chez plusieurs des débiteurs de Mad. Mérimbert, et avant la fin du spectacle, il réussit à retirer une partie des cinq cent mille francs. Il se rendit ensuite au souper où il trouva tous les espiégles. « Où sont donc ces deux divinités, mes chers amis ? — Elles quittent leurs habits de théâtre.... Plaisantes-tu ? nous croyons que tu ne viendrois qu'au jeu ? serois-tu assez hardi pour t'inviter au souper ? — Bagatelle, messieurs, bagatelle ! je m'inviterai bien encore.... prenez patience. »

« Si tu savois, reprit-on après de nouvelles risées, la manière dont elles ont parlé de toi dans les coulisses, tu irois bien vîte commander le souper que tu nous as promis. »

« Préparez-vous à le commander vous-mêmes ; je veux être le dernier des faquins, je vous le répète, si demain, elles

A 6

ne me font pas la cour. » Dans le fond ,
il étoit outré des plaisanteries de la cantatrice , et des persiflages et huées qu'elles
avoient occasionnées. Une fois que sa vanité étoit blessée, il n'étoit rien, absolument rien , qu'il ne sacrifiât pour se venger et rétablir , auprès des jeunes gens du
bon ton , ce qu'il nommoit sa *réputation*
et son *honneur*. Lorsque les actrices en-
trèrent , chacun s'empressa autour d'elles,
à l'exception de Montmartin qui s'assit
vis-à-vis de la redoutable railleuse à qui
on le fit remarquer.

« Attendez , dit-elle en sortant la lorgnette du petit maître , qu'est-ce que j'apperçois là vis-à-vis ? Oui, je ne me trompe
pas ; oh c'est bien lui ! tête plate , cerveau
étroit , nez alongé, bouche béante, oreilles
à la mode d'Arcadie. » De nouveaux
éclats de rire encore plus bruyans que les
premiers , interrompirent cet outrageant
portrait ; Montmartin ne parut pas y faire
seulement attention , quoiqu'intérieurement il en enrageât. Il ne répondit pas
un mot aux sarcasmes continuels de la
cantatrice , et il se leva à la fin du repas ,
affectant le maintien le plus tranquille.

Pendant qu'on mettoit les tables de jeu,
il appela les jeunes gens et leur répéta ses
sermens. « Je vous invite, mes chers amis,
à dîner et à souper demain ici ; ces deux
nymphes seront , je vous le jure, à
mes côtés et à ma disposition. » Il ouvrit

alors une armoire. « Qu'est-ce que vous faites-donc, monsieur ? s'écria M.lle B.**, cherchez-vous votre lorgnette ou votre langue ?.... je crois que vous les avez perdues l'une et l'autre sous le vestibule. » Sans répliquer, Montmartin tira un sac de louis si lourd, qu'il eut de la peine à le porter sur la table où il le vida, au grand étonnement de toute la compagnie.

Il joua ensuite, avec tant de bonheur, qu'il épuisa toutes les bourses, et gagna sur parole plus de cent mille francs. Les deux Crésus arrêtèrent, à deux heures après minuit, la ruine de leurs convives, en levant la séance avec leurs maîtresses ; les jeunes gens commencèrent à craindre pour leur pari ; plusieurs d'entr'eux raillèrent les dames sur leur sort futur.

Le lendemain matin, le comte se rendit chez elles, avec le plus opulent joaillier de Lyon, et fit étaler à leurs yeux des garnitures éblouissantes de diamans. « Vous pouvez choisir tout ce que vous voudrez, leur dit-il, mes toutes adorables ; je n'y mets qu'une condition : c'est d'abandonner pour moi, pendant deux jours seulement, vos deux gros Mylords. »

Prévenues du pari de Montmartin, et accoutumées à ruiner les seigneurs de Paris et de Londres, les actrices voulurent profiter de l'extravagante vanité du fat, qu'elles étoient d'ailleurs enchantées de punir. « Qu'entendez-vous par ce mot, *choisir*, M. le comte? est-ce que nous en avons le temps ? le choix sera bientôt fait : nous prenons tout. »

« Eh bien ! eh bien ! volontiers ; vous croyez me faire renoncer à la partie ! vous ne me connoissez-pas, je vous le jure sur ma parole la plus sacrée ! pour vous, mon cher, voilà qui commencera à payer l'emplette. » Il sortit, en même temps, un des sacs de louis gagnés la veille.

« Est-ce chez-nous qu'on fait des marchés, M. le comte ? s'écrièrent les actrices ; laissez, s'il vous plaît, ce sac sur la toilette : il servira à acheter les colliers et les chatons qui supporteront les diamants. »

« Comme vous voudrez, mesdames, je suis à vos ordres ; commencez votre toilette et n'y épargnez rien ; qu'elle surpasse tout ce que les plus riches dames de la cour ont jamais étalé de plus superbe. Nous dînerons ici et tantôt nous ferons un tour de promenade aux Broteaux. »

« Un instant, M. le comte, il nous faut des voitures ; vous sentez que les banquiers ne nous abandonneront pas celle dans laquelle ils nous conduisirent hier. »

« Rien de plus juste ; mais je n'ai guères le temps de veiller à tout cela ; je suis excédé d'affaires, en honneur ; et il faut que je parte après-demain et peut-être demain. »

« Eh bien ! nous nous en procurerons : vous n'aurez l'embarras que de payer. »

Montmartin remit au joailler les billets que les négocians lui avoient faits pour ce qu'il leur avoit gagné la nuit précédente. « J'espère, mon cher, lui dit-il en plaisantant, qu'il y a là de quoi commencer votre payement ; nous compterons demain ; je suis pressé. »

Absolument étranger à toute emplette de ce genre, et presque à toute autre, il s'imaginoit que les cent mille francs excéderoient de beaucoup la valeur des diamans ; le surplus avec trente mille francs qui lui restoient de bénéfice comptant, suffiroit pour faire face aux équipages, repas, frais de toilette, courses, etc.

Un joueur de hasard ne connoît point le prix de l'argent. Tout ce que les contes orientaux nous citent des prodigalités de certains aventuriers, n'est rien en comparaison de celle d'un joueur habituel ; il expose sur une carte, dans une seule minute, la moitié de sa fortune, et il la perd souvent avec la plus profonde indifférence. L'or est un meuble dont il ne peut se passer et qu'il ne peut souffrir tout à la fois ; il faut qu'à chaque instant il l'acquière et s'en débarrasse. Il n'a pas la moindre idée de l'emploi qu'il pourroit en faire ; il aura trente mille francs de propriété réelle, elle lui suffira à peine pour subsister très-médiocrement ; si une veine heureuse lui en procure dix fois plus , ne craignez pas qu'il cherche à en acquérir ni du faste, ni de l'opulence , ni de l'aisance, ni même à ajouter la moindre commodité à son étroit nécessaire ; il voudra au contraire doubler son bénéfice. Il y réussiroit qu'il n'en seroit pas rassasié ; il tenteroit alors de le pousser jusqu'à un million et progressivement. La fortune ne sauroit jamais assouvir ses désirs auxquels on peut appliquer, avec justesse, le *lassata nec dum satiata* , que Juvénal emploie avec tant d'énergie, pour peindre ceux de la mère de Britannicus.

Par l'aveuglement le plus inconcevable, le joueur , témoin journalier des caprices constans de la fortune , veut toujours la forcer dans ses derniers retranchemens. Il sait qu'il est impossible de ne pas perdre souvent , et il veut gagner sans cesse. On en a vu , l'on en voit encore , qui , transportés tout-à-coup de la dernière misère à une richesse considérable, ont résisté avec opiniâtreté aux sages conseillers qui les exhortoient à la retraite , et se sont replongés presqu'aussitôt dans leur première indigence.

Nous venons de dire que les joueurs n'ont aucune idée exacte de l'emploi qu'on peut faire de l'argent. Si quelque circonstance les engage à se servir des bénéfices qu'une chance heureuse leur a procurés à si peu de frais, il est rare que ce soit

d'une manière profitable, et presque tou‑
jours il les dissippent en ridicules extra‑
vagances.

Montmartin étoit de cette classe. Les
cinquante mille écus qu'il avoit gagnés,
remplissoient presque deux fois le but de
son voyage; l'envie de venger sa vanité
outragée, jointe à cette indifférence pour
l'or, qui tient aux grands joueurs, les lui
fit sacrifier à une courte jouissance d'or‑
gueil, plus que de sensualité; il espéroit,
il comptoit, il étoit presque sûr d'en ga‑
gner davantage à la séance suivante.

Il commanda un dîner splendide. Les
deux Crésus n'y furent pas oubliés; ils eu‑
rent la mortification de s'y voir supplanter
par le jeune voyageur, qui, pour faire res‑
sortir son triomphe, conservoit son cos‑
tume négligé au milieu des deux nymphes
étincelantes de diamans, aussi empres‑
sées de le courtiser que, la veille, elles
se montroient acharnées à le persiffler et
même à l'insulter. Il ne se possédoit pas
de joie, et les jeunes étourdis le regardoient
avec une envie qui redoubloit sa sotte
présomption. Les deux amoureux aban‑
donnés n'y purent tenir; leur vainqueur
s'appercevant de leur retraite, les invita
hautement à souper.

Après le dîner, on fit une course dans
la promenade la plus fréquentée. Les ac‑
trices s'étoient procurées deux équipages
complets et superbes : Montmartin étoit

avec elles dans le premier ; plusieurs des jeunes gens remplissoient le second : les autres les escortoient à cheval. Il seroit inutile de décrire les transports , l'ivresse de l'Amphitrion.

Cette ivresse redoubla au spectacle où il les conduisit ensuite. Placé entr'elles deux au premier rang d'une loge , pendant la comédie , les regards du public fixés sur lui , annonçoient l'envie générale qu'excitoit son bonheur ; et pendant l'opéra , les œillades qu'elles lui lançoient du théâtre , en remplissant leurs rôles , sembloient une espèce d'hommage des applaudissemens nombreux qu'on prodiguoit à leurs talens.

La fortune le favorisa encore au jeu de la soirée , mais un incident imprévu, lui enleva une partie considérable de son bénéfice. Les deux Crésus très - mortifiés de l'infidélité publique de leurs maîtresses, leur demandèrent un entretien particulier ; ils vouloient leur faire des offres qui balançassent celles de leur rival. Informé de cet entretien , celui-ci quitta le jeu , et l'on reconnut par la vérification des cartes , que la suite de sa taille lui auroit procuré un bénéfice aussi grand que celui de la veille.

« Messieurs,dit-il aux banquiers étonnés de son aspect, ne vous troublez point. Ayant eu l'audace de vous ravir vos adorables compagnes , je ne dois point trouver mauvais que vous cherchiez à prendre votre revanche ; mais je veux user de mes droits. D'ailleurs, belles dames, vous ne me connoissez pas quand vous écoutez les propositions d'autres personnes. » Il les reconduisit à l'instant au tripot où, en présence de la compagnie étonnée, il leur abandonna tout l'or qu'il avoit laissé sur la table, c'est-à-dire, deux à trois mille louis : puis les prenant fièrement sous le bras, il salua les amateurs. « Je suis désolé, mes chers amis, d'être forcé de vous quitter...., je vous donne ma parole que demain au soir vous aurez amplement votre revanche. Je vous retiens tous à dîner ; à l'égard du souper, je pense que ces jeunes gens nous en donneront un des plus jolis. Me reconnoissez - vous vainqueur ? »

« Oui, oui, répondirent cinquante voix, » et on l'accompagna avec mille applaudissemens.

Le lendemain après dîner, les joailliers et autres fournisseurs se présentèrent au moment où l'on alloit monter en voiture. Comme Montmartin avoit annoncé qu'il partiroit le jour suivant, ils s'empressoient de réclamer leur payement.

« En honneur, mes chers amis, c'est une vraie trahison, un véritable assassinat ; on ne vient pas ainsi troubler les plaisirs d'un galant homme ! »

« M. le comte, nous avons craint de

ne pas vous trouver levé ce matin , et nous aurions été désolés de vous déranger. »

« C'est différent : je suis content de vous. En faveur de cette délicieuse attention vous serez payés à l'heure même. Allons belle B ** ne fais pas la moue , et toi ma jolie petite D.** console toi ; ce n'est qu'un moment de retard ; dans une minute je me débarrasse de ces animaux-là. »

Jaloux de tenir sa parole , il acquitta tous les mémoires qu'on lui présenta , sans en examiner le contenu ; ce ne fut qu'aux derniers , qu'il reconnut enfin l'extravagance de sa conduite ; ses prodigalités absorboient , non-seulement les bénéfices qu'il avoit faits au jeu , mais encore entamoient d'une somme assez considérable , les fonds de Mad. Mérinbert.

Obligé de rejoindre sa compagnie , l'amour-propre l'empêcha de laisser paroître son chagrin. Les louanges dont on l'accabloit le dissipèrent bientôt ; il se persuada que la fortune lui seroit aussi propice pendant cette soirée que lors des deux précédentes. Le spectacle et le souper lui procurant de nouveaux éloges, enflèrent encore son amour-propre ; il joua sans mesure et perdit beaucoup plus qu'il n'avoit dépensé. Il annonça alors qu'il étoit obligé de différer son voyage d'un jour.

Toujours glorieux , même après ses désastres les plus cruels , il railla les nymphes pendant le dîner du lendemain , avec autant d'aisance que s'il eût pu faire de semblables pertes et libéralités à chaque instant. Tout le monde l'admiroit : sans doute il avoit un trésor inépuisable. Ces éloges calmèrent le chagrin qui commençoit à le dévorer, mais ne l'éteignirent pas assez pour lui faire oublier les précautions nécessaires dans sa situation critique ; il s'en occupa l'après-dîner, sauf à en ajourner l'emploi si la fortune lui redevenoit favorable.

Il avoit écrit la veille au général Roger que ses emplettes l'obligeroient de rester un jour ou deux de plus à Lyon, et à Mad. Mérinbert, qu'un intime ami avoit reconnu son fils, près de cette ville, mais qu'il s'étoit refusé à lui indiquer le lieu précis, Charles lui ayant demandé le secret : il espéroit qu'au moyen de cette lettre, si les Mérinberts continuoient leurs recherches à l'égard de Charles, elles seroient inutiles, puisqu'il se trouvoit dans une direction absolument opposée à celle qu'il leur indiquoit. Au moyen de la première lettre, il pourroit prolonger son séjour jusqu'au surlendemain, en prétextant de nouveaux obstacles ; mais il en reçut une de Paris, qui le força à renoncer à ce projet et à tenter en désespéré la fortune dans la même nuit. Un commis lui marquoit que la promotion de l'ordre de St-Louis venoit de se faire, et

que le général Roger recevroit son cordon
rouge, sous deux ou trois jours.

Il étoit de la dernière importance pour
lui d'être porteur de la nouvelle. Dans
l'ivresse d'une telle faveur, le marin ne
feroit pas difficulté de lui avancer au
moins une partie des sommes dont il
avoit besoin, et peut-être de garantir à Mad.
Mérinbert celles qu'il venoit de perdre.

Il fut d'abord très-heureux: il recouvra
plus de la moitié des capitaux de Mad.
Mérinbert; mais suivant l'axiome des
joueurs, *tout ou rien*, il ne voulut pas
se borner à ce bénéfice, quoique ses ad-
versaires mêmes, eussent envie de se retirer, et il le reperdit avec presque tout ce
qui lui restoit. Alors fredonnant un air, il
feignit que ses yeux étoient fatigués et il
se retira dans sa chambre avec trois jeunes
gens qui, n'osant se rendre chez eux,
à cause de l'heure indue, lui demandèrent
asyle.

Sur les trois heures du matin, on frappa
à sa porte. « Qui est là ? dit un des jeunes
gens. »

« Ouvrez, M. le comte, répondit une
voix féminine; on vous apporte une lettre
très-pressée de votre mère. »

Montmartin dormoit; le jeune homme
se leva et ouvrit. A l'instant parurent plusieurs hommes masqués et armés. Quelques-uns d'entr'eux couchèrent en joue
les jeunes gens que d'autres attachèrent et

bâillonnèrent, à l'exception de Montmartin dont ils demandèrent le nom. « Donne-
nous tout ton or, dit l'un, sinon..... —
Messieurs, je vous en supplie; — Parle
bas, ventrebleu. — Je vous jure que j'ai
tout perdu au jeu. — Si tu as tout perdu,
tu ne dois pas avoir de peine à nous donner
la clef de ton bureau. — Je ne sais pas où
elle est. — Tu raisonnes.... attends, nous
la trouverons. »

Ils fouillèrent aussitôt ses habits, prirent sa clef et ouvrirent le bureau. Il
se jeta à leurs genoux : « Messieurs, je
vous en conjure, tuez-moi plutôt; il ne
me reste en propre qu'un millier d'écus;
les voilà; mais laissez-moi cette cassette,
ce qu'elle renferme ne m'appartient pas,
ce sont des remboursemens que j'ai exigés
pour une dame de ma connoissance : j'aimerois mieux perdre la vie. »

« Ah ! tu nous endors à la fin. » Ils le
bâillonnèrent et l'attachèrent comme ses
compagnons. « Tout ce que je puis faire
pour toi, dit le chef, c'est de te laisser
quelqu'argent pour ta route. » Il ouvrit la
cassette, et en sortit une vingtaine de
louis qu'il mit sur la cheminée. Ils se reti-
rèrent aussitôt et emportèrent la clef de
la chambre.

Les jeunes gens restèrent dans cette situation pénible jusqu'à six heures du matin,
au moment où le postillon du comte vint
frapper à sa porte et lui annoncer que sa

voiture étoit prête. Étonné de ne recevoir
aucune réponse, il alla chercher l'hôtesse
qui ouvrit la chambre avec une double
clef et délivra les prisonniers de leurs
liens.

Montmartin fit appeler un commissaire
de police, qui reçut la déposition des
assistans sur ce qui s'étoit passé. Montmartin en prit une expédition et partit.

Le lecteur présume sans doute que ce
vol étoit un nouvel artifice de son invention. Il avoit remarqué qu'à la fin de
chaque séance, plusieurs jeunes gens,
n'osant se retirer chez leurs parens, de-
mandoient aux étrangers des lits. Sa
chambre en contenoit deux, qu'il s'empressa d'offrir à la première proposition
que firent ses trois compagnons, en les
prévenant toutefois qu'il seroit obligé
de partir de grand matin, et qu'il valoit
mieux qu'ils cherchassent un autre asyle,
où ils pussent dormir sans interruption.

Les frippons à ses gages, exécutèrent
parfaitement ses ordres ; ils prirent une
cassette pleine de plomb et couverte seulement d'une centaine de louis avec lesquels il les avoit achetés sans peine, de
sorte que les jeunes gens crurent, à sa
grandeur, qu'elle contenoit au moins six
cent mille francs, et le déclarèrent dans
le procès-verbal. Ils ne devoient pas avoir
le moindre soupçon de la vérité. Ils
savoient que Montmartin avoit gagné,
dans

dans les premières séances, des sommes
énormes que la renommée quadruploit,
suivant l'usage, et ils ne connoissoient
point assez exactement ce qu'il avoit ensuite perdu ou dissipé avec les actrices,
pour s'assurer si ses pertes et ses dépenses
excédoient ses bénéfices. La confusion
qui règne dans ces sortes de parties, où
de nouveaux joueurs viennent à chaque
instant remplacer ceux qui ont été malheureux, favorisoit Montmartin ; il espéroit, avec raison, qu'il auroit le temps de
remédier à ses désastres avant qu'on les
eût découverts.

CHAPITRE III.

ON a vu que Montmartin , en arrivant à Grenoble, s'étoit rendu chez le général Roger , alors à la Bâtie , et qu'il n'avoit pu voir Amélie. Lapierre l'informa ensuite des apparitions régulières de celle-ci et de Désormeaux au spectacle ; il lui apprit aussi qu'inquiet de leurs entrevues , qu'il avoit jugé ne devoir pas être favorables à son maître , vu l'inimitié de Désormeaux pour lui , il avoit surveillé ses démarches , et invité Latune à troubler ces entrevues.

Ce récit intrigua beaucoup Montmartin ; il craignit que Charles n'eût confié ses sentimens et sa situation à Désormeaux dont le crédit auprès de Mad. Mérinbert pouvoit lui être si funeste. Il étoit instant d'employer auprès du général , l'expédient à l'aide duquel il espéroit en obtenir qu'il garantiroit le payement des sommes dissipées ou perdues à Lyon , et qu'il lui fourniroit celles dont il avoit besoin pour l'achat des présens de noces , annoncés avec tant de pompe à Mad. Roger.

Dans cet objet , il se rendit à la poste au moment de l'arrivée du courrier et se fit remettre le paquet destiné au marin. Avant de monter à cheval , il passa chez Amélie. Son air stupéfait , à son approche, lui inspirant des soupçons, il prit une place dans sa voiture.

La rencontre imprévue des deux compagnies de la Sarre, auprès du château de Voise, dissipa les inquiétudes de Montmartin ; Thomas lui apprit que ce régiment alloit dans la journée à Voreppe. Quelle heureuse nouvelle ! il seroit délivré de son rival dans un moment où sa présence à Grenoble auroit pu lui être si nuisible !.... Il ne le découvrit point lorsque les compagnies défiloient devant la voiture d'Amélie ; il n'en fut pas surpris : l'avant-garde s'étoit arrêtée dans les cabarets de Mont-Bonod et une partie des soldats passoit dans les prairies voisines. — Quand Amélie placée à la portière, ne l'auroit pas empêché de remarquer les prisonniers, le déguisement du philosophe auroit suffi pour l'empêcher de le reconnoître.

En arrivant à la Bâtie, il alla porter son paquet au général, et le saluer *Commandeur de l'ordre royal et militaire de St-Louis*. Le marin fait un saut sur son fauteuil, embrasse avec violence le porteur, saisit le paquet et court chez le maréchal pour en faire l'ouverture.

Montmartin qui est d'abord resté immobile, réfléchit au caractère de son oncle futur, et désespère aussitôt de réussir dans son projet ; le commandeur n'entendra et ne verra plus rien dans la journée que ce qui est relatif à son *ruban rouge*. Il s'abandonne à cette violence naturelle que la crainte de blesser la sensible Amélie lui avoit fait contenir jusqu'alors.

Celle-ci survient pendant qu'il exhale ses imprécations ; elle lui lance un coup-d'œil foudroyant, et fuit aussitôt sa présence.

Le danger rend son sang-froid à Mont-martin. Il va chez Mad. Roger qu'il informe des apparitions d'Amélie et de Désormeaux au spectacle. Elle entre en fureur et lui apprend, de son côté, l'arrivée de ce dernier aux Emes, où il croyoit trouver sa fille. Montmartin profite habilement de sa colère ; il la prie d'abord de le réconcilier avec Amélie, dont l'indignation a été mal-à-propos excitée par les mouvemens furieux dans lesquels elle l'a surpris, et qu'il sait justifier en leur attribuant un motif plausible, bien différent du véritable qu'il a intérêt de cacher à Mad. Roger.

Il l'engage ensuite à seconder le projet qu'il a formé, d'écarter Désormeaux de Grenoble. « Le général, lui dit-il, voudra sans doute se rendre aujourd'hui dans cette ville, où sa réception doit se faire ; suivons-le tous. Désormeaux vous croyant restée avec ma cousine, attendra à ce soir ; de sorte que nous ne craindrons pas sa présence jusqu'à demain bien avant dans la matinée ; alors je me charge de lui donner une autre occupation qui l'éloignera de nous. »

Il est interrompu par le marin : « Saccacorbieu ! que faites-vous ici vous autres ? on sert le déjeûner ; M. le maréchal est au salon, venez tout de suite le joindre. Nous monterons aussitôt après en voiture ; il vient dîner à Grenoble chez moi, et me recevra commandeur tantôt. » Il prend aussitôt Mad. Roger par la main et l'entraîne.

Montmartin étoit présent à ce dîner où Amélie vint annoncer qu'on menoit au supplice Charles, qu'il croyoit en route pour Voreppe. Effrayé du danger que couroit son rival dont il ne vouloit pas la mort, mais l'éloignement jusqu'au jour de son mariage, il sortit aussitôt qu'Amélie donna signe de vie. Il s'étoit aidé plus que personne à la tirer de sa léthargie ; ces premiers soins lui concilioient l'affection du général ; ses sollicitudes au sujet de Charles pourroient lui regagner celle de sa future épouse. Il rencontra à quelque distance plusieurs *curieux*, qui revenoient du lieu du supplice, et courut faire part à Amélie de ce qu'ils venoient de lui apprendre. Elle l'embrassa avec autant de transport, que s'il eût été l'auteur de la délivrance de Charles. Il se déroba aux remercîmens qu'elle lui adressoit pour cette attention ; il étoit pressé, lui dit-il, de porter cette bonne nouvelle à

Mad. Mérinbert ; cette seconde attention
ne satisfit pas moins Amélie.

La joie que le comte éprouvoit lui-
même de cette heureuse aventure, n'étoit
pas sans mélange ; la présence de Charles
à Grenoble alloit peut-être former un
obstacle à son mariage. Le seul moyen de
se tirer d'embarras, étoit d'en précipiter
la célébration avant que les deux amans
eussent le temps de se reconnoître. Mais
comment s'y prendre dans sa détresse ?
Comment proposeroit-il de hâter une telle
cérémonie, se trouvant dépourvu des
bijoux magnifiques que Mad. Roger s'attendoit à recevoir ?

Il imagina bientôt un expédient qui
pouvoit parer à tous ces inconvéniens. Il
résolut d'insinuer au général de faire la
proposition en son propre nom ; si elle
étoit acceptée, il lui présenteroit son
procès-verbal de vol, et lui diroit qu'il
n'avoit osé demander la célébration, faute
d'argent pour les dépenses des noces ; il
étoit indubitable que le marin lui en avan-
ceroit sans balancer ; il ne voudroit pas
rétracter une proposition qu'il croiroit
avoir faite de lui-même.

Montmartin forma ce projet pendant
la réception du général commandeur
qu'il accompagna, au sortir de l'hôtel du
maréchal : " Recevez mes nouvelles et
sincères félicitations, mon général ; je
pense qu'il ne vous reste plus rien à désirer,

car la grand-croix de St-Louis, ainsi que le grade de vice-amiral, vous sont tôt ou tard assurés. »

Flatté de la nouvelle et magnifique perspective qu'on lui offroit si adroitement, le bon marin embrassa Montmartin. « Tu te trompes, mon ami, quand j'aurois toutes ces dignités, si toutefois je les obtiens jamais, il me resteroit encore un un autre désir ; mais pour celui-là, il sera rempli dans peu et bien surement, triple sabord ! »

Le comte feignit de ne pas le comprendre ; le marin s'expliqua : il s'agissoit de terminer enfin l'établissement de sa nièce bien-aimée. Montmartin lui répondit qu'il étoit trop bon de songer à une pareille affaire, dans un moment où l'honneur qu'il venoit d'obtenir devoit absorber toutes ses pensées. Le marin insista comme il s'y attendoit, et déclara qu'à l'heure même il alloit s'en occuper.

Transporté de ce succès, Montmartin prétexta une affaire pressante, et quitta le général à l'entrée de sa maison. Il réfléchit bientôt à la colère qu'Amélie avoit manifestée le matin, à la vue de ses mouvemens furieux. Il étoit très-possible que distraite par les divers événemens qui étoient survenus, et surtout par l'accident de sa fille, Mad. Roger eut oublié de lui faire agréer ses excuses. Si

Amélie alloit objecter son état de foiblesse pour obtenir un nouveau renvoi ? Cela n'étoit guère probable, puisque le terme fixé par sa famille, en sa présence et de son aveu tacite, se trouvoit expiré ; cependant il falloit tout prévoir.

Après quelques incertitudes, il se décida à se rendre à la chambre d'Amélie où toute la famille s'étoit réunie, après dîner, à cause de son indisposition. Il étoit trop tard.

CHAPITRE IV.

LA nouvelle de la délivrance de Mérinbert avoit tellement soulagé Amélie, qu'une heure après elle se seroit levée et habillée, si sa mère n'avoit exigé qu'elle se reposât jusqu'au lendemain.

Le général, après avoir quitté Montmartin, étoit accouru auprès d'elle. Enchanté et du cordon qu'il portoit, et de voir son Amélie aussi bien : « Je suis le plus heureux des mortels, s'écrie-t-il ; il ne manque à mon bonheur, que de voir, une fois pour toutes, décider le tien, et il faut s'en occuper à l'instant. »

« Ah ! mon cher oncle, n'ayez aucune inquiétude sur ma félicité ; elle est complette lorsque vous éprouvez de la satisfaction ; c'est ma plus grande jouissance, et je n'en désire point d'autres. »

« Non pas, non pas, ma chère amie, ma bien-aimée, je sais que tu dois en désirer sur-tout une, c'est celle d'être unie à un homme digne de toi. (Amélie frémit.) Le délai fixé pour ton mariage est expiré depuis deux jours: Montmartin brûle de le voir conclure, et je vais prier l'ami Mérinbert de passer ici aussitôt que l'affaire de son fils sera arrangée, ce qui, sans doute, n'emploiera pas toute la soirée. Mais qu'as-

tu donc, mon Amélie ?.... tu pleures !....
est-ce que je te causerois du chagrin? Non,
non, tu me connois trop pour m'en attribuer l'intention..... parlez-donc, vous me
déchirez le cœur ! »

Amélie se jeta à son cou ; elle voulut
parler ; ses sanglots étouffèrent sa voix.
La crainte d'affliger un homme dont elle
étoit si chérie et qu'elle n'aimoit pas
moins tendrement, lui causoit le plus
vif chagrin.

La nouvelle de la délivrance de son
amant l'ayant rendue entièrement à elle-
même, son image, et surtout cette boîte
et cette lettre qu'il lui envoyoit au moment de son supplice, occupèrent bientôt
sa pensée : elle n'en avoit lu que les deux
premières lignes, mais pouvoit-elle douter
de ce que lui expliquoient les autres ? Elle
avoit au moins huit ou dix pages, qui
devoient contenir le détail si promis de
ses aventures et la déclaration de tous
ses sentimens. Il n'aimoit point Séraphine,
elle en étoit à-peu-près sûre par le récit
de Désormeaux, et il étoit probable,
non-seulement qu'il n'avoit pas signé son
funeste contrat, mais encore qu'il n'avoit
pris la fuite que pour éviter de le signer.
Son amante seule et son intime ami,
étoient dépositaires de ses dernières pensées ; il n'écrivoit pas même à sa famille !

Sa satisfaction fut de courte durée. Elle
ne trouvoit point dans ses poches (les

femmes en portoient alors) cette lettre
précieuse ; qu'étoit-elle devenue ?... En
repassant dans son esprit tout ce qu'elle
avoit fait depuis le moment de son entrée
dans la prison, elle se rappela qu'elle la
tenoit à la main lorsqu'elle étoit si heureusement accourue pour sauver l'objet
de son amour : elle l'auroit laissé tomber
lors de son évanouissement : ô ciel ! elle
n'étoit que repliée, qui savoit si quelqu'œil indiscret ne l'avoit pas parcourue ?
Une pâleur mortelle succéda à l'éclat de
la joie qui brilloit sur son intéressante
figure. Sa mère lui en témoigna de l'inquiétude, et ses questions lui firent sentir
la nécessité de se rendre maîtresse de sa
douleur. " Ce n'est rien, maman, lui dit-
elle ; non rien.... un éblouissement.... il
fait trop chaud ici.... » Les personnes qui
entouroient son lit, s'empressèrent de
s'écarter et d'entr'ouvrir une fenêtre.
Amélie se mit sur son séant, portant
avidement ses regards dans tous les coins
de sa chambre. Quel ne fut pas son ravissement ? elle apperçut sur son bureau,
la boîte et l'extrémité d'une lettre placée
derrière.

Elle se flatta que dans le trouble causé
par son évanouissement, celui qui auroit
ramassé cette lettre n'auroit point eu l'idée
de l'ouvrir, et que, placée au milieu
des livres et papiers qui couvroient son
bureau, sa mère ne la remarqueroit point.

B 6

Dès cet instant, ses yeux se fixèrent sur
cet écrit qui contenoit la décision de
son sort et pour qui elle craignoit quelque revers. M.mes Roger et Juignac étant
sorties dans cet instant, elle se rassura ;
elle donna presque aussitôt une commission à la religieuse, et dit tout bas à un
domestique de lui apporter la lettre et la
boîte. Le vieux Ducayla racontoit une
courte historiette au moine ; ni l'un, ni
l'autre ne devoient s'en appercevoir. Le
général entra malheureusement.

Touchée à l'excès de l'effusion de sa
tendresse, elle étoit presque disposée à
consentir à une proposition qu'il avoit
tant de plaisir à lui faire, lorsqu'en se
détachant de son cou qu'elle tenoit étroitement embrassé, elle vit auprès du lit,
le domestique qui avoit pris la boîte et
la lettre. A cet aspect, elle recouvra
tout son courage : " Mon cher oncle,
mon oncle bien-aimé, non, votre Amélie
ne vous croit pas capable de la chagriner ;
mais vous me parlez de mariage, et, dans
ce moment, la vie d'un de mes semblables,
d'une de mes connoissances, du fils unique de votre ami est encore en danger !
est-ce le cas de se réjouir ? "

" Tu as raison ; je n'y pensois pas ;
rassure-toi cependant ; l'ami Mérinbert
connoît trop bien le grimoire des lois, et
le maréchal lui a trop d'obligations pour
qu'ils ne tirent pas d'affaire son fils ; d'ail-

leurs , nous pouvons renvoyer la chose à demain. Le jugement se rendra sans doute ce soir. »

« A demain ! voudriez-vous me voir paroître à l'autel dans l'état où je suis ? Le jour de l'hymen de votre Amélie ne doit-il pas être un jour de joie, sans nul mélange d'inquiétude ou de tristesse ? le souffririez-vous, mon cher oncle ? souffririez-vous qu'elle éprouvât le moindre chagrin ? »

« Non , non ! du chagrin à toi, ma bien-aimée ! non , que la mer m'engloutisse , si je consens jamais à ce qu'on t'en occasionne. »

« Je vous reconnois à ces sentimens , ô le meilleur de tous les hommes ! Eh bien , le mois de délai que vous m'aviez accordé à Vif , n'expire que dans trois jours ; renvoyez à cette époque une célébration qu'il me seroit impossible actuellement de supporter. »

« A trois jours ! ce n'est pas assez ; prends en dix , il te faut bien cela pour être complettement remise. Excuse ton oncle , ma chère amie , c'est son ignorance qui cause ses sottises , son cœur n'y est pour rien ; il est toujours tout à toi. Je ne connois que mon état, et me rappelant qu'un marin couvert de blessures le jour d'un combat , est prêt à recommencer le le lendemain , je me suis imaginé qu'une femme devoit être aussi promptement

remise ; je ne suis qu'un sot , triple-sabord ! ne m'en veux pas , je te le répète ,
c'est une affaire finie , je te donne ma
parole pour dix jours ! »

« Non pas , non pas , repartit vivement Amélie , touchée à l'excès de sa
tendresse et presque repentante de sa demande , je tiens la mienne : le quatrième
jour je suis à vos ordres. »

Montmartin entra. Il étoit arrivé à
la porte au moment où le général faisoit
à sa nièce les excuses qu'on vient de lire
et il les avoit entendues , le marin s'ex-
primant toujours à haute voix. Transporté de fureur par ce délai de dix jours
qui renversoit tous ses plans , il poussa
avec violence la portière , et s'écria :
« Qu'est-ce j'entends, mon général ? vous
venez de me promettre pour ce soir et
vous renvoyez maintenant à dix jours. »

« Triple-sabord ! jeune homme, de la
modération ! je ne puis pas traîner ma
nièce du lit à l'autel , double bordée ! »

« Comment votre nièce se dit malade !
et.... » Un regard fulminant d'Amélie
vers qui il venoit de se tourner , lui
coupa la parole. L'indignation paroissoit
sur tous ses traits.

« Qu'est-ce que cela signifie , monsieur ? suis-je donc un automate , obligé de marcher à vos ordres et d'obéir
à vos moindres caprices ? ne devez-vous
pas être assez satisfait que j'aie cédé , en

votre faveur, au vœu de ma famille ? »

Montmartin confus, s'épuisa en excuses : « Mettez-vous à ma place, charmante cousine et vous, mon général.... qui de vous croyant toucher au comble du bonheur, ne s'allarmeroit pas excessivement de le voir, contre son attente, renvoyer à dix jours ? Je n'en ai pas moins tort de m'être emporté, et je vous en demande encore une fois très-humblement pardon. »

« Il a raison, saccacorbieu ! il a raison. Si la pauvre Mirza m'eut renvoyé, j'aurois peut-être encore plus crié. Rassure-toi pourtant, l'ami ; mon Amélie ne demande que trois jours ; le quatrième nous arrangerons tout cela. »

Enchanté de trouver un moyen d'effacer son étourderie, et craignant que sa susceptible cousine ne le maltraitât encore davantage, Montmartin prit aussitôt son parti. « Trois jours, dix jours, vingt jours, comme il lui plaira, mon général ; je suis fait pour me résigner à sa volonté, et la mienne sera toujours subordonnée à ses moindres désirs. Cependant, si elle peut tenir sa promesse, je serai le plus heureux des mortels. »

« Voilà qui est bien, jeune homme ! c'est une affaire arrangée. Allons, mon Amélie, pardonne-lui. »

« Je n'ai rien à vous refuser, mon cher

oncle ; je prie seulement qu'on me laisse
seule ; j'ai besoin de repos. »

Quelque courroucée qu'elle fût, elle
craignoit trop que Montmartin n'apperçut
la lettre que tenoit encore le domestique,
pour ne pas accorder ce pardon, à l'aide
duquel elle se débarrasseroit de tant d'importuns. Elle fit un signe au domestique,
qui la lui glissa avant de sortir. Elle porta
avec avidité ses regards sur l'adresse ;
mais à la joie succéda soudain un effroi
bien plus terrible que le premier.

Montmartin venoit de se rendre à
l'appartement de Mad. Roger. La porte
en étoit fermée ; il heurta et annonça qu'il
vouloit lui parler d'affaires très-impor-
tantes. Après un instant de silence elle
vint lui ouvrir. Il s'empressa de l'instruire de ce qui venoit de se passer, et
vit avec satisfaction son visage s'enflam-
mer de colère, à la nouvelle du délai
obtenu par Amélie. Elle prenoit la parole pour exhaler sa rage, lorsque Mad.
de Juignac sortit de son cabinet et l'interrompit. « Je ne vois pas, mon cher
comte, pourquoi vous regrettez d'avoir consenti à un délai qui n'apporte réellement aucun retard au lien que vous devez former.
— Plaisantez-vous, madame ? le contrat
se seroit fait ce soir.... — Qu'importe ?
le contrat suffit-il pour le mariage, mon
beau monsieur ? et voudriez-vous faire

la cérémonie en chenille ?.... Qu'y a-t-il
de prêt ici ? pas un seul présent n'est
donné, pas un seul habit acheté pour
Amélie ; à moins que vous n'ayez apporté de Lyon sa garderobe toute mon-
tée ? »

Interdit par cette observation à laquelle
il n'étoit pas préparé et n'avoit aucun
moyen de répondre, le comte balbutia
quelques mots inintelligibles. La baronne,
sans se douter de la véritable cause de
son embarras, lui répondit : « Votre langue s'engourdit, mon petit monsieur ;
je n'en suis pas étonnée ; vous sentez bien,
à part vous, que ces trois jours suffiront
à peine pour les emplettes et la façon des
habits, des chapeaux et autres ornemens
nécessaires. Le contrat se fait le quatrième
et on épouse le cinquième, après avoir
pris la précaution de faire annoncer le
mariage deux ou trois jours à l'avance.
Direz-vous encore que vous souffrez un
retard réel ? Si l'on faisoit le contrat dès
ce soir, ne faudroit-il pas renvoyer également la célébration à plusieurs jours,
n'y ayant rien de prêt ? »

L'embarras de Montmartin redoubloit ;
il trembloit que l'aigre baronne ne lui
demandât à voir ces cadeaux magnifiques
pour lesquels il avoit couru à Lyon, les
magasins de Grenoble ne lui offrant
rien de digne de ses chères cousines. Il
s'empressa d'applaudir à ses observations

incroyablement judicieuses et de l'en remercier. « Au reste , reprit Mad. de Juignac,
ce ne sont pas les seules affaires qui exigent
du temps ; il s'agit d'assurer un sort à
Mad. Roger ; Amélie y consent , ainsi
que vous, et cela exige des combinai-
sons. » Thomas qui vint prier les dames
de se rendre au salon, de la part du général, impatient de leur montrer son
cordon, épargna au petit maître le nouvel
embarras de chercher un prétexte pour
les quitter.

Mad. Roger projetoit, depuis long-
temps, de se tirer de l'état d'avilissement
où l'avoit plongé son mariage , et où la
retenoit la grande médiocrité supposée
de la fortune de son époux. L'éclat de la
maison du général , le grand train de son
opulente et orgueilleuse voisine, excitoient
son envie. Dès l'arrivée du premier,
usant de ses richesses, elle s'étoit habi-
tuée au faste et à la représentation ; mais
révoltée d'être à chaque instant réduite
à réclamer les largesses d'un misérable
bourgeois parvenu , elle ambitionnoit
vivement de se procurer une fortune hono-
rable qui la mît dans l'indépendance.

Ce désir et celui de marier sa fille à un
homme d'illustre naissance, absorboient
toutes ses pensées. Montmartin lui paroissoit le seul propre à remplir ces deux vues.
Devant son opulence à sa protection, il
ne refuseroit pas sans doute de consentir

à ce que sa fille lui cédât secrettement une partie des revenus dont le général se proposoit de la doter, mais dont il ne vouloit doter qu'elle, ainsi qu'il s'en étoit, plus d'une fois expliqué avec énergie. Dans cette position, Mad. Roger, quoique souvent jalouse ou blessée de la préférence accordée à sa fille, et de ce qu'elle appeloit ses défauts d'égards envers elle, la ménageoit en tout, excepté dans ce qui avoit rapport au mariage sur lequel elle fondoit toutes ses espérances. Comme la généreuse Amélie, lorsqu'elle l'avoit sondée sur ses projets, lui avoit déclaré qu'elle pouvoit disposer de toute sa fortune, elle brûloit d'impatience de voir arriver le moment qui lui en assureroit une partie.

Montmartin étoit bien éloigné d'approuver ce projet ; mais trop adroit pour s'aliéner sa protectrice, il avoit fait à ses premières ouvertures une réponse ambiguë qu'elle pouvoit interpréter en sa faveur, et avoit évité depuis, de s'expliquer positivement. Il se promettoit d'éluder ses demandes, lorsqu'il n'auroit plus besoin d'elle.

Comme le délai fixé pour le mariage se trouvoit expiré, il avoit été convenu avec le général, que le contrat se feroit le jour de l'arrivée de Montmartin ; ainsi il devoit en être question vraisemblablement à son retour de sa réception comme commandeur, les événemens du jour ayant empêché, jusqu'à cette heure, d'en parler. L'approche de l'instant décisif inspira à Mad. Roger des craintes sur la réussite de son projet ; elle résolut de consulter Mad. de Juignac sur les mesures qu'il faudroit employer.

Elle lui fit d'abord le récit des divers obstacles qui avoient retardé le mariage de Montmartin : elle supprima toutefois les circonstances relatives à la passion d'Amélie et de Mérinbert. Montmartin, dans la crainte que sa sœur ne renonçât à l'alliance opulente du philosophe si elle venoit à apprendre quels étoient ses véritables sentimens, avoit recommandé à Mad. Roger le plus profond secret. Elle se contenta de dire à Mad. de Juignac qu'Amélie répugnoit fortement à l'union proposée.

La baronne applaudit avec chaleur au projet de son amie et promit de le seconder de tout son pouvoir ; non que son caractère aigre, dur et repoussant, fût susceptible des douceurs d'une véritable amitié, mais appelée chaque jour à partager les plaisirs de Mad. Roger, elle voyoit dans l'exécution de ce projet une consolidation de ses jouissances.

Elle blâma ensuite la conduite que Mad. Roger avoit tenue envers Montmartin, l'espèce de dépendance sur-tout, dans laquelle elle s'étoit mise à son égard ; elle soutint qu'il falloit lui demander un engagement légal dont il ne pût jamais revenir. Quoiqu'elle ne connût pas à fond toute l'extravagance de la conduite de Montmartin, sa prodigalité redoubloit sa méfiance naturelle.

Mad. Roger se récria sur une proposition aussi injurieuse à son protégé, dont l'honneur lui garantissoit la reconnoissance ; mais la baronne insista avec tant de chaleur, qu'elle avoit réussi à la ranger à son avis lorsque Montmartin s'annonça. Mad. de Juignac lui conseilla, à mi-voix, de s'expliquer sur-le-champ avec le petit maître, et passa dans un cabinet, d'où elle écouta l'entretien. La fureur qu'excita dans son amie le récit de Montmartin, lui fit craindre pour le succès de ses projets. Si, cédant aux suggestions du comte, elle insistoit à ce que le contrat se signât le soir même, elle n'auroit pas le temps de prendre toutes les mesures qu'exigeoit la cession de biens désirée ; peut-être même y renonceroit-elle. La baronne se décida à rentrer et à appuyer le délai demandé par Amélie. Comme elle ignoroit sa passion pour Mérinbert, elle n'entrevoyoit aucun danger dans ce renvoi.

Montmartin, déjà embarrassé par les

observations de Mad. de Juignac sur les
présens de noces, fut entièrement interdit
lorsqu'elle lui rappella cette cession. Enchanté de l'arrivée de Thomas, il leur
présenta la main, disant hautement,
devant le contre-maître, qu'elles étoient
ainsi que lui dans leur tort : qu'ils auroient déjà dû tous courir féliciter le
commandeur. Le présence de Thomas
contint la baronne qui jugea que le comte
étoit charmé d'échapper à une explication.

Elle devinoit juste ; il prétexta bientôt
une affaire pressante et il les quitta. Il
brûloit d'impatience de réfléchir aux
moyens d'éviter un engagement qui pouvoit détruire tous les avantages de son
mariage.

Quoiqu'il fût devenu au moins à demi-
roué, sa fausse morale ne l'aveugloit pas
au point de lui faire commettre un vol.
Entraîné par sa passion dévorante et par
sa vanité insurmontable à perdre ou dissiper une partie de la fortune de sa bienfaitrice, il ne se proposoit pas de l'en
frustrer. Les richesses immenses du général, lui paroissoient une ressource propre
à réparer facilement ses désastres. Il
devoit personnellement à Mad. Mérinbert, plus de six cent mille francs, dont
il projettoit de s'acquitter, ainsi que
des intérêts, en lui abandonnant, pendant
douze années, la moitié des revenus

dotaux d'Amélie. Il s'estimoit même très - heureux qu'elle voulût accepter cette offre et s'engager au secret sur ses aventures.

Dans cette position, comment consentir à la cession demandée par Mad. Roger ? Il avoit compris, par quelques mots d'Amélie, qu'il ne s'agissoit pas moins que de partager avec sa mère les bienfaits de son oncle. De quels revenus jouiroit-il donc pendant douze ans, l'autre moitié devant être consacrée à Mad. Mérinbert ?

En proie à tant d'inquiétudes, la présence de son rival à Grenoble lui en causoit bien davantage. Tel est le juste sort du pervers. Les obstacles naissent à chaque instant sous ses pas, et semblent se multiplier à mesure que les succès qu'il obtient sont plus éclatans. Quelque pressant qu'il fût pour Montmartin de se tirer d'embarras vis-à - vis de mesdames Roger et Mérinbert, il l'étoit encore plus d'éloigner son rival, de l'empêcher sur - tout de se jeter aux pieds d'Amélie, lorsqu'il sortiroit de prison. Persuadé qu'un héritier de cent mille livres de rente ne pouvoit être condamné, Montmartin chercha Martinville, jadis un de ses compagnons de débauche, le conduisit secrettement à son tripot

ordinaire, et l'y engagea dans une partie qui devoit se prolonger dans la
nuit. Par ce moyen il empêchoit que
Charles pût être dégagé avant le milieu du jour suivant , son capitaine
étant dans un lieu où l'on ne l'iroit
sans doute pas découvrir. Il lui restoit
ainsi du temps pour combiner et renouer ses plans astucieux.

CHAPITRE V.

CHAPITRE V.

CE premier soin important rempli, Montmartin lut avec attention la lettre adressée à Amélie par Charles, avant de marcher au supplice : les explications que le philosophe y donnoit lui parurent si claires et si propres à convaincre Amélie de son amour, qu'il eut d'abord l'idée de la supprimer ; il y renonça néanmoins ; il s'en étoit saisi lorsque sa cousine étoit tombée évanouie ; quels risques ne couroit-il pas si l'on s'en étoit apperçu ? Il se décida à communiquer la lettre à Mad. Roger, qu'il étoit sûr par ce moyen d'exciter de plus en plus à seconder ses mesures. Les premières qu'il l'engagea à employer, furent un renouvellement de la défense de recevoir Charles dans sa maison, et la publication des bans du mariage d'Amélie dès le jour suivant.

Mad. Roger voulut profiter de cette occasion pour traiter l'affaire de la cession de revenus ; Montmartin l'interrompit : il lui déclara qu'elle pouvoit prendre les mesures qu'elle jugeroit convenables ; qu'il y souscriroit aveuglément; qu'il étoit obligé, dans cet instant, de se rendre chez le maréchal d'Héreville où

l'on s'occupoit de la révision du procès
de Charles.

Satisfait de s'être encore tiré de ce
pas délicat avec de simples promesses,
il ne le fut pas moins lorsqu'il apprit des
juges de son rival que le jugement seroit
rendu trop tard pour qu'on pût le relâcher cette nuit, mais qu'il porteroit
infailliblement une pleine absolution. Il
se dépêcha de porter une aussi bonne
nouvelle à Mad. Mérinbert qui, sous de
tels auspices, devoit moins s'affecter de
celle de son désastre pécuniaire, et
approuver la manière dont il le vouloit
réparer.

Il la trouva dans une situation bien
propre à lui obtenir du succès ; elle ne
savoit à quoi en étoit l'affaire de Charles;
son mari entièrement occupé de la procédure et des argumens topiques à présenter aux juges, ne songeoit à rien moins
qu'à l'en informer; Montmartin en fut reçu
avec des transports de joie. « Quel homme
êtes vous, mon cher comte ? c'est donc
à vous que je dois avoir toutes les obligations ! Vous voulez bien ne pas vous
offenser des écarts de mon fils, et vous
charger d'appaiser votre famille si indignement outragée. Vous acceptez des
commissions pénibles, longues, ennuyeuses, au moment où l'affaire la plus
importante doit absorber toutes vos pensées ; et c'est ensuite vous qui vous dé-

robez encore à cette même affaire pour
soulager les déchirantes inquiétudes
d'une mère sensible? Ah! mon cher ami,
comment reconnoître ce que je vous
dois ?.... qu'avez-vous donc? vous ne
répondez point.... vous paroissez triste...»

« Vous me parlez de ces légers services, vous, ma bienfaitrice, vous à qui
je dois tout! eh! que sont-ils auprès de
ce que je voudrois faire pour vous? J'ai
un compte à vous rendre...» Il porte la
main à sa poche et laisse tomber un papier que Mad. Mérinbert ramasse et
examine. « Ah! ce n'est pas ce que je
voulois vous faire voir; ceci est une généalogie que le maréchal d'Héreville nous a
demandée. Donnez-moi ce papier qui ne
doit guère vous intéresser. »

« Que dites-vous là, mon cher comte?
rien ne m'intéresse davantage que ce qui
concerne votre illustre famille.» En même
temps elle dévoroit, avec des yeux étincelans d'orgueil et d'ambition, cette
longue suite d'aïeux auxquels son fils
alloit appartenir, et se faisoit expliquer par Montmartin leurs exploits ou
aventures. L'ignorance du petit maître
ne s'étendoit pas jusques-là, et, en général, on trouvoit peu de nobles qui ne con-
nussent à fond, et leur propre généalogie,
et celle de la plupart des familles de leurs
provinces: savoir essentiel, qui leur tenoit
lieu de tous les autres, avant que la

C 2

philosophie leur eût fait sentir le besoin des lumières.

Cet examen important ayant encore mieux disposé Mad. Mérinbert en sa faveur, Montmartin lui exposa son prétendu vol, dont elle parut si consternée, qu'il crut devoir sur-le-champ lui remettre plusieurs billets signés de lui et datés du jour prochain de son mariage, par lesquels il lui abandonnoit, pendant douze années, la moitié des revenus promis par le général, remise qu'il eût bien désiré différer.

Mad. Mérinbert sortit enfin de son espèce de léthargie : elle accepta les billets. Que pouvoit-elle objecter à Montmartin ? Le procès-verbal du vol le mettoit à l'abri de toute réclamation. D'ailleurs, elle n'en avoit, à la rigueur, aucune à lui faire, puisque n'étant chargé que d'une commission d'amitié, il n'avoit aucune responsabilité à courir des événemens. Elle le trouva donc très-généreux, de lui assurer le remboursement de ce qu'on lui avoit dérobé.

Montmartin profita habilement de cette heureuse disposition. Il lut à Mad. Mérinbert une partie de la lettre de Charles, et développa, dans cette lecture, son talent astucieux. En omettant les expressions ou les passages qui annonçoient la violence actuelle de la passion de son fils, il lui persuada qu'elle étoit à moitié assoupie, et que la vue seule d'Amélie pouvoit la réveiller ; il y inséra même un éloge de Séraphine, d'où il induisit qu'il reviendroit à l'aimer, lorsque l'hymen la lui auroit fait connoître plus particuliérement.

Cette précaution inspirée par la crainte d'allarmer Mad. Mérinbert et de la détourner d'une union abhorrée par Charles, étoit inutile. Elle l'aimoit, elle le chérissoit sans doute à l'extrême ; elle lui auroit peut-être sacrifié son existence, mais non pas ses vues d'élévation. Une fois arraché aux divers dangers qu'il avoit courus, son ambition reprenoit son ancien et puissant empire ; elle ne respiroit que les moyens de la satisfaire.

De nouveaux et bien puissans motifs venoient d'ajouter à l'influence de cette passion sur son cœur, et de l'exciter à tout tenter pour la réussite du mariage, objet de ses plus ardens désirs. Elle avoit donné sa parole d'honneur et signé le contrat, ainsi que toute sa famille.... On lui élevoit des contestations sur l'admission de son fils et de son mari au parlement, et ce mariage les faisoit cesser presque toutes.... Il rendoit infaillible celui de Montmartin, qui seul pouvoit lui assurer le payement des sommes énormes que le comte lui devoit ; enfin, elle tenoit entre ses mains cette généalogie pompeuse des d'Alleysands, dans laquelle

le nom de Mérinbert seroit inséré. Elle
ne fut donc pas moins empressée que Mad.
Roger à souscrire à tous les plans du comte.

Le premier qui fut mis à l'instant à
exécution, avoit pour but d'éloigner Désormeaux, dont l'amitié vigilante pouvoit éclairer Charles. Mad. Mérinbert lui
écrivit, (il étoit aux Emes depuis le jour
précédent. V. l. 8. ch. 5.) qu'une circonstance imprévue la forçoit de retirer
sur-le-champ cinq cent mille francs sur
les capitaux qu'elle avoit placés à Lyon :
qu'elle le prioit, et même le chargeoit,
au nom de l'amitié, de partir pour
cette ville, au moment de la réception de sa lettre. " Vous ne pourrez
me voir en passant à Grenoble, lui ajou-
toit-elle, il sera trop tard et j'ai d'ailleurs de fortes raisons de ne me pas
permettre cette entrevue. Vous traver-
serez le fauxbourg St-Laurent sans vous
arrêter dans la ville, et vous trouverez
en dehors de la porte de France une chaise
de poste attelée et un courrier, en avant,
qui vous fera préparer des chevaux à chaque relai, tant l'affaire est pressée ! Ci-
joints sont les billets et les adresses des
marchands : occupez-vous, à votre arrivée, de ce recouvrement. Dans le courant de la journée de demain, vous
recevrez un mémoire, à l'aide duquel
vous pourrez accélérer ce qui vous restera
à faire : le comte de Montmartin vous
l'enverra par un de ses amis qui part

au point du jour : il vous y instruira du
caractère des débiteurs et de la manière
dont il faut s'y prendre pour traiter avan-
tageusement avec eux. Revenez aussitôt
et apportez l'argent. Comptez sur la plus
vive reconnoissance, etc. » On voit qu'elle
passoit sous silence les premiers cinq
cent mille francs retirés par Montmartin.

Mad. Mérinbert donna d'autant mieux
dans ce piège, que le délai au bout duquel elle devoit payer le marquisat acheté,
expiroit dans le courant de la semaine :
un retard, en compromettant sa réputation d'opulence, auroit peut-être mis
au jour ses désastres et, sans contredit,
augmenté les obstacles qu'elle éprouvoit
au parlement.

Ce n'étoit pas tout-à-fait le compte de
Montmartin : il désiroit la réussite et le
retour de Désormeaux, pourvu que ce ne
fût qu'après son mariage. Il projetoit, en
conséquence, de retarder l'envoi des
instructions promises, et sans lesquelles
il étoit convaincu qu'il ne pouvoit aller
rapidement en besogne.

Son principal objet, en l'éloignant aussi
promptement de Grenoble, étoit de l'empêcher d'apprendre l'aventure de Mérinbert,
dont le récit l'engageroit sans doute à s'arrêter dans cette ville où il voudroit voir son
intime ami ; et pour prévenir tous les
avis qu'il pourroit en recevoir pendant
la route, il fit combiner l'envoi du billet

C 4

de Mad. Mérinbert, de manière que
Désormeaux le reçut très-tard, et ne put
arriver à Grenoble qu'au milieu de la nuit.
Les postillons et courriers qu'il trouva
à la porte de France, avoient aussi l'ordre
de lui taire cette aventure.

Après toutes les courses qu'exigèrent
ensuite le choix des postillons, courriers
et autres préparatifs, Montmartin put
enfin se livrer au repos, dont tant de
fatigues et d'inquiétudes lui faisoient
sentir le besoin. Au repos !.. devoit-il
goûter un sommeil paisible et non interrompu, celui qui avoit tant de reproches à se faire ? combien de fois il maudit
les extravagances auxquelles ses passions
l'avoient entraîné ! combien de fois il
regretta d'avoir conçu des projets qui
nécessitoient des démarches réprouvées
par ce sens intime dont l'homme le plus
corrompu ne parvient jamais à étouffer
tout-à-fait la voix importune !

Malgré les succès qu'il venoit d'obtenir,
Montmartin ne se repentit point d'avoir
engagé Martinville à se cacher, quoique
cette précaution fût désormais inutile.
Mad. Mérinbert seroit sans doute impatiente de revoir son fils ; quel nouveau
titre il pourroit alors acquérir à son affection ! il lui porteroit, le lendemain
matin, le congé de Charles qu'il se
feroit délivrer par Martinville, aussitôt
qu'il reviendroit de l'académie. Quelle

reconnoissance ne lui témoigneroit-elle
pas, sur-tout lorsqu'elle apprendroit les
soins que la veille, il avoit pris du
philosophe ?

Effrayé des transports frénétiques de
son épouse, à la nouvelle de la délivrance
de son fils, et craignant qu'ils ne se renou-
vellassent s'il paroissoit trop tôt à ses yeux,
si même elle apprenoit qu'on le menoit
à la prison des casernes, M. Mérinbert
avoit refusé de lui indiquer le lieu où il
se trouvoit : il s'étoit contenté de l'assurer
qu'elle le verroit le lendemain. Montmartin offrit aussitôt d'envoyer Lapierre
aux casernes pour veiller aux besoins de
Charles. Le jurisconsulte qui redoutoit
l'indiscrétion de ses domestiques, accepta la proposition.

Lapierre, d'après les instructions de son
maître, félicita d'abord Charles sur le hasard heureux auquel il devoit la vie, et répondit ainsi aux questions que le philosophe lui adressa à ce sujet. " Je ne sais
pas bien positivement comment tout cela
s'est ajusté ; je crois pourtant, d'après
ce qu'on m'a dit, que monseigneur le maréchal, en parlant à M. de Mérinbert d'un
procès, lui a fait part de votre jugement
qu'il avoit approuvé, et d'après ce qu'il
lui a dit de votre nom retourné, de votre
beau discours et de bien d'autres choses,
M. de Mérinbert a bien vîte reconnu que
c'étoit vous, et ils ont tout de suite couru

à la porte de France, et sont arrivés bien heureusement à temps. »

Il s'étendit ensuite avec affectation sur les dangers que Mad. Mérinbert avoit courus, en apprenant, soit qu'on le conduisoit, soit qu'il avoit été arraché au supplice. « Tout cela n'a pas étonné, ajouta-t-il; depuis que vous étiez loin, le temps lui duroit de vous voir arriver. Elle se tourmentoit tant de ce que vous ne veniez pas achever votre mariage, et elle se faisoit tant de mauvais sang, en y songeant, que le moindre accident qui pouvoit l'empêcher risquoit de la tuer. »

Mérinbert chargea aussitôt Lapierre de diverses commissions; il avoit besoin d'être seul : il étoit en proie aux remords les plus déchirans. On l'a observé; ce supplice invisible étoit le seul que redoutoit son cœur vertueux. Tous les maux que lui prodiguoit la fortune ennemie, tous les outrages dont elle se plaisoit à l'accabler, lui paroissoient des jouissances auprès des tourmens du remords. L'idée d'avoir manqué à ses parens et sur-tout à sa mère, de l'avoir livrée à l'inquiétude et peut-être au désespoir, par sa fuite inconsidérée, le poursuivoit sans relâche, depuis son engagement. Elle venoit de se représenter sous le point de vue le plus désolant : *Il avoit failli à causer la MORT à sa MÈRE !* Quelle horrible nouvelle !... et pourquoi causoit-il tant de chagrins à

l'auteur de ses jours, pourquoi s'ex-
posoit-il à commettre un parricide ?.....
pour se dérober à un hyménée qu'il ne
se sentoit pas le courage de supporter, parce que l'épouse proposée n'avoit
pas assez de qualités ! .... parce qu'elle
ne joignoit pas aux attraits les plus sé-
duisans, à une conduite sans reproche,
les talens qu'il eût désirés !....

Cette réflexion le transporta d'indignation contre sa lâcheté. « Zénon !
Caton ! s'écria-t-il ; qu'auroit-donc fait
votre pusillanime imitateur, s'il eût été
lié avec la furie dont, jusqu'à 70 ans,
Socrate supporta si patiemment les outrages !... misérable ! et tu n'as pas craint,
pour éviter un peu d'embarras, de manquer au plus saint des devoirs, de désobéir à ta mère, de l'abreuver d'amertumes, de l'exposer au trépas ! Qu'étoit
cet embarras, auprès des malheurs dont
t'ont affligé les dieux justement irrités
de ton crime ? qu'étoit-il sur-tout auprès des remords poignans, qui t'ont
déchiré jusqu'à présent ?... Oui, hommes
divins ! j'en atteste vos manes, j'en prends
à témoins vos héroïques travaux, Charles
sera digne de vous ; il bravera aussi la
souffrance, elle ne lui fera plus manquer
à la vertu. Si sa mère désire encore cette
union qu'il a fui, il s'empressera d'y souscrire !... Après tout de quel courage me
vanté - je ? Socrate rechercha, dit-on,

C 6

son épouse pour exercer sa patience, et je ne pourrois supporter une femme qui me fournira si peu d'occasions d'éprouver la mienne.... »

Délivré de ses remords par cette résolution, il éprouva une satisfaction si vive, qu'il put se livrer à quelques-uns de ses anciens travaux, entr'autres, à la correction du discours prononcé devant le conseil de guerre, discours dont le maréchal d'Héréville lui fit demander une copie.

Au milieu de la nuit, le geolier reçut l'ordre de le mettre en liberté. Charles s'empressa de rejoindre ses camarades qui se levèrent tous, lorsqu'il entra dans la chambrée. Leurs embrassemens, leurs jurons énergiques, les soins qu'ils se disputoient la faveur de lui prodiguer, tout lui prouva la sincérité de leurs regrets. "Ils ne pouvoient, disoient-ils, se pardonner d'avoir inquiété un homme qui devoit leur payer un bec-jaune, tel qu'on n'en avoit jamais vu depuis la bataille de Fontenoi. Ils exigèrent ensuite qu'il prît du repos, et afin qu'il en jouît sans trouble, ses compagnons de lit veillèrent pendant le reste de la nuit.

Au point du jour, le fourrier vint commander deux hommes de la chambrée pour une corvée extraordinaire. Il s'agissoit de fournir, jusqu'à midi, une garde d'honneur au général Roger, à cause de sa réception à la dignité de commandeur de l'ordre de St-Louis. Ce nom réveilla la passion de Mérinbert; quoique fermement résolu de s'unir à Séraphine, il ne put résister à la tentation séduisante de se procurer, pour la dernière fois peut-être, la vue de sa maîtresse : il demanda à Trompe-la-mort de lui céder sa place.

« Ventremille bombes ! ça n'est pas juste; nous ne t'avons que trop chargé de corvées à Barraux. Nous sommes des coquins, des gueux, des scélérats, mais ça ne dure pas; nous avons nos bons momens. »

« Je ne vous le demande pas comme soldat, mon camarade, mais comme ami; c'est un service que vous me rendrez; je suis curieux d'observer certaines choses dans cette maison. »

« C'est différent; écoute, tu prendras place dans le détachement, et je te joindrai au poste : par ainsi, quand tu voudras quitter, à quelle heure que ce soit de la matinée, tu seras le maître, je te remplacerai. »

« C'est bon, s'écria Mal-uni, c'est bon; j'y suis, j'y suis. Ah! ah! petit coquin, je parie que vous voulez lorgner cette jolie demoiselle qu'est venue en prison prendre vos lettres. Tu as raison, fanfan, tu as raison; elle est bien *affinée* celle-là ! » — Il raconta ensuite à Charles ce qui s'étoit passé et dit en prison. La qualité de *demoiselle* donnée à Amélie, par le geolier, étonna le philosophe. Son mariage auroit-il encore éprouvé des obstacles ?.... Cette réflexion le confirma dans son projet qu'il se repentoit déjà d'avoir conçu. Pour être mieux déguisé, il se fit friser avec plus d'étalage qu'à l'ordinaire et prit un énorme chapeau à la suisse.

Comme son cœur palpitoit lorsqu'il entra dans cette allée, dans laquelle il y avoit si peu de temps qu'il n'osoit se présenter !.. il dévoroit des yeux la fenêtre d'où l'image de son amante s'étoit jadis réfléchie dans la glace du boudoir de Mad. Mérinbert. Il se promenoit dans la cour; et, sous prétexte de converser avec le factionnaire, il dirigeait à chaque instant ses regards vers cette fenêtre. Trompe-la-mort, qui s'en apperçut, engagea le caporal à le placer à ce poste, sur les huit heures, au renouvellement de la faction. Mérinbert le remercia vivement de cette attention, dont il lui sut d'autant plus de gré, qu'à neuf heures, Amélie parut, traversa la cour et entra dans le jardin que, de ce poste, il découvroit en entier.

Qu'on juge si son émotion dut augmenter à cet aspect enchanteur ! Bientôt il excita tout son intérêt et rappela, dans sa première force, la passion qui l'avoit si longtemps tourmenté. Assise dans un pavillon de charmilles, dont les branches dégarnies de feuilles, laissoient appercevoir ses mouvemens, Amélie s'accouda sur une table d'ardoise, et tira un mouchoir avec lequel elle essuya des larmes qui couloient de ses yeux. Pâle, foible, abattue, elle sembloit absorbée dans une profonde rêverie, dont elle ne sortoit que pour diriger ses regards vers le boudoir de Mad. Mérinbert.

« Elle pense sans doute à son amant infortuné, se disoit Charles ravi jusqu'à l'extase. La lecture de ma lettre l'a convaincue de ma passion, de mon innocence ; elle se repent de son manque de foi et de ses injustes rigueurs. Ah ! trop charmante Amélie, pourquoi faut-il que le destin sépare deux cœurs si bien faits l'un pour l'autre ?.... Que dis-je ? pourquoi renoncerois-je à la félicité, si elle ne s'est pas encore engagée ?... Oui, sans doute, je vous obéirai, mère trop tendre, et trop malheureuse des écarts de votre coupable fils ! mais vous ne désirez pas son infortune : vous écouterez sa voix gémissante, lorsqu'il réclamera de votre générosité, la femme adorable sans laquelle la vie ne seroit pour lui qu'une suite d'amertumes et de tourmens. Il se jettera à vos pieds ; votre cœur s'attendrira, vos entrailles tressailleront, et

vous renoncerez à des engagemens imprudens et précipités !.... »

Montmartin interrompit la rêverie
d'Amélie et l'extase de Charles. Trop
éloigné pour entendre leur entretien,
celui-ci tâcha, en se promenant dans
l'espace fixé par sa consigne, de deviner
à leurs mouvemens ce qu'ils se disoient.
Amélie se leva à l'arrivée du comte,
et lui adressa de véhémens reproches;
le comte, d'un air suppliant, lui remit
un billet, dont la lecture changea leurs
rôles. Amélie s'épuisa en supplications,
joignit les mains et fléchit enfin un genou
devant lui : il l'en empêcha et lui donna
une lettre. Aussitôt elle l'embrassa vivement, l'accabla de caresses, le fit asseoir
à ses côtés, et, passant un de ses bras dans
le sien, elle ouvrit la lettre, afin sans
doute de lui en communiquer le contenu.
Charles étoit transporté de rage ; il
alloit peut-être se découvrir, lorsqu'heureusement, dix heures ayant sonné, un
nouveau factionnaire le releva.

Arrivé au cabinet où l'on déposoit les
armes, Trompe-la-mort lui dit : « Brûle-
moustache, on est venu te chercher de
la part de ta mère, car ton congé est
délivré. Comme j'ai vu que tu prenois
plaisir à cette faction, j'ai répondu que
tu n'étois pas à ce poste : qu'on t'avoit
chargé de porter des paquets du major
dans divers endroits. Mal-uni qui est

seul de la chambrée avec moi, a dit
de même, de sorte qu'avant qu'ils aient
couru chez le major, à la caserne, et par-
tout où ils croiront te déterrer, tu as
le temps de voir ta belle. N'ai-je pas
bien fait ? »

« Je vous remercie de vos soins obli-
geans, mon cher Trompe-la-mort ; cependant je ne veux pas laisser ma mère
dans la peine ; je vais vous quitter à
l'instant : mille choses à mes camarades
de la chambrée. »

« Ventremille bombes ! est-ce que tu
ne nous reverras plus ? Il faut pourtant
trinquer avec nous lors du bec jaune, ou
tu nous fâcherois. »

« Très-volontiers, mon camarade ; ce
ne sera pas néanmoins aujourd'hui : vous
sentez qu'après une si longue absence
et tant de dangers, l'on ne me relâchera
pas facilement. »

« Tu as raison, il faut se donner
le loisir d'embrasser ses parens. Ainsi
nous commencerons sans toi, mais nous
réserverons toujours de quoi riboter ensemble. Écoute encore une affaire : quand
on t'a demandé, le portier a dit que tu
ne devois pas avoir envie d'être ici, attendu qu'on lui avoit défendu, encore
hier au soir, de te laisser entrer. Si je
n'avois pas crains que tu te fâchasse, j'aurois *pommé* la gueule à ce trigaut-là. »

« J'en serois en effet bien fâché, ce

garçon ne m'a point offensé ; il exécute les ordres de ses maîtres. J'attends de vous un nouveau service : priez tous nos camarades de la chambrée, de ne dire à personne que je sois venu à cette faction. Je voudrois même sortir avec une autre coiffure, de crainte que les domestiques du général ne me vissent entrer ainsi chez maman. »

« Sois tranquille, je m'en charge ; passe au corps-de-garde. »

Il alla aussitôt chercher le perruquier de la compagnie, qui coupa les moustaches de Charles, le défrisa, ôta sa fausse queue, et l'affubla d'un manteau, de sorte qu'il gagna l'appartement de sa mère, sans qu'on pût se douter qu'il étoit le soldat sauvé le jour précédent.

Pendant cet intervalle, Charles fut en proie aux chagrins et aux remords. Après ce dont il venoit d'être le témoin, il étoit difficile de douter de l'affection d'Amélie pour Montmartin. Ses humbles supplications, ses vives caresses et sa confiante communication, ne pouvoient être adressées qu'à l'heureux mortel possesseur de son cœur, puisqu'elle ne paroissoit pas mariée. Son imprudent désir de voir encore cette femme, venoit sans doute de causer de nouvelles inquiétudes à Mad. Mérinbert. Cette mère si tendre, ne devoit-elle pas s'allarmer douloureusement de ne point voir arriver son fils

chez-elle, aussitôt qu'il avoit été affran-
chi de sa profession ? quoiqu'il en fût bien
puni par les témoignages d'amour donnés
à son rival, il ne lui restoit pas moins le
remords des nouveaux chagrins auxquels
il l'exposoit ; aussi réitera-t-il, dans le
fond de son cœur, ses sermens de la
veille, et se disposa-t-il même à prévenir les vœux de Mad. Mérinbert ,
dont il frémissoit un instant auparavant.

CHAPITRE VI.

« CRUEL enfant, que tu m'as causé d'inquiétudes ! » dit enfin Mad. Mérinbert après un quart-d'heure de tendres embrassemens, pendant lesquels la joie ôtoit la parole à la mère et au fils. « Que dis-je ! Ah ! mes premières expressions ne doivent pas être des reproches ; ta présence répare tous tes torts. »

« Non, non, ô ma tendre mère ! votre fils seroit trop cruellement puni par les remords qui le rongent, si vous ne satisfaisiez pas votre juste courroux : parlez, que faut-il faire ? je suis résigné à tout, ou plutôt, les plus terribles châtimens me sembleront doux, s'ils détruisent votre ressentiment. »

« Du ressentiment ? quel langage dans ta bouche, mon cher fils, ma vie, mon unique existence ; du ressentiment contre Charles ! Ah ! pus-tu jamais m'en soupçonner capable ? tu le sais, je n'eus qu'un désir à ton égard, et je te l'eusse sacrifié sans hésiter, si j'eusse pensé qu'il t'eût coûté le repos. Pourquoi ne m'en avez-vous pas prévenu, ô mon ami, lorsqu'il en étoit temps ? lorsque les liens de l'honneur ne nous serroient pas encore de leur chaîne impossible à

rompre ?.... Vous avez douté de ma tendresse !.... méchant ! Ce doute criminel
envers mon cœur devoit-il souiller le
tien ? »

« Arrêtez... arrêtez, ne m'accablez pas
de ces reproches qui me sont insupportables. Je trouvois bien doux ce trépas
qui m'enlevoit à la pointe acérée du
remords; voudriez-vous me le faire re-
gretter ? Ah ! soyez touchée de ma résignation ; non, les plus cruels supplices ne
me paroissent que de foibles épines auprès
de vos reproches. Parlez, encore une fois,
parlez : qu'elle réparation exigez-vous ?
je suis prêt, et si vos mêmes plans existent
encore, je m'empresserai d'y souscrire. »

Transportée d'aussi heureux sentimens,
Mad. Mérinbert se jeta au cou de Charles.
L'amour filial exerça alors toute sa puissance : elle eut honte de le sacrifier à
ses vues d'élévation, et, se dérobant à
ses embrassemens, elle s'élança du côté
de son bureau pour déchirer le contrat,
auquel sa tendresse maternelle lui disoit
que le malheur de son enfant chéri étoit
attaché ; mais elle resta immobile à la
vue du papier magique, dont il se trouvoit encore accompagné, et un vif effroi
de ce qu'elle alloit faire, succéda à ce
beau mouvement.

Ayant observé la veille, l'effet que
produisoit son tableau généalogique sur
les yeux étincelans d'ambition de l'or-

gueilleuse Mérinbert, Montmartin l'avoit laissé adroitement pour la préserver de l'influence puissante d'un fils rendu à la vie, si ce fils osoit lui demander qu'elle renonçât à ses projets. Cette précaution ne fut pas inutile. Elle dévora encore ce tableau séducteur, prit le contrat et le présenta à son fils, en lui expliquant, en peu de mots, ce qui s'étoit passé. Charles s'en saisit, le signa et embrassa sa mère avec de nouveaux transports. Il signa aussi plusieurs billets rangés de telle manière, qu'on ne pouvoit lire que le premier qui couvroit les autres et n'en laissoit voir que la dernière ligne et l'espace destiné au seing.

« Ce sont, lui dit-elle, des invitations à tous les parens des deux familles, de signer le contrat, et d'assister à la célébration et au repas que nous donnerons ce soir-là. J'ai présumé qu'après ton aventure, tu répugnerois à leur faire les ennuyeuses visites que l'usage exige à ce sujet. » Charles la remercia; il ne voulut pas même prendre lecture du billet découvert; ils furent tous envoyés à l'instant avec le contrat.

Charles n'avoit peut-être jamais goûté une joie aussi pure, une félicité aussi parfaite. Ces remords si insupportables à son cœur vertueux, venoient d'être effacés par son généreux sacrifice. Il se sentoit enfin digne de sa secte héroïque

par l'épreuve pénible qu'il se préparoit.
Une apparition imprévue augmenta presqu'aussitôt son contentement.

« Quel est donc ce jeune militaire ,
s'écria Mad. Mérinbert surprise de voir
son fils prodiguer les plus vifs embrassemens à Sans-chagrin, à un simple
soldat.

« C'est mon bienfaiteur, c'est mon
ami, c'est le seul qui ait soulagé ma
misère, celui sans lequel peut-être votre
fils auroit succombé au désespoir avant
d'arriver ici. »

Sans-chagrin s'étoit rendu la veille à
Crozet sans s'arrêter à Grenoble, excepté
pour écrire à Transpercé qu'il venoit
d'obtenir son congé et l'inviter à le venir
voir. Il trembloit d'y entendre parler de
l'exécution de son cher Brûle-moustache.
Il n'avoit reçu qu'en pleurant , les témoignages d'affection de sa fidèle maîtresse,
et lui avoit fait part , ainsi qu'aux amis
qui protégeoient leur passion , du motif
de ses larmes. A dix heures du soir ,
un voiturier qui arrivoit de Grenoble,
lui raconta que la fusillade d'un des
soldats avoit été suspendue par ordre
du commandant de la province , parce
que c'étoit , disoit-on , le fils unique d'un
des plus riches particuliers de Grenoble.
Il n'en fallut pas davantage à Sans-chagrin ; il se déroba, dès le lendemain,
aux embrassemens de Louise et accourut

à Grenoble s'informer, en frémissant, du nom du soldat délivré. Transporté d'apprendre que c'étoit son ami, il se rendit à son hôtel, quoique fort embarrassé de la contenance qu'il tiendroit vis-à-vis de celui auquel il avoit fait une peinture si comique du jeune philosophe de Rossières. Il commença donc à balbutier des excuses : « Je vous demande bien pardon, M. de Mérinbert, je ne vous reconnoissois pas.... »

« De quels termes vous servez-vous, mon ami ? ne suis-je plus votre cher camarade ? Ah ! ne m'appelez plus que de ce nom qui me sera toujours d'un prix au-dessus de tous les autres. Va, va, Sans-chagrin, l'or qui éclate de tous côtés, dans cet hôtel, n'a jamais influé sur le cœur de Charles. Il est, et sera toujours pour toi, le Brûle-moustace abandonné de tout le monde, excepté du généreux, de l'incomparable Sans-chagrin.... Mais qui vous amène si vîte à Grenoble ? n'auriez-vous plus trouvé Louise telle que.... Ah ! parlez, mon ami ; délivrez-moi de l'inquiétude que je conçois peut-être sans fondement. »

« Ah ! mon dieu, oui, monsieur, ou bien mon cher camarade, puisque vous le voulez, avec la permission de Mad. de Mérinbert, Louise est toujours la même ; si je l'ai quittée, c'est que je voulois savoir si c'étoit vous qui aviez échappé à

la

la fusillade, et je suis venu tout de suite m'informer de vos nouvelles. »

« Je ne m'attendois pas à moins de votre part, homme étonnant ! mais avez-vous votre congé ? »

« Ah ! mon dieu non, mon cher camarade, je n'ai encore qu'une permission limitée. »

« C'est bien singulier !.. le geolier n'auroit-il pas remis ma lettre à Désormeaux ?... Allez lui demander, s'il vous plaît, ce qu'il en a fait. »

Avant son retour, Charles raconta à sa mère quelles obligations il avoit au naïf villageois. Elle lui promit d'écrire au curé de Vif, d'arranger son mariage avec sa maîtresse ; elle se chargea de fournir à celle-ci une dot qui répondît aux vues intéressées de la famille de Sans-chagrin.

Le rapport que fit celui-ci de la réponse du geolier surprit Mérinbert. Comment ? Amélie avoit pris elle-même la lettre destinée à Désormeaux, et le congé du soldat n'étoit point encore acheté ? Que penser de cette conduite ?.... « Il est aisé de s'en éclaircir, mon fils, observa Mad. Mérinbert : il suffit de faire demander au portier de votre ami, si Amélie a adressé à son maître votre lettre avec l'argent destiné au congé. » Feignant ensuite d'ignorer que Charles eût écrit à son amante, elle le pria de lui expliquer comment elle se trouvoit chargée de ce payement.

Très-embarrassé de cette question, il fut sur le point de lui avouer tout ce qui s'étoit passé et tout ce qu'il avoit senti à l'égard d'Amélie. Un sentiment de générosité, bien digne de son cœur et de son amour filial, le retint. « Maman, pensa-t-il, se reprocheroit peut-être des projets, auxquels tient son bonheur, si elle entrevoyoit qu'ils fussent opposés à mes affections particulières. » Il se contenta de lui répondre : « Sachant que M.lle Roger étoit dame de la miséricorde, je l'ai priée de distribuer aux pauvres l'argent qui me restoit. Je l'ai ensuite invité de prélever trente louis, qui étoient nécessaires à l'achat du congé de Sans-chagrin, et de les envoyer sans délai à Désormeaux, à qui j'avois oublié de les adresser en le chargeant de cette négociation. »

Le portier de celui-ci ayant répondu négativement au message porté par le soldat, Charles s'irrita d'une négligence, à la vérité impardonnable, si elle eût été réelle. Mad. Mérinbert aigrit son ressentiment par des observations malignes sur ce retard et sur-tout sur la hardiesse d'Amélie, qui prenoit et gardoit sans gêne une lettre pressante, destinée à une autre personne. Ce ressentiment fut porté à l'extrême par le rapport du domestique

qui avoit distribué les billets d'invitation.
« J'ai remis, dit-il, le contrat à Mad.
Roger, qui m'a reçu le mieux du monde,
car elle m'a envoyé rafraîchir à l'office.
Un demi quart - d'heure après, elle est
venue elle-même me le rendre, en me
disant que toute sa famille le signoit
avec le plus grand plaisir et en me chargeant de complimens pour vous. St-Jean
m'a dit : —Tu aurois bien aussi vu notre
jeune maîtresse, car elle n'est pas chiche
de jolies choses celle-là, mais on a annoncé ce matin, à la messe de paroisse,
son mariage avec M. le comte son amoureux, et les filles n'aiment pas trop à
paroître ces jours - là. »

Le feu monta au visage de Mérinbert.
« Quel parti faut-il prendre à l'égard
de la lettre, dit-il en particulier à sa
mère. »

« Il y en a un fort simple, c'est d'é-
crire à Amélie pour la redemander.
Cela est d'autant plus urgent, que Désormeaux n'est pas à Grenoble. Tu ne peux
y aller en personne, puisque la porte de
cette maison t'est défendue. Je pense que
tu ne serois pas aise que ta lettre s'é-
garât ; elle contient sans doute des confidences intéressantes, vu le moment
auquel tu l'as faite. »

« Non, certes, s'écria-t-il en commençant un billet, dont le style se res-
sentit de la situation de son ame et

sur-tout de la fureur qu'avoit excité en lui cette annonce de mariage et qu'il avoit peine à contenir.

« Je présume , mademoiselle , que
» l'affaire importante dont vous êtes occu-
» pée , absorbe tellement votre attention ,
» que vous avez oublié de faire remettre
» à son adresse une lettre destinée à M.
» Désormeaux, dont j'apprends que vous
» vous trouvez saisie. Je présume aussi
» que , par le même motif , vous avez
» négligé de lui envoyer la somme néces-
» saire au dégagement d'un jeune soldat ,
» quelque pressant qu'il fût de lui rendre
» sa liberté. Veuillez donner au porteur
» et la lettre et la boîte dont je vous priois
» de faire la distribution ; c'est à moi
» maintenant de me charger de ce soin. »

» Je suis, avec considération, votre
serviteur

CHARLES MÉRINBERT. »

Désirant entretenir son fils sans té-moins , Mad. Mérinbert chargea encore Sans-chagrin de ce message. Elle dit alors au philosophe qu'elle trouvoit que son billet étoit conçu en termes trop modérés, vu les mauvais procédés de cette famille envers lui. « Hier , ajouta-t-elle , j'ai envoyé remercier Amélie de l'avis qu'elle a donné de ton danger ; j'ai

annoncé en même temps, que tu t'em-
presserois de t'y présenter en personne,
dès que tu serois libre. Sa mère qui a
reçu le domestique, lui a dit qu'elle te
dispensoit de venir dans sa maison, et
d'avoir la moindre relation avec ceux qui
l'habitent. »

« Comment ? c'est Amélie qui a donné
avis du danger que je courois ?..... »

Jusques-là il n'en avoit pas eu le moindre soupçon, les soldats n'ayant été témoins que de la remise des lettres à
Amélie. D'ailleurs, prévenu par le récit
perfide de Lapierre, il attribuoit au
hasard sa délivrance.

« Oh ! elle n'a fait que ce que tout
autre, même moins que tout autre n'auroit fait à sa place. S'étant trouvée en
prison, après ta sortie, elle en a averti
ton père qui dînoit chez le général, au
lieu de courir ou faire courir après ton
escorte, retard imprudent qui a failli te
coûter la vie. »

Malgré cette atténuation du service
de son amante, Charles se repentit vivement de lui avoir écrit d'une manière
aussi sèche ; il n'étoit plus temps ; la réponse d'Amélie et les commentaires dont
l'orna Mad. Mérinbert, lui rendirent,
du moins au premier moment, presque
toute sa colère.

« Ah mon dieu, mon cher camarade,
lui dit Sans chagrin, que cette demoi-

selle est vive ! On m'a mené dans sa
chambre où on diroit qu'elle pleuroit,
tant elle étoit pâle : votre billet lui a fait
faire un saut ; elle vous est devenue rouge
que c'étoit une merveille, en criant : c'est
une abomination, c'est une infamie ! et
froissant dans ses mains votre papier
comme un chiffon : et puis elle vous a
vîte griffoné la réponse que voilà avec
la boîte. »

« Il est vrai que l'affaire dont je m'oc-
» cupe me tient *très-vivement* à cœur,
» monsieur ; elle ne m'empêche pas,
» néanmoins, de songer à d'autres affaires,
» et il en est une, sur-tout, qui m'en a dis-
» traite hier : je ne sais à présent si je
» dois beaucoup m'en féliciter. Quoiqu'il
» en soit, je vous renvoie avec plaisir
» votre boîte, très-aise que vous vous
» sentiez en état d'en faire la distri-
» bution. A l'égard de la lettre, maman
» s'est chargée ce matin, de la faire re-
» mettre à la poste. Je suis votre servante ,
            Amélie R O G E R. »

« *P. S.* Vous avez sans doute oublié que
» vous m'avez invité de donner un louis
» au geolier chargé des deux lettres. Je
» vous prie de le remettre au dome.-
» tique qui accompagne votre commis-
» sionnaire, avec une somme semblable
» pour les dépenses que je fis lors de

» votre premier séjour en *prison*. Je
» prendrai des quittances des chirurgiens ,
» apothicaires , gardiens , etc., si vous
» l'exigez. »

« Quelle sotte créature ! s'écria Mad.
Mérinbert. Il faut cependant ravoir la
lettre de Désormeaux.... Si tu écrivois à
Mad. Roger !.... Il n'est qu'onze heures et
demie ; peut-être ne l'a-t-elle pas encore
envoyée à la poste... »

« Mais , maman , vous venez de me
dire que Mad. Roger me défend la moindre
relation avec sa maison. Vous pourriez
lui écrire vous-même , puisqu'elle vient
de vous adresser des complimens. Au
reste , cela est inutile ; la lettre parviendra
à Désormeaux ; ce n'est pas un grand mal
qu'il en connoisse le contenu. »

Mad. Mérinbert n'étoit point de cet
avis. La lettre de son fils contenoit sans
doute des détails sur sa passion, et Désormeaux qui la favorisoit, étoit homme
à partir le lendemain matin , à sa réception, pour venir aider son ami de ses
conseils. Sa présence seroit très-nuisible
dans ces circonstances ; d'ailleurs il falloit
qu'il terminât sa négociation qui souffriroit
nécessairement de son départ précipité.
Elle renvoya Charles et Sans-chagrin ,
et réfléchit au parti qu'elle avoit à prendre. Etoit-elle donc réduite à écrire à
cette sotte marchande ?.... cependant il

D 4

n'y avoit pas de temps à perdre, et peut-
être même la lettre étoit-elle déjà remise
à la poste. « Au reste, se dit-elle, indépendamment de la nécessité qui me jus-
tifie, elle m'a fait elle-même les premières avances, et c'est assez pour m'autoriser à lui répondre. Après tout, elle
est d'une famille illustre ; son nom,
ainsi que celui de son père, se trouvent
sur l'arbre généalogique des d'Alleysands.»

Déterminée par ces réflexions et sur-
tout pressée par le temps, elle envoya
à Mad. Roger un billet dans lequel elle
réclamoit la lettre ; mais à peine le com-
missionnaire fût-il parti, qu'elle se repentit de cette démarche ; elle craignit
que son orgueilleuse ennemie ne dédai-
gnât de lui répondre ; elle la connoissoit
mal. Mad. Roger, infiniment sensible
aux plus légères marques d'attention,
fut enchantée de celle-ci. Déjà elle
avoit vu à ses pieds le fils de la hautaine
Mérinbert ; actuellement, Mad. Mérinbert
elle-même lui écrivoit et faisoit ainsi
la première démarche depuis l'aventure
qui les avoit brouillées, car Mad. Roger
n'avoit chargé le domestique, porteur
du contrat, que de complimens généraux
qu'il avoit gauchement particularisés. Au
reste, depuis que ses intérêts étoient
devenus, pour ainsi dire, communs avec
ceux de Mad. Mérinbert, elle en entendoit parler sans peine et ne l'envisageoit

plus sous un jour aussi odieux. Elle lui répondit donc et lui renvoya la lettre redoutée.

Mad. Mérinbert la porta à son fils qu'elle trouva dans l'antichambre, prêt à sortir.

Sans-chagrin lui avoit dit en entrant chez lui. « Eh bien, mon cher camarade, vous voilà bien content ! Vous ferez bien au moins célébrer un office, chaque jour, pour votre délivrance ! N'avez-vous pas déjà choisi une église ? — Non, mon ami. — Ah mon Dieu ! il n'y faut pas manquer. Il faut de plus faire un pélerinage à Notre-Dame de l'Osier, dire une neuvaine au grand Saint Giraud, et réciter le rosaire le premier lundi de chaque mois. »

Antisthène, le père du stoïcisme, fut, dit-on, le premier philosophe qui osa ouvertement prêcher l'unité de Dieu, que Socrate n'enseignoit que devant ses disciples. Il ne paroît pas néanmoins qu'il ait substitué aucun rit religieux aux extravagances du polythéisme, et ses disciples n'ont reconnu qu'un principe éternel de toutes choses, sans lui élever d'autres autels que leur cœur. Partisan zélé de cette secte célèbre, Charles avoit pris pour règles de sa conduite les maximes des sages les plus illustres de l'antiquité. « Suis la religion de tes concitoyens, » disoit l'un d'eux ; ne méprise jamais

D 5

» les usages qu'ils affectionnent, s'ils
» n'ont rien en eux-mêmes de pernicieux :
» les braver seroit d'autant plus insensé,
» que la plupart des hommes tiennent
» avec opiniâtreté au culte de leurs an-
» cêtres, sans s'inquiéter s'il est extrava-
» gant ou raisonnable. »

N'examinant pas non plus, dans ses
sources ou dans ses preuves, le culte
de ses contemporains, il le respectoit
religieusement. Il se rappeloit qu'Epicure
lui-même, sacrifioit, en public, aux
dieux fantastiques du paganisme. Bien
d'autres eussent répondu aux propositions
pieuses de son naïf ami, par un sourire
de pitié ou une épigramme maligne ; il
se contenta de détourner la conversation.
« Racontez-moi, lui dit-il, ce que vous
avez fait depuis notre séparation. — Avec
plaisir, mon cher camarade ; mais il
me faut d'abord entendre la messe ; il
est bientôt midi et il n'y en a plus
qu'une ici, à cette heure. Je gage que
vous n'y êtes pas allé ce matin ? — Non.
— Eh bien, achevez vîte de vous habiller, nous nous y rendrons ensemble. »

Charles accepta ; il ne fuyoit pas les
occasions de méditer sur la Divinité.
Mad. Mérinbert, d'abord étonnée d'une
course qui n'entroit pas dans ses plans,
y consentit ensuite. Elle réfléchit que
le mariage d'Amélie ayant été pro-
clamé, celle - ci ne se trouveroit sans

doute pas au temple où les regards curieux de la multitude affecteroient sa
modestie. D'ailleurs, elle n'avoit point
encore eu le temps de déclarer à Charles
quelle conduite elle désiroit qu'il tînt
et ce n'étoit pas le cas de le brusquer
inutilement. Elle recommanda toutefois
à Louis de ne pas quitter son maître
et de ne pas s'arrêter.

CHAPITRE VII.

LA cérémonie n'étoit pas encore commencée, et l'église cathédrale étoit déjà à moitié remplie de riches élégans des deux sexes, car c'étoit par indulgence pour la paresse de l'opulence, ou, suivant la chronique maligne, par spéculation sur la location de leurs chaises, que les chanoines faisoient célébrer cette messe tardive. En attendant le pontife, chaque coterie, chaque profession y formoit des groupes dont l'aspect frappa les yeux novices du stoïcien qui n'avoit jamais assisté qu'aux messes matinales du collége. Les gens d'affaires s'y entretenoient, presque sans baisser la voix, de leurs procès, les militaires de leurs exploits, les femmes de leurs parures, et les merveilleux de leurs conquêtes. Étourdi par leur bourdonnement indécent, Charles suivit Sanschagrin et Louis qui s'approchèrent des marches de l'autel, pour participer réellement, avec quelques ouvriers, au sacrifice religieux, dont les élégans sembloient ne rechercher que le spectacle. Il apperçut, non loin de là, les dames d'Alleysand à genoux, et gardant un respectueux silence. Charmé du maintien décent qu'elles conservoient au

milieu de la cohue irrévérente dont
elles étoient entourées, il les aborda et
en reçut de vives félicitations de son
heureuse délivrance. Il prit place à leurs
côtés et reporta ses regards observateurs
sur les assistans, dont la conduite le
blessoit. Il remarqua avec surprise que
tous le fixoient et parloient de lui.
L'arrivée d'une société brillante, détourna
heureusement leur attention ; il ne savoit
plus quelle contenance tenir.

Qu'on juge s'il fut rassuré, lorsqu'il
apperçut le général Roger donnant la
main à sa nièce, parée très-richement,
entourée de toute sa famille et de sa
compagnie, à l'exception de sa mère,
et suivie d'un nombreux cortége de domestiques ! Pour surcroît d'embarras,
Amélie se plaça de manière que Charles
en se tournant un peu, la découvroit
tout-à-fait. Il prit le parti de s'accouder
sur sa chaise et de mettre les mains sur
ses yeux, afin d'échapper à cette vue
dangereuse.

Il ne put tenir long-temps dans cette situation ; sa passion venoit de se réveiller
avec plus de violence que jamais ; il
se demandoit pourquoi il se refuseroit la
satisfaction de fixer encore une fois cette
tête céleste, puisque son sort étoit décidé et que rien ne pouvoit désormais
les réunir. La raison et la philosophie
renouvelèrent en vain leurs argumens ;

l'amour est trop fort quand il est secondé de la présence de l'objet par lequel il nous a blessé. Charles rencontra les yeux d'Amélie, et quoiqu'elle les reportât d'un air indigné sur ses heures, il ne put résister au plaisir de les chercher encore plusieurs fois. Ce soin sembla calmer un peu le courroux qui venoit de souiller les traits de cette figure touchante ; il crut même remarquer qu'elle ne lisoit point ; il se flatta qu'il lui causoit cette distraction.

Il reprit néanmoins bientôt sa première position ; il venoit de tourner contre lui-même cette indignation qu'avoit excité l'irrespectueuse conduite des assistans ; il se demandoit s'il étoit dans le cas de les censurer, lui que l'aspect d'une femme avoit empêché de donner la moindre pensée à l'Etre-suprême, au dieu unique reconnu par le chef du stoïcisme ? Il se contraignit alors à concentrer ses ré-flexions sur les attributs de ce principe de toutes choses ; dans le plus profond recueillement, il rendit hommage à son éternité, à sa puissance, à sa grandeur, à son immensité. Il admira sa sagesse, glorifia ses ouvrages, adora sa bonté et sa miséricorde.

Un bruit plus violent que le murmure qui retentissoit dans l'église avant la cérémonie, l'arracha à sa méditation : il vit le prêtre descendre de l'autel et la

multitude gagner à la hâte les issues du
temple, comme si elle eût craint de trop
rester dans le lieu saint, malgré la célé-
rité étonnante qu'avoit mis dans ses fonctions le pontife expérimenté, ou soigneux
de ne pas fatiguer l'impatiente dévotion
de l'opulence. Le bouillant marin s'éloi-
gnoit déjà, et Charles n'apperçut plus
de son amante, que le faste qui avoit
si souvent blessé sa prédilection pour
la simplicité.

Les dames d'Alleysand ne partirent
qu'après que la foule se fût dissipée ;
elles invitèrent Charles à faire un tour
de promenade au jardin de l'hôtel-de-
ville. S'appercevant qu'il étoit l'objet
de l'attention publique, elles s'enorgueil-
lissoient de la compagnie d'un homme
célèbre. Cette attention et leur orgueil
s'accrurent, lorsqu'elles furent arrivées
dans les allées riantes, dont le Grenoblois,
fait justement ses délices. Ces allées
étoient remplies du *beau monde* qui
venoit de s'étaler à la messe et qui se
rendoit dans ces lieux charmans, plus
pour y voir ou être vu, que pour y
goûter les avantages de l'exercice.

La nouveauté du spectacle occupa
d'abord le philosophe. Les parties latérales
de la grande allée, ornées d'une suite
alternative de chaises et de bancs chargés
de jeunes dames élégamment mises,
offroient un coup-d'œil ravissant auquel

il ne manquoit que d'être couronné par
la verdure et les fleurs de la saison des
amours. Peu de personnes se promenoient
au milieu ; il en demanda la raison à
Séraphine. « C'est, lui répondit-elle,
qu'on craint le *contrôle.* Les jeunes
femmes, sur-tout, n'osent quitter leurs
bancs que lorsque la promenade est assez
garnie pour qu'elles échappent, du moins
en partie, à la censure de ceux qui
sont assis. » Une société placée à l'extrémité de l'allée, s'empara ensuite de
toute son attention, et reporta le trouble dans son ame.

On devine qu'il s'agit de celle du général. Amélie lui lisoit avec la plus vive
émotion une feuille imprimée ; elle s'arrêta tout-à-coup, d'un air interdit, à
l'aspect de Charles et des dames d'Alleysand, qu'elle salua avec un embarras plein de graces et de modestie. Celles-
ci s'informèrent de l'état de sa santé et
reprirent à l'instant leur promenade, à la
grande satisfaction de Charles fort embarrassé de la manière dont il devoit
se conduire avec les Rogers.

Il apperçut, à l'autre extrémité, un
colporteur qui vendoit des pamphlets. Il
remarqua, avec un nouvel embarras,
qu'en lisant une feuille semblable à celle
d'Amélie, chacun le fixoit. Il en devina
bientôt la raison, lorsqu'il eut joint le
marchand : il s'agissoit du discours pro-

noncé la veille pour la défense de Sans-
chagrin. Le maréchal l'avoit rendu public
à son insçu. Il est vrai qu'on n'y indiquoit
que les lettres initiales de son nom,
mais personne ne s'y méprenoit.

Trop timide pour se donner en spectacle, Charles abandonna la promenade,
après avoir prié les dames d'Alleysand
de lui envoyer Sans-chagrin et Louis
qui étoient restés à l'autre extrémité.

Mad. Mérinbert, d'abord allarmée de
son retard, fut bientôt enthousiasmée
lorsqu'elle apprit que les dames d'Alleysand l'avoient causé. Sa joie redoubla
aux éloges que Charles lui fit de la beauté
de Séraphine. « J'ai vu, lui dit-il, plus
de deux cents jeunes femmes, à la messe
ou au jardin ; aucune ne sauroit entrer
en comparaison avec elle, ni pour les
attraits, ni pour la décence du maintien. »

Il ne trahissoit point sa pensée. Quelqu'effet qu'eût produit sur son cœur la vue
dangereuse de son amante, il ne la trouvoit
point aussi bien dans ses atours fastueux,
que dans le négligé piquant qui le char-
moit à Vif ou dans ses entrevues, soit
chez le moine, soit au pavillon de la
Bâtie. La plaie profonde dont elle l'avoit
blessé, n'en étoit pas moins aussi enve-
nimée que jamais.

« Ne sois point surpris de mes questions, mon cher ami : l'imagination de

ta mère se guérira difficilement de l'idée
de ce supplice auquel tu n'as échappé
que par miracle. Tu as passé d'un moment
l'heure du retour de la messe : eh bien !
un frisson universel me saisissoit déjà....
Ah ! ne me quittes plus, si tu veux ma
tranquillité.... »

« Moi vous quitter ! quel souvenir
funeste me rappelez-vous ! O maman !
votre fils sait trop ce que sa faute lui
a coûté !.... Non , non , Charles ne
vivra plus que pour vous. »

« Puisque tu aimes autant ta mère ,
promets-lui de ne jamais sortir sans
l'en prévenir et d'être toujours en la
compagnie de ton domestique : je n'aurai plus alors d'inquiétudes. »

« Très-volontiers ; dites-moi, je vous
le répète , quels sont vos moindres
désirs , je m'empresserai, je me ferai
une loi rigoureuse de les remplir. »

« Je vous reconnois bien là , mon
cher fils ; mais ne crains pas que j'abuse
de tant de complaisance. Je ne te demande plus que deux choses : la première, de faire aujourd'hui les préparatifs nécessaires pour ton mariage ; la
seconde , de brûler la lettre destinée
à Désormeaux, je vais t'en donner les
raisons.... »

« Votre plaisir, votre volonté , interrompit Charles en jetant la lettre au

feu ; voilà les seules raisons dont j'ai besoin. »

Mad. Mérinbert lui remit alors celle qu'elle écrivoit au curé de Vif , en faveur de Sans-chagrin. Transporté de sa générosité , les expressions lui manquèrent pour la remercier. Il lui renouvela, dans les termes les plus énergiques , ses sentimens de respect , d'amour et d'obéissance.

Elle reprit sa première conversation. « Désormeaux t'a prévenu contre les dames d'Alleysand , mon ami ; il en est très-fâché. Sans doute il ne les regarde pas comme parfaites ; je ne le pense pas mieux que lui. C'est une folie de courir après une femme accomplie ; elles ont toutes, ainsi que les hommes, leurs défauts ; celles même qui ont le plus de qualités ne sont pas les meilleures compagnes , je puis t'en parler d'après l'expérience. Elles sont singuliérement exigeantes , ne passent pas la moindre faute à leurs époux, et finissent par leur rendre la vie insupportable. »

Ce portrait se rapportoit assez à Amélie : du moins dans la situation où se trouvoit Charles à son égard , il étoit disposé à le lui appliquer. Quelque sécheresse qu'eût le billet qu'il lui avoit écrit dans le premier mouvement de fureur qu'excitoit la nouvelle de son mariage , et celle de sa négligence envers Sans-cha-

grin, il lui sembloit qu'il ne méritoit
pas la réponse injurieuse et méchante
d'Amélie. Quoi ! parce qu'il ne s'expri-
moit pas en termes assez polis, elle
poussoit le ressentiment jusqu'à se reprocher d'avoir concouru à lui sauver la
vie ! Quelle horreur !.... Il entra donc
vivement dans le sens de Mad. Mérinbert.

« Vous avez bien raison, maman,
j'en connois.... J'ai ouï parler d'une....
remplie de talens, à laquelle on peut
appliquer la censure de Juvenal. »

« Cette femme accomplie, qui pourroit la supporter ? J'aimerois, oui j'aimerois mieux une épouse rustique que
vous-même, Cornélie, mère des Grac-
ques, si, gonflant votre dot des triom-
phes de vos ancêtres, vos sublimes vertus
n'enfantoient que de grands airs dans
ma maison.... qu'importe la vertu d'une
épouse et ses vains attraits, s'il faut
toujours se les entendre reprocher ! Le
charme de ces rares et sublimes qualités
disparoît, dès qu'empoisonnées par l'orgueil, il en découle plus d'amertume
que de douceur. Quelque dévoué que
soit un époux, comment ne détesteroit-
il pas pendant sept heures, l'héroïne
dont il fit l'éloge le reste de la journée ? »

Trad. de DUSAULX.

« Ah ! l'incomparable auteur, s'é-
cria Mad. Mérinbert, trop ignorante
pour connoître l'horrible satyre dont
ce morceau est tiré ; oui, une femme
parfaite est insupportable.... Je n'ai
cependant pas voulu dire que Séraphine
n'eût point de qualités, bien loin de
là ! Mais Désormeaux irrité, peut-être,
d'en avoir été refusé, car on assure
qu'il l'a demandée en mariage, s'est
abandonné contre elle à tout son pen-
chant pour la satyre. »

Le bon Mérinbert adopta avidement
cette adroite supposition, à l'appui de
laquelle venoit l'aveu que lui avoit fait
Désormeaux lui-même. "Oui, sans
doute, maman, elle en a ; je lui
en ai reconnu ce matin que j'igno-
rois ; elle est très-pieuse et je fais
le plus grand cas de la piété, lorsqu'elle n'est pas portée jusqu'à la su-
perstition, et sur-tout jusqu'au fana-
tisme. »

« Telle est précisément la sienne,
mon cher fils : elle t'assure de la
sagesse de ta compagne, sagesse peu
commune aujourd'hui. »

« Elle parloit contre sa façon de
penser ; ainsi que la plupart des gens
du grand monde elle ne détestoit
guère moins la piété que ses abus ou
ses excès, avec lesquels elle la confon-

doit sous le nom de dévotion ou cago-
terie ; mais elle étoit transportée de voir
que son fils, non-seulement se rendoit
à ses désirs, mais encore revenoit à
admirer l'épouse à laquelle elle brûloit
de le voir uni, et commençoit à haïr sa
rivale.

CHAPITRE VIII.

UN soin généreux vint bientôt distraire le philosophe ; il s'agissoit d'assurer le bonheur de Sans-chagrin. Enchanté de le surprendre, il l'envoya porter une lettre dans laquelle il prioit M. de Chaussier, son capitaine, de lui expédier son congé. Charles eût bien voulu s'y rendre lui-même, mais il fallut rester chez lui pour prendre mesure des habits de noces. Les marchands et marchandes, tailleurs et tailleuses le retinrent, ainsi que sa mère, jusqu'à l'entrée de la nuit. Mad. Mérinbert avoit mandé à dessein ceux de Montmartin et d'Amélie, qui parlèrent à Charles des habillemens qu'on avoit commandés pour ces derniers, et qu'on les pressoit singulièrement d'achever.

Mérinbert souffrit beaucoup de cet entretien ; il chercha à détourner la conversation sur quelqu'autre sujet. Rougissant presqu'aussitôt de sa foiblesse, il les remit sur ce chapitre douloureux avec un sang froid vraiment stoïque. Il se contraignit à dévorer son chagrin, afin de rendre plus sublime le sacrifice offert à sa mère. Cette situation pénible ne cessa qu'au retour du soldat qui le pria de passer dans son appartement où il vouloit lui rendre compte de sa commission.

« Votre course a été bien longue ! s'écria Mérinbert. »

« Ah ! mon dieu, mon cher camarade, toutes les choses vont les unes après les autres. N'ayant pas trouvé mon capitaine, je suis allé chez le grand général Roger où il a fallu m'arrêter long-temps, et puis j'ai retourné chez M. de Chaussier, et puis me voilà avec la réponse. »

« Embrassez-moi, mon cher Jullien, vous êtes libre ; c'est votre congé absolu que je demandois ; on me l'envoie ; vous pouvez désormais demeurer dans le pays de votre maîtresse. »

Les sanglots coupèrent la parole à Sans-chagrin ; Mérinbert ne put faire cesser les embrassemens de la reconnoissance qu'en le questionnant sur cette visite au général Roger, qui piquoit vivement sa curiosité.

« Je vous suivois mon cher camarade, à quelque pas, avec Louis, dans la grande allée du jardin, quand vos belles Dames ont quitté le grand général, et puis j'ai entendu, en passant, que sa jolie nièce lisoit un papier où il étoit question de moi. Je me suis approché, et je lui ai dit : — Mademoiselle, avec la permission de mon général, pourrois-je vous demander ce que vous lisez-là ? »

« Comment, Sans-chagrin, vous avez
osé

osé aborder si cavalièrement une société
que vous ne connoissiez pas ! vous vous
êtes oublié au point de lui faire, sans
cérémonie, une question indiscrète ! »

« Ah ! c'est donc pour cela qu'ils m'ont
fait de si grands yeux : je vois que j'ai
tort ; mais je n'y entendois pas malice. Je
ne croyois pas que je fisse mal de parler
à d'autres hommes ou femmes, quoique
bien mieux ajustés que moi. »

« Tu avois raison, mon ami ! c'est
moi qui m'oublie. Non, aucun homme,
quelque puissant qu'il soit, n'est déshonoré par l'approche de son semblable,
pauvre, mais vertueux ; et César lui-
même se fût glorifié de la présence de
Sans-chagrin ! »

« Voilà donc que la Demoiselle m'a
dit : — C'est le discours de M. de Mérinbert en faveur d'un jeune soldat de la
Sarre, accusé d'avoir favorisé son évasion. Vous y intéressez-vous, mon ami ?
— Ah ! mon dieu, Mademoiselle, que
je lui ai répondu, je m'y intéresse plus
que personne, puisque c'est moi ! — Voilà
que tout de suite le grand général a frappé
de toute sa force avec sa canne, en jurant ; un vieux chevalier de S.t-Louis a
mis ses lunettes pour me regarder ; une
religieuse a dit patelinement, en joignant
les mains et levant les yeux au ciel : S.te
Thérèse ! Et M.lle Amélie a été si, si...
Attendez, si émue qu'elle a laissé tom-

ber le papier que j'ai vîte ramassé, et
que je lui ai rendu en la priant de m'excuser si je l'interrompois ; et puis j'ai demandé permission au général de rester
pour entendre la fin. Point du tout la jolie
Demoiselle n'a pas pu seulement en lire
deux mots, et elle a dit : — Mon cher
oncle, je suis trop émue ; je vous achè-
verai ce discours à la maison. — A la
bonne heure, double-bordée ! quant à
toi, jeune homme, tu viendras chez moi
après dîner, me raconter tout ce qui
s'est passé. — Et puis Mad. d'Alleysand
est venue dire que vous nous deman-
diez, et nous vous avons joint tout de
suite. »

« Vous y êtes donc retourné au sortir
de chez M. de Chaussier, reprit Charles
non moins ému qu'Amélie. »

« Ah ! mon dieu oui, je n'avois garde
de manquer aux ordres d'un général.
Voilà donc que M.lle Amélie a relu le
discours devant toute la famille, et puis
s'est en allée, pour se sécher les yeux,
car elle pleuroit tant, qu'elle a eu bien
de la peine à finir. Voilà que le grand
général voyant que j'étois bien embarrassé a dit aux autres Dames : — Ah !
çà, double-bordée ! vous pouvez vous
retirer aussi, Mesdames, vous savez que
dans les histoires de soldats, il y a tout
plein de choses qu'on ne peut pas vous
dire, et je veux tout savoir. — Par ainsi

il vous les a renvoyées, et je lui ai tout défilé, sans rien manquer. Ah! mon dieu, mon camarade, si vous aviez vu quel sabbat il faisoit! J'ai cru qu'il enfonçoit le plancher avec sa canne à pomme d'or, quand je lui ai dit que vous aviez tué la religieuse sur la redoute. — Triple sabord! voilà un homme qui a autant de nerf qu'un marin qui a vu dix batailles navales. J'en parlerai à notre cher et bon voisin et ami M. de Mérinbert. Double-bordée! quel fils il a là? — Et puis, il étoit fâché que vous eussiez refusé de vous battre; mais quand je lui ai dit que vous ne saviez pas manier les armes, et que l'intrépide Transpercé avoit donné un bon coup de sabre à la Tulipe. — Sac-cacorbieu! c'est bien fait; si j'y avois été et que j'eusse été simple soldat, je me serois battu pour lui. Et en disant cela il espadonnoit en l'air avec sa canne, et crioit: oh! ah! eh! en garde! tu es mort!.. — Et puis il trouvoit superbe que vous fussiez rentré en prison afin de servir d'exemple: et puis il m'a fini comme ça que j'étois un brave garçon d'avoir eu soin de ce brave jeune homme, et qu'il me recommanderoit à son ami M. de Mérinbert. »

« Il ne s'est donc rien... passé... de plus. »

« Pardonnez - moi, mon cher camarade, puisque ça ne vous ennuie pas.

Quand je suis descendu j'ai rencontré
M.lle Amélie qui sortoit d'une chambre
sur l'escalier, et elle m'a dit tout doucement : — Eh ! bien, Sans - chagrin,
vous ne rejoignez pas votre maîtresse ?
peut-être restez-vous... pour le mariage
de M. de Mérinbert ? — Comment, Mademoiselle, est-ce qu'il se marie ? — Sans
doute ; l'ignorez-vous ? — Ah ! mon dieu,
attendez donc, Mademoiselle, justement... je me rappelle que Louis parloit
ce matin à Nicolas d'un mariage. C'est
sans doute de celui de M. de Mérinbert,
et c'est peut-être pour cela qu'il avoit
tant de joie tout à l'heure à dîner. — Bien
de la joie ! a-t-elle dit d'un air étonné,
et la pauvre petite étoit si pâlichonne,
qu'elle me faisoit regret. Là-dessus nous
sommes arrivés dans l'allée, elle m'a
dit, bon soir, et est entrée dans la cour,
et puis dans le jardin, quoiqu'il soit bientôt nuit. »

M. Mérinbert fit dire à son fils de se
rendre chez lui, à l'instant même. « Mon
cher ami, dit-il à Sans-chagrin, la rapidité des événemens me fait perdre la
mémoire. Portez ces cent écus à nos camarades, et assurez-les que je les verrai
au premier moment que je serai libre :
buvez avec eux à ma place. »

Il trouva chez son père, le général,
le bénédictin, le professeur, le négo-

ciant, et M. Roger qui l'embrassèrent et
le félicitèrent.

« Ah! pardié, mon cher neveu, s'é-
cria le négociant, que je suis enchanté
de vous revoir! vous êtes devenu bien rare!
Le doyen et moi, nous sommes allés, il
y a demi-heure, chez vous, mais vous
étiez renfermé avec votre mère qui veut
vous dérober à tout le monde ; elle est
sans doute jalouse de notre tendre amitié.
Mardié, mon ami, comment voulez-vous
qu'en boutonnant votre habit seulement
par le haut, vous soyez à l'abri du froid,
dans ce tems-ci. Boutonnez-le jusqu'en
bas, comme le mien par exemple. »

« Vous avez raison, mon oncle. »
Aussitôt le scrupuleux négociant bou-
tonna lui-même son neveu. « Vous voyez,
mon ami, que cela va, on ne peut pas
mieux. Mais que je vous embrasse encore
une fois ! je ne me lasse pas du plaisir
de vous considérer. Il me semble qu'il y
a cent ans que.... Pardié, mon frère,
votre pendule retarde, cela est sûr. J'ai
à ma montre cinq heures et douze minutes, et elle n'en marque que huit,
quoique nous fussions d'accord, il y a
trois jours. »

« C'est peut-être votre montre qui a
avancé dans ce temps. »

« Mardié, elle ne varie presque point ;
et tous les jours, quand il ne fait pas soleil,
je la règle à midi, chez le meilleur hor-

E 3

loger. Attendez.. je vais baisser un peu votre balancier... voilà qui va bien... Demain, je viendrai voir si elle n'a pas varié. Pardié ! cinq heures quatorze, il me faut être dans une minute au café. Je vous salue, mon cher neveu, et toute la compagnie. »

Il courut aussitôt vers la porte, sans attendre qu'on lui éclairât, tant il craignoit de ne pas arriver au café à l'heure déterminée; mais dans sa précipitation il heurta contre un livre étendu à côté du bureau de son frère, et tomba sur le parquet. Charles le releva avec inquiétude : « O ciel ! mon cher oncle, ne vous êtes-vous point fait mal ! »

« Pas du tout. J'ai toujours soin d'avoir les mains libres, et en cas d'événement fâcheux, je les porte en avant. »

« Vous devriez prendre quelque chose ; je vais faire apporter.... »

« Mardié ! laissez-moi donc examiner pourquoi je suis tombé. Tenez, je l'aurois gagé ; c'est pour vous avoir salué, en levant le pied, au lieu d'attendre la fin de la révérence pour partir. C'est l'arrangement de la pendule qui est cause que je me suis trompé. » Aussitôt, voulant montrer qu'il auroit évité sa chute, il reprit sa marche depuis l'endroit d'où il étoit parti, et malgré les représentations de sa famille, s'empressa de gagner son rendez-vous, maudissant l'accident qui

lui faisoit perdre au moins trois minutes.

Les assistans éclatèrent après son départ, à l'exception de Charles, inquiet
de sa chute, et du général qui mur-
muroit en se promenant, et frappant
violemment le parquet. « Saccacorbieu,
notre ami! votre frère est bien singulier!
il n'y en a que pour lui à parler, et
c'est pour nous chanter un tas de fari-
boles, telles que le plus nigaud des mous-
ses n'en débiteroit pas. Il dit qu'il a grand
empressement à voir son neveu, et il
court tout de suite à un café où il reste
toute la soirée en panne, triple sabord! »

« Encore s'il y suivoit les nouvelles? dit
M. Roger; mais il vous plantera net la
lecture de la gazette dans le plus bel
endroit, de peur de retarder d'une minute son souper, si c'est l'heure! »

« La gazette n'y fait rien, saccacorbieu! je ne quitterois pas un neveu, en
pareille circonstance, à moins qu'il ne
s'agît de mettre à la voile. »

Pendant ce colloque, le professeur re-
nouveloit à Charles ses félicitations, et
le prioit de le venir voir. « Je ne puis
rester davantage, mon cher ami. M. le
Prieur est curieux d'examiner des Elzé-
virs qui sont dans ma bibliothèque, et
moi une collection très-ancienne des
gravures des médailles des Romains qu'il
m'annonce être dans la sienne. »

« Saccacorbieu, notre ami ! le Doyen et Abel ont encore de sottes manies. Ils oublient tout, l'un pour ses bouquins, l'autre pour ses anciens. Quant à moi, quoique nos amis aient peut-être déjà entamé les meilleurs vins du monde, je ne quitterai pas si vîte ce brave jeune homme. J'ai eu cependant une dent contre lui, mais c'est une affaire finie, et je n'y songe plus. »

« Pourquoi, s'il vous plaît, mon gé- néral ? je suis trop jaloux de l'estime d'un homme tel que vous, pour que je désire que vous oubliez mes fautes, si j'en ai commis : car j'atteste ce qu'il y a de plus sacré, que je ne me sens coupable d'au- cune à votre égard. »

Le général le tira à part : « Croyez- moi, jeune homme, ne parlons plus de cela, je ne m'en souviens plus, et votre père s'en fâcheroit. »

Charles insistant, il lui fit part de la déclaration des musiciens. « C'est une fausseté ! s'écria le philosophe. Du moins, je vous assure, que je ne suis pas l'in- connu qui leur a donné cet infâme con- seil. J'écrirai, dès demain, au maître de musique ; il me connoît ; il attestera très-surement que ce n'est point moi. Au reste, il y a encore ici des musiciens de la ville qui s'y trouvoient, et si vous promettez de ne leur faire aucun mal, je suis sûr qu'ils vous expliqueront com-

ment tout s'est passé, autrement ils n'o-
seroient. »

« Je vous en donne ma parole. »

« Il faut de plus ne parler à personne
de ceci, car il est vraisemblable que
quelqu'ennemi secret a engagé les autres
à cette odieuse déclaration, et l'on pourroit encore détourner ceux qui restent de
dire la vérité. »

« C'est entendu. Le brave Montmartin
avoit bien raison quand il disoit que vous
étiez incapable de cette infamie. Il vous
jugeoit mieux que nous, car il vous a
toujours défendu, dans la famille. »

Cette observation empêcha Mérinbert
d'avoir le moindre soupçon sur le véritable auteur des calomnies qui lui étoient
si funestes. Pouvoit-il présumer que le
frère de Séraphine fût l'ennemi d'un
homme dont sa famille recherchoit si
vivement l'alliance ?

« Mon frère, dit M. Roger, avez-vous
fini ? Il est bien temps d'aller à notre
rendez-vous. »

« Je n'ai plus qu'un mot. Ecoutez,
jeune homme ! Nos camarades savent
tous des chansons de table, il n'y a que
moi qui n'en ai point de particulière.
Vous me rendriez grand service de m'en
fabriquer une. »

Charles lui promit qu'il la feroit dans
la journée. Il lui demanda ensuite, en
le reconduisant, quel étoit le motif pour

lequel Mad. Roger et sa fille étoient si
fort courroucées contre lui. Le général
l'assura qu'il s'en informeroit, et l'en ins-
truiroit aussitôt.

Rentré dans son appartement, Charles
réfléchissoit déjà à l'ouvrage singulier
dont il venoit de se charger, lorsque
Mad. Mérinbert parut. « Les dames d'Alleysand, lui dit-elle, viendront peut-être
ce soir au cercle, profitez du temps qui
vous reste d'ici là pour leur rendre une
visite que vous leur devez, soit à cause
du mariage, soit en retour de celle
qu'elles m'ont faite à l'occasion de votre
délivrance. Quand vous ne les trouveriez
pas toutes, il ne faudra pas moins entrer.
Vous pouvez paroître maintenant chez
elles, quand vous voudrez, puisqu'on a
publié les bans de votre mariage, et que,
d'après vos invitations, les deux familles
se réuniront après demain soir, au moment de la célébration. Ah! que je suis
heureuse, mon cher ami! rien ne manquoit à mon bonheur que ta satisfaction, tu l'as témoignée aujourd'hui, et
tous les jours tu la témoigneras davantage. » Elle l'accompagna jusqu'à l'escalier en renouvelant des caresses qui ré-
pandirent le baume le plus délicieux sur
les plaies de Charles, que le récit de
Sans-chagrin et une lueur d'espérance
produite par sa réconciliation avec le
marin, avoient déjà r'ouvertes. Il assura

Mad. Mérinbert qu'il se sentoit déjà heureux ; et , si le mariage qu'il alloit contracter étoit loin de lui procurer de la
satisfaction , du moins éprouvoit-il la
plus vive joie de contribuer à la félicité
de sa mère.

Cette joie fut courte. A peine étoit-il
entré dans le salon des dames d'Alleysand
qu'elle s'éclipsa sans qu'il entrevit un
terme au sentiment pénible qui s'empara tout-à-coup de son ame.

———————————

CHAPITRE IX.

ON a vu que, le jour précédent, la joie que causoit à Amélie la sortie des importuns dont elle craignoit que les regards ne se portassent sur la lettre de Charles, avoit fait place à l'effroi le plus vif. L'infortunée venoit de s'appercevoir qu'elle ne tenoit que celle destinée à Désormeaux : l'autre ne paroissoit point. Oubliant son indisposition et le danger qu'elle couroit d'être surprise, elle s'élance hors de son lit, et se précipite vers son bureau. Ses recherches sont vaines... Si elle étoit tombée entre les mains de sa mère!... Hélas! peut-elle en douter! Quelle autre personne dans sa famille, eût osé retenir une de ses lettres! Son effroi redouble : elle ne sait long-temps à quoi se déterminer. Il faut néanmoins s'assurer du sort de ce papier; sa destinée en dépend : elle mande son domestique, s'efforçant de contenir le trouble dont elle est agitée. « Tu ne m'as donné qu'une lettre, lui dit-elle? »

« Mademoiselle, il n'y en avoit qu'une sur votre bureau. M. le comte ne vous a-t-il pas remis l'autre? »

« Le comte?.. mon cousin?.. »

« Oui, Mademoiselle, lorsque vous

êtes tombée, j'étois derrière monsieur
votre père qui vous relevoit. J'ai senti
qu'on passoit une main entre mes jambes ;
j'ai baissé la tête, et j'ai vu M. de Montmartin ramassant une lettre plus grosse
que celle que vous tenez ; il faut que,
dans tout ce brouhaha, il n'ait pas songé
à vous la rendre. »

« Sans doute... cela est vraisemblable...
je la lui demanderai... ne dis cependant
à personne que tu l'as apperçu, ni que
je t'en aie parlé. »

Elle s'abandonne au désespoir : elle a
atteint le comble du malheur, puisque
l'écrit dont le contenu pouvoit la ramener
à la félicité, se trouve en la puissance de
celui-là même auquel il étoit le plus à
craindre qu'il ne fût connu, et qu'il ne
paroît, ni ne doit être disposé à s'en dessaisir ; mais l'indignation que lui cause
une telle hardiesse calme bientôt sa douleur. « Il peut, s'écrie-t-elle, me livrer
à la fureur, aux outrages de ma mère,
en lui faisant part de son vol, mais il
lui en coûtera cher... Oui, félicitons-
nous de son infâme conduite : je n'avois
aucun moyen d'éluder cet affreux hymen,
il m'en fournit un lui-même. J'invoquerai
à mon aide le général ; très - scrupuleux
sur tout ce qui tient à l'honneur, ne
puis-je pas espérer qu'il retirera sa faveur à l'homme qui se fait un jeu de violer le dépôt le plus sacré ! »

Transportée de joie de cette idée, elle ne se pressa point de réclamer la lettre. « Plus il la gardera, pensa-t-elle, plus il se mettra dans son tort. » Son contentement lui rendit toutes ses forces ; elle se leva dès le soir, et se réunit au reste de sa famille.

Elle s'occupa presque toute la nuit de cet écrit, et la plus bouillante impatience de le connoître succéda au désir d'en voir retarder la restitution. » Les momens sont chers, pensa-t-elle. Il ne me reste que deux jours ; qui sait si je retrouverai les occasions de voir Charles ? » Levée de bonne heure, cette impatience redoubla, lorsqu'elle réfléchit que Charles attendoit peut-être qu'elle lui fît connoître ses intentions avant de la remercier de l'avis donné à son père du danger qu'il couroit d'être fusillé. De plus en plus tourmentée, elle descendit au jardin, et recommanda au portier d'inviter Montmartin à s'y rendre, lorsqu'il viendroit chez Mad. Roger.

Celui-ci tarda peu à la joindre. Le sang d'Amélie bouillonnoit dans ses veines. « Je voudrois bien savoir, monsieur, lui dit-elle avec fureur, de quel droit vous vous emparez de mes lettres ? »

« Vous êtes dans l'erreur, mon aimable cousine, je ne me suis point... »

« Comment, audacieux imposteur, vous

osez nier qu'hier vous en avez ramassé
une ? »

« Oh ! je vous le demande en grace,
trop cruélle cousine, daignez m'écouter.
En m'approchant hier, lorsque vous vous
êtes évanouie, j'ai en effet ramassé une
lettre, que j'ai apperçue sur le parquet à
quelque distance de vous.. Comme j'y
voyois le nom de Montmartin, je l'ai
serrée croyant l'avoir laissé tomber moi-
même, et étant trop troublé de votre
état affreux, et trop occupé à vous donner des soins pour en examiner l'adresse
de plus près. Quand ensuite nous sommes parvenus à vous tirer de danger, j'ai
volé m'informer de l'aventure de cet infortuné Mérinbert, et voir si je ne pourrois pas lui être utile ; n'auriez vous pas
agi de même, à l'égard d'une de vos
connoissances particulières exposée à un
si grand péril ? Auriez-vous songé à une
lettre en de pareilles conjonctures ?.. Apprenant son heureuse délivrance, ma première idée a été d'en instruire mon adorable Amélie afin de prévenir une nouvelle rechute, et d'assurer son retour à
la vie, et ma seconde de me rendre chez
sa mère. Dites-le moi encore, vous seriez vous conduit différemment ? »

» Delà, M. de Mérinbert survenu après
moi, nous a conduits chez le maréchal
où l'on devoit revoir le jugement de
Charles, et si vous en exceptez l'inter-

valle pendant lequel j'ai accompagné le
général jusqu'ici, après sa réception,
je n'ai quitté l'hôtel du maréchal qu'au
milieu de la nuit, lorsque les juges m'ont
eux-mêmes assuré que l'issue de la procédure seroit aussi heureuse que nous le
désirions ; et je me suis empressé, en me
retirant, de porter cette bonne nouvelle
à Mad. Mérinbert. Vos démarches n'au-
roient-elles pas encore été commandées,
et vos pensées tyrannisées par une telle
affaire ?.. »

» Ce matin, à mon lever, mon esprit
en étoit occupé lorsque j'ai trouvé la
lettre en chargeant d'habits. Voyant
qu'elle est adressée à la *Comtesse de
Montmartin*, je l'ai envoyée à maman
qui naguères portoit ce nom. Quand, dans
ma préoccupation, je me serois souvenu
de l'avoir trouvée chez vous, aurois-je
pu avoir le moindre soupçon qu'on vous
écrivît sous cette dénomination avant
que nous fussions mariés ? »

» Je cours chez Mad. de Mérinbert,
je la trouve dans de nouveaux embarras ;
on ne sait ce qu'est devenu Martinville,
capitaine de son fils, dont dépend l'expédition de son congé ; je m'aide à le chercher : je suis assez heureux pour le découvrir, et je le conduis aussitôt à cette
mère inquiète. Je rentre alors chez moi ;
jugez de ma surprise, la marquise me
remet ce billet, en me disant que la lettre

vous est adressée. O mon aimable cousine ! je vous le demande : de quoi suis-je coupable ? n'est-ce pas d'avoir porté un trop vif intérêt à l'un de mes semblables, à l'une de mes connoissances particulières ? Est-ce vous, Amélie, vous la plus généreuse de toutes les femmes, qui m'en feriez un crime ? »

A mesure qu'Amélie entendoit ce récit perfide, non-seulement son indignation l'abandonnoit, mais elle ne pouvoit se refuser, malgré sa prévention, à prendre de l'estime, pour celui qui se montroit si humain. « Oui, sans doute, pensoit-elle, je ne me serois pas conduite autrement ; j'aurois-tout oublié pour ne m'occuper que du danger de Charles ! Généreux Montmartin, c'est à ton rival que tu as consacré tes pensées et tes démarches ! Ah ! sois assuré de la plus vive reconnoissance, Amélie, prévenue en faveur d'un autre, te jugeoit trop rigoureusement ! »

Le rusé petit-maître avoit changé de batteries. Etonné de ce qu'Amélie n'avoit pas réclamé sa lettre, il s'étoit demandé quelle pouvoit être la cause d'une indifférence aussi extraordinaire dans une amante qui devoit brûler de connoître les dernières pensées de son amant ? Se seroit-il trompé dans ses conjectures ? Amélie auroit-elle parcouru la lettre ? Il l'examine de nouveau, et voit que les signes

d'après lesquels il s'est déterminé , ne
sont pas tout-à-fait décisifs. Il est possible qu'en repliant la lettre , le pain
à cacheter encore frais , en ait recollé
les feuilles. Frappé de cette idée , il
court à la prison , s'informer de ce
qui s'est passé la veille ; il y apprend
qu'Amélie , après s'être saisie de la lettre , est restée assez long-temps fermée
dans un cabinet , et a demandé , en sortant , où étoit le prisonnier qui lui écrivoit. Donc elle l'a toute lue , et la chose
devient probable par cette dernière circonstance , puisque Charles ne parlant de
sa condamnation qu'à la fin , ce n'est
qu'alors qu'elle a dû s'informer de son
sort.

Cette découverte le décide à prendre
de nouvelles mesures. En fourbe consommé , il projette de tirer parti de son erreur. Il s'excusera auprès d'Amélie sur
son inquiétude à l'égard de son amant,
et sur son empressement à lui être utile,
Quel coup de maître ? il se servira de l'a-
mour même d'Amélie pour gagner son
affection , et de la lettre dérobée pour se
faire un titre à demander l'accélération
du mariage. Il dicte aussitôt à la marquise
le billet qu'il doit remettre à sa cousine.

Amélie veut remercier Montmartin.
Les paroles expirent sur ses lèvres , tant
elle est émue , soit de sa conduite généreuse , soit du plaisir de recouvrer la

lettre chérie. Elle prend, et lit en tremblant le billet de la marquise :

« Mon fils m'a fait remettre ce matin ,
» en sortant , très-chère cousine et aima-
» ble amie , une lettre adressée à Mad.
» la comtesse de Montmartin. Comme je
» n'ai quitté ce nom que depuis deux
» années , je l'ai ouverte croyant qu'elle
» me regardoit. Le titre de *Madame*
» qu'on vous y donne a entretenu mon
» erreur , ainsi que le nom d'*Amélie*
» que je porte également , et par lequel
» je me félicite d'avoir quelque ressem-
» blance avec une femme aussi accom-
» plie. Ce n'est que vers le milieu de ma
» lecture que je me suis convaincue qu'elle
» ne me concernoit point ; mais , igno-
» rant vos relations particulières avec
» M. de Mérinbert , j'ai été obligée de
» continuer presque jusqu'à la fin , pour
» savoir à qui je devois la faire parve-
» nir. J'espère , charmante Amélie , que
» vous ne m'en voudrez point de ce qui-
» proquo dont mon fils m'apprendra bien-
» tôt la cause. S'il y a participé , c'est
» sans doute aussi innocemment que moi ;
» ses principes d'honneur et son brûlant
» amour me le garantissent. Au reste , le
» contenu de la lettre ne m'a point sur-
» prise. Je le serois bien davantage si tous
» ceux qui fréquentent votre maison
» échappoient aux pouvoirs de vos at-

» traits. Je me flatte néanmoins que cette
» déclaration ne portera aucun préjudice
» aux nœuds qui vont nous unir ; j'en
» suis trop fière pour y renoncer. D'ail-
» leurs, vous connoissez sans doute ceux
» qui enchaînent déjà ma fille avec M.
» de Mérinbert ; vous savez sans doute
» également que leur rupture seroit pour
» Séraphine, et le dernier des malheurs
» et le plus excessif des outrages.

» Recevez les assurances de la plus
» parfaite estime et de la plus tendre af-
» fection de celle qui ose se dire votre
» amie et votre mère. »

» AMÉLIE DE MOYRA,
» *marquise d'Alleysand.* »

P. S. » Mon fils rentre. Il est inno-
» cent comme j'en étois sûre ; il vous
» portera lui-même sa justification. »

Quelle artificieuse tournure ! Amélie
dont on invoquoit si perfidement la délicatesse et la générosité, étoit pétrifiée.
Elle sentoit, d'après la déclaration de la
marquise, que loin de chercher à détruire les nœuds de Charles et de Séraphine, le devoir l'obligeoit, au contraire, de concourir à les resserrer ; elle
n'osoit parler ; elle relisoit machinale-
ment le fatal billet. Ces mots : *Je me*

flatte néanmoins que cette déclaration,
la tirèrent de sa stupeur. Il étoit donc
sûr que Charles l'aimoit ! quelle nouvelle horrible et délicieuse tout-à-la-fois !..
Pourquoi se refuseroit-elle la satisfaction
de lire sa lettre ? Non, elle n'en fera pas
usage. Loin delà, il est digne d'elle de
le détourner de sa passion, de l'inviter
même à accomplir son mariage. Transportée par ce mouvement généreux sur
la cause duquel elle s'abuse, car elle
brûle, avant toutes choses, de connoître
les sentimens de celui qui règne plus
que jamais dans son cœur, elle demande
sa lettre à Montmartin.

Celui-ci qui observoit toutes les im-
pressions qui se peignoient sur sa physionomie, croit y découvrir qu'Amélie hé-
site intérieurement entre l'amour et la
générosité. " Vous osez me la demander,
répondit-il avec un feint transport d'indignation, vous osez me la demander
cette lettre funeste ! Amélie ! vous qui
m'êtes promise, vous qui dans trois jours
serez mon épouse ! "

Amélie veut l'interrompre ; il ne l'é-
coute point. " Je sais tout, continue-t-il,
ou presque tout ce qu'elle contient : j'ai
compris aux questions de la marquise de
quoi il s'agissoit. Je lui en ai fait à mon
tour, et elle n'a pu éviter de m'avouer
qu'elle contenoit la déclaration la plus
séduisante du rival le plus dangereux

que je pusse rencontrer ; d'un homme
doué des talens les plus rares , et comblé
de toutes les faveurs de la fortune ; du fils
adoré d'une femme à laquelle nous avons
les plus grandes obligations. Ivre d'amour ,
transporté de rage , j'en conviens , j'ai
couru dans le dessein coupable · de la
donner à votre mère... »

« Oh ciel! que dites-vous? » s'écrie
Amélie effrayée...

« Je ne l'ai pas exécuté ce dessein,
mais je le devrois peut-être. Votre émotion
m'annonce que je suis trahi , abymé ,
assassiné ! »

« Ah ! mon cher cousin , je vous en
conjure , donnez-la moi , mais ne craignez rien. Amélie est à vous. Oui , je
vous le jure , nous serons unis , je tiendrai
ma promesse , rien au monde ne sauroit
m'en détourner. »

Voyant qu'il la considère d'un air in-
décis , elle se jette à ses genoux , « je
vous en supplie, mon cher Montmartin,
ne m'attirez pas la malédiction de ma
mère !.. » Il la relève , et lui donne la
lettre : « La voilà , femme cruelle !.. que
vous abusez bien de votre pouvoir et de
mon amour ! » Amélie se jette à son cou,
l'accable de caresses , l'appelle son cher
ami, son cher époux , le force à s'asseoir ,
et se dispose à lui lire la lettre ; mais
il est trop adroit pour y consentir. Rien
ne le presse de revoir ce qu'il connoît

déjà , et c'est un moyen de se faire un
nouveau titre auprès de la sensible Amélie , que la délicatesse et la générosité
subjuguent si aisément. Elle veut en vain
insister , il se dérobe à ses empressemens,
et la laisse enchantée d'une telle conduite.

Elle se rend dans son appartement :
elle y éprouve le plus terrible des com-
bats. Doit-elle se montrer moins généreuse que son époux futur ? doit - elle
sacrifier le devoir à l'amour ? Les engagemens qu'elle a contractés lui permet-
tent-ils de lire une déclaration? d'enfoncer
plus avant dans son cœur le trait qui le
déchire ? d'éloigner plus que jamais ce
cœur de l'homme auquel l'hymen va le
consacrer, et qui vient de s'en montrer
digne ?.. En proie à la plus affreuse agitation, elle se promène à pas précipités,
tenant entre ses mains l'écrit fatal dont
le seul aspect la fait balancer sur ce que
lui prescrit la vertu. Elle se décide enfin :
« Non, non, s'écrie-t-elle, Amélie ne
se déshonorera pas par une telle infamie :
elle ne se montrera pas inférieure à celui
qu'elle croyoit au-dessous d'elle ! » Elle
plie la lettre ; elle court la remettre à
sa mère ; mais elle s'arrête presqu'aussitôt en frémissant. Elle vient d'appercevoir sur son lit la boîte de son amant.
Qui sait ce qu'elle contient ? qui sait
ce dont-il a chargé son amante ? qui sait

si elle peut le confier à tout le monde ? Si même sa mère consentira à ce qu'elle s'acquitte des obligations qu'il lui impose ? Si peut-être, dans son indignation, elle ne brûlera pas la lettre avant de la lire ?...

Elle s'assied alors, et parcourt l'écrit pour y chercher la destination de cette boîte. Elle se persuade qu'elle ne le lit que dans cette intention, quoique sa passion l'y excite autant que l'envie de remplir les commissions de Mérinbert. Mais elle n'a pas suivi la première page, qu'elle ne parcourt plus, elle lit, elle relit chaque phrase, chaque ligne, s'appesantit sur chaque mot. Le feu qui l'embrasoit redouble d'activité : il la consume, il la dévore. Son teint se colore, ses veines se gonflent, son cœur tour-à-tour comprimé par la crainte et dilaté par l'espérance, ne peut plus recevoir et renvoyer avec régularité le sang que l'amour fait bouillonner dans tous ses vaisseaux. Deux ruisseaux de larmes que fait couler la sombre péroraison de Mérinbert, alors menacé du trépas, abattent heureusement la fièvre brûlante qui s'emparoit de tous ses sens. Elle pleure sur son amant comme s'il alloit encore périr; mais elle pleure bientôt sur elle-même. La perspective affreuse d'une séparation impossible à éviter, succède à l'illusion dont elle savouroit les charmes trompeurs

pendant

pendant la funeste lecture. Le papier qui
porte plusieurs traces des pleurs de Charles, est baigné des siens, elle le jette avec
plus de précipitation qu'elle ne s'en est
saisie, et elle s'abandonne aux sanglots
qui la suffoquent.

Elle a promis, elle a juré pour la
vingtième fois de s'unir avec Montmartin, et quand elle ne se seroit pas engagée aussi solemnellement, la délicatesse,
l'honneur, la vertu lui permettroient-ils
de concourir au malheur de sa cousine !
« Infortunée ! si Charles lui-même résis-
toit à son union ?... Ah ! de quoi me
flatté-je ? n'aime-t-il pas sa mère ? et
d'ailleurs quand... » Elle est forcée de
sécher rapidement ses larmes, de contenir les serpens dévorans de la douleur.
Mad. Roger la fait appeler et l'invite à
chercher dans sa bibliothèque un ouvrage
dont elle a besoin.

Elle entre en frissonnant, dans le cabinet fatal d'où elle apperçoit la glace
qui réfléchit autrefois les traits de son
vainqueur. Elle cherche l'ouvrage indi-
qué ; mais un nuage épais obscurcit ses
yeux sur lesquels ses paupières tremblan-
tes refusent de laisser peindre distinctement les objets qu'elle est chargée d'examiner. Elle s'assied : elle essaye de rappeler ses forces ; elle en a besoin. Une
voix se fait entendre dans la chambre

Tome V.   F

de sa mère dont elle a laissé la porte
ouverte ; c'est celle de.. *Montmartin !*...

« Vous paroissez bien joyeux, mon cher
Comte, lui dit Mad. Roger. Que vous
arrive-t-il donc ? »

« On le seroit à moins, ma charmante
protectrice : le bonheur de Séraphine vient
d'être assuré. Le premier soin de Charles, en rentrant chez lui ce matin, a été
de signer son contrat. Il a déclaré qu'il
réparoit de grand cœur sa faute (vous
savez qu'il s'étoit engagé au moment de
la rédaction de cet acte) ; il l'envoie
maintenant aux parens qui n'étoient pas
présens aux fiançailles ; il les invite à le
signer, et à assister après demain soir à
la célébration ; le domestique qui vous
l'apporte est dans votre vestibule. »

« Oh ! c'est charmant ! je vais le
chercher. »

Amélie ne respiroit plus, et elle craignoit encore d'être surprise dans cet état
d'accablement par Montmartin. Elle fit
donc tous ses efforts pour se rendre maîtresse d'elle-même. Elle ne risquoit cependant rien de ce côté, car il savoit où
elle se trouvoit. Tout ceci étoit un jeu
concerté avec Mad. Roger qui rentra bientôt, et lut à haute voix le billet que lui
adressoit Mérinbert.

« Je m'empresse, madame, de vous
» faire part de mon mariage avec M.lle

» Séraphine d'Alleysand votre parente.
» J'espère que vous voudrez bien témoi-
» gner prendre quelque part à mon bon-
» heur, en mettant votre signature au bas
» du contrat, et en acceptant l'invita-
» tion que je vous fais, au nom de toute
» ma famille, d'assister après demain
» soir, à la célébration et à la fête dont
» elle sera accompagnée. J'ai l'honneur,
» etc. »

Montmartin se retira aussitôt. Mad.
Roger, en l'accompagnant, lui dit également à haute voix, qu'il y avoit un
billet semblable pour Amélie, qu'elle
laissoit sur son bureau avec le contrat.

Amélie saisit l'instant où s'éloignoient
les deux témoins dont elle redoutoit la
présence. Elle courut au bureau, signa
le contrat, considéra avec amertume le
seing encore frais de Charles, saisit son
billet, et retourna à la bibliothèque pour
le lire. Il contenoit à-peu-près les mêmes expressions que celui de sa mère,
mais il étoit beaucoup moins honnête,
ce qui choqua vivement la susceptible
Amélie. « L'éclat des attraits de Séraphine l'a donc déjà changé! se dit-elle
douloureusement. La reconnoissance de
ce qu'il me doit pèse déjà à ce cœur
ingrat ! »

Mad. Roger vint aggraver ces réflexions
pénibles. « Il faut convenir, dit-elle, que

ce Mérinbert est bien singulier ! J'ai presque balancé à accepter l'invitation. Comment, il te doit la vie, et il n'a pas encore envoyé un seul remercîment de ce service ! à moins qu'il ne t'en parle dans ce billet ? »

Cette observation transporta de colère Amélie. « Voyez, voyez vous-même, maman, et jugez de sa reconnoissance par la politesse de son style. »

« Quelle indignité ! Au reste, nous devions nous y attendre. T'a-t-il jamais remercié de ce que tu fis pour lui, lors de sa première détention ? »

Ces observations, et plusieurs autres du même genre faites à l'instigation de Montmartin, eurent tous le succès qu'il en attendoit ; Amélie se répandit en reproches amers contre le philosophe.

A peine rentrée dans sa chambre, elle reçut le billet impertinent par lequel Charles réclamoit sa boîte et la lettre destinée à Désormeaux. Transportée de fureur, elle lui fit à l'instant la réponse outrageante qu'on connoît.

Mad. Roger, qu'elle en instruisit, avoit de la peine à contenir sa joie. Pour achever d'aigrir les deux amans, et leur fermer toute voie à une réconciliation, elle s'empressa de faire proclamer les bans du mariage de sa fille avec Montmartin.

Ce soin et plusieurs autres qu'exigeoient
les préparatifs des nôces, la retinrent
quelque temps hors de chez elle. Dans
cet intervalle, sa famille alla à la messe.
Amélie qui ignoroit cette proclamation,
y suivit ses parens.

CHAPITRE X.

Qu'on juge de la surprise d'Amélie, lorsqu'à l'église elle rencontra les regards de Charles, qu'elle venoit d'appercevoir à genoux à côté de ses cousines ! Elle détourna la tête avec indignation et essaya de lire ses heures. Dessein inutile ! ses pensées étoient trop absorbées par cette cruelle perspective.... Le perfide ! comme il avoit changé !.. Déjà si empressé auprès de celle dont il avoit dédaigné la main !.... Quel empire puissant avoit-elle donc exercé sur lui ? Quoi ! à l'heure même où l'on proclamoit hautement les liens qui alloient les unir, il paroissoit en public avec elle.... il sembloit craindre de la quitter un seul instant !....

Nous l'avons dit : l'amour est trop fort lorsqu'il est secondé de la présence de l'objet par qui il nous a blessés. Amélie l'éprouva : sa seule ressource pour fermer la plaie profonde de son cœur, étoit de se défendre de la vue de son amant, mais elle ne put résister au désir impérieux d'observer dans son maintien, de consulter dans sa physionomie, de lire dans ses regards les sentimens qui l'agitoient. Elle n'y

vit point la haine, et dès-lors elle crut
y voir l'amour. « Quel assemblage inconcevable, se disoit-elle, de qualités
éminentes et de défauts, de vices même
grossiers ; car quel vice plus affreux
que l'ingratitude ? Ah ! Charles, tu es
le plus insensé, ou tu es le plus coupable de tous les hommes !... » Elle se
reprochoit ensuite de répondre à des
regards qui appartenoient à une autre
femme, et malgré ces reproches, elle
les désiroit encore, et s'affligeoit de
ce que Charles couvroit ses yeux de
ses mains.

On sent que dans une telle situation,
Amélie dut être vivement émue, en
lisant le plaidoyer de Charles pour
Sans-chagrin. Lorsque celui-ci fut sorti
de l'appartement du général Roger, elle
remonta au salon où toute sa famille
devoit être réunie. M. Ducayla qui avoit
assisté au récit du soldat, entreprenoit
d'en faire part à Mad. Roger ; Amélie
se retira à l'instant, craignant de n'être
pas maîtresse d'elle-même, à une telle
narration. Elle ne put bientôt résister à
sa curiosité. Si Mériubert avoit instruit
Sans-chagrin de ses véritables sentimens !... Elle revint dans l'anti-chambre
et fixa son oreille contre la porte du
salon ; elle fut trompée dans ses espérances ; elle entendit la voix de Mad.
d'Alleysaud et celle de Lucie qui, dans

l'intervalle, étoient venues faire une visite à sa famille.

Certaine d'être appelée à cette visite, Amélie s'enfuit à sa chambre. Elle avoit besoin de recueillir toutes ses forces pour recevoir les félicitations de ses cousines sur son mariage, et leur en faire sur celui de Séraphine qu'elle crut avec elles, car elle n'avoit pu dans la précipitation de sa fuite, distinguer toutes les voix.

Au bout d'une demi-heure, étonnée de ne recevoir aucun avis, elle alla à la découverte et n'entendit personne au salon. « Madame Roger, lui dit un domestique, est sortie en même temps que Mad. la marquise; elle est allée faire quelques emplettes. »

Amélie prit sur-le-champ son parti : elle étoit censée ignorer la visite de ses cousines, puisqu'on ne l'en avoit point prévenue. Il falloit donc profiter de l'instant où elles étoient absentes de chez elles, pour leur rendre celle qu'elle leur devoit : par ce moyen, elle éviteroit ces félicitations qui lui pesoient si cruellement, et que, malgré tous ses efforts, elle ne se sentoit pas le courage de leur adresser. Elle se fit donc accompagner par le domestique, et vola vers cette maison qu'elle ne croyoit jamais assez vîte atteindre, tant elle trembloit d'y rencontrer l'heu-

reuse rivale qui lui enlevoit la main
et peut-être le cœur de celui auquel
elle avoit livré le sien.

Elle frappe à la porte. " Ces dames
sont-elles visibles ? demande-t-elle d'une
voix altérée. »

" Donnez - vous la peine d'entrer,
mademoiselle, répond le portier. »

Amélie reste immobile. Que dire ?...
Obligation cruelle imposée par la bien-
séance ! Il faut témoigner une vive joie
de l'événement qui fait notre désespoir !...
Pour gagner du temps, elle cherche son
mouchoir qu'elle feint ensuite d'avoir oublié. Elle renvoie alors son domestique et le
charge de le lui rapporter. A peine est-il au
bas de l'escalier, qu'elle revient précipitamment sur ses pas, et le rappelle ;
elle a encore oublié quelque chose...
non, non... elle se trompoit !...

Elle essaye cependant de se remettre
et elle rappelle tout son courage, en
traversant l'anti-chambre ; elle espère
qu'en excitant le babil ordinaire de Lucie,
elle pourra faire abréger la longueur des
félicitations et échapper aux confidences
cruelles de Séraphine sur son bonheur.
Elle ouvre et l'apperçoit... seule !...
elle a eu quelques motifs de ne pas
suivre sa mère et sa sœur.

L'entrevue n'est pas néanmoins aussi
pénible qu'elle le redoutoit. Séraphine
lui témoigne sa joie de la voir entrer

F 5

dans sa famille et détourne aussitôt la conversation , afin , sans doute , de lui épargner les félicitations qui la fatiguent. Enchantée d'une attention aussi délicate, Amélie assure sa cousine qu'elle voit, avec la plus vive satisfaction , arriver le jour qui resserrera leurs liens naturels. Tout-à-coup la porte s'ouvre et MÉRIN-BERT paroît !

Qu'on juge de la consternation d'A-mélie ! Elle se trouvoit malheureuse de rencontrer les dames d'Alleysand , encore plus malheureuse ensuite de ne trouver que Séraphine , devoit-elle s'attendre à voir ajouter à l'embarras affreux de sa situation ? à devenir la spectatrice forcée d'un rendez-vous aussi évident ?....

Elle se trompoit cependant sur ce dernier point. La marquise et Lucie, au sortir de sa maison, s'étoient rendues chez Mad. Mérinbert. Celle-ci avoit aussitôt invité son fils à faire sa visite pour l'engager, à leur insçu et au sien , dans un tête-à-tête avec Séraphine, dont les attraits devoient produire d'autant plus d'effet sur Charles que , dans cet instant , il étoit très-irrité contre Amélie, à cause de sa lettre piquante. Elle ne pouvoit prévoir ni même concevoir la moindre crainte qu'il y rencontrât Amélie, puisque les dames d'Alleysand sortoient de chez elle. L'usage n'étoit pas de rendre sur-le-champ une visite, et sur-

tout de la rendre à des proches parentes
qu'on savoit en courses ; la marquise
lui avoit dit simplement qu'elle venoit
de voir ses cousines, sans expliquer
qu'Amélie n'étoit pas présente, et celle-
ci n'avoit point été appelée, sa mère
ayant craint que M. Ducayla ne reprît
devant elle le récit de Sans-chagrin.

Les deux amans restent immobiles,
l'un devant la porte, l'autre sur son
siége. Les politesses de Séraphine sont
perdues : Charles essaye en vain d'y
répondre ; il souffre qu'elle lui approche
un fauteuil, sans lui en éviter la peine,
ni lui en faire la moindre excuse. Il
s'assied à ses côtés : la parole expire
encore sur ses lèvres. Amélie n'est pas
moins interdite. Séraphine qui les observe,
oublie alors sa précédente générosité :
« M. de Mérinbert, dit-elle, voudra
bien nous permettre de reprendre notre
premier entretien. — Vous me disiez,
ma chère cousine, que vous voyez,
avec la plus vive satisfaction, approcher le jour où nos liens naturels seront
resserrés ? »

Amélie épouvantée, ne put répondre
que par un signe d'approbation. Séraphine reprit : « J'espère que vous devez
être persuadée que nous ne le voyons
pas approcher avec moins de joie ; elle
est universelle dans la famille ; celle de
Montmartin surpasse encore la nôtre, s'il

F 6

est possible. Si vous aviez été témoin,
chère Amélie, des transports qu'il a fait
éclater chaque fois que vous avez eu la
bonté de lui renouveler vos promesses,
vous ne douteriez pas de la violence
de sa passion. C'est aujourd'hui sur-tout,
qu'il l'a montrée dans toute son étendue ; nous croyons à dîner qu'il avoit
perdu l'esprit. Au reste, ne soyez point
fâchée que je dise ceci devant M. de
Mérinbert, rien ne doit plus lui être
caché dans cette maison. »

La consternation des deux amans
qui s'accroissoit pendant ce discours
cruel, leur ôtoit toute présence d'esprit ;
ils sembloient abîmés dans une morne
stupeur. La fin en fut néanmoins si insupportable pour Amélie, qu'elle se leva
tout-à-coup, recula avec force son fauteuil, et s'élança vers la porte du
salon.

« Qu'avez-vous donc, Amélie ? s'écrie
Séraphine en la suivant ; aurois-je dit
quelque chose qui vous fît de la peine ? »

« Non... sans doute... répond Amélie,
en feignant de chercher le loqueteau de
la porte.... » L'infortunée réfléchissoit
aux moyens d'excuser son incivilité et
sur-tout d'échapper à cet entretien.

« Seriez - vous indisposée ? reprend
Séraphine. »

Charles ne peut plus se contenir ; il

ne fait qu'un saut du côté de la porte.
« Indisposée ! s'écrie-t-il. »

Dans la rapidité de son mouvement,
il heurte Séraphine qui le séparoit
d'Amélie ; elle se retourne ; il se remet,
et la parole lui manquant, il lui fait
ses excuses en joignant les mains. Amélie
se retourne aussi ; elle voit... qu'on juge
si ce spectacle est propre à calmer son
émotion ! Elle voit Séraphine qui saisit
les mains de Charles, en lui disant avec
douceur : « Vous ne m'avez point fait
de mal... » Amélie tombe sur un fauteuil.

Séraphine revient aussitôt vers elle ;
« Je vous en conjure, ma chère amie,
dites-moi ce qui vous fatigue ! vous
n'êtes pas bien. »

« Jamais mieux, s'écrie Amélie avec
un sourire forcé. Je reconnois enfin...
(vivement) Je voulois savoir si mon
domestique étoit de retour. »

« Je vous aurois épargné cette peine,
dit Séraphine : j'aurois tiré le cordon
de la sonnette. »

« Je l'ai chargé de m'apporter un
mouchoir que j'avois oublié... »

« J'en ai un à votre service... Repre-
nons nos places. » En même temps
Séraphine ouvre une commode où elle
prend le mouchoir.

Amélie se lève ; Charles lui présente
la main : il veut la conduire auprès du foyer.
Amélie le repousse par un signe, et par

un autre lui indique que c'est à Séraphine qu'il doit rendre de tels soins.

Charles atterré par l'indignation dont étincellent les yeux de son amante, ne sait d'abord ce qu'il doit faire ; il se décide enfin, lorsqu'il voit approcher Séraphine. Il la conduit à sa première place ; Amélie les suit ; elle serre, elle presse avec force contre sa poitrine, le mouchoir de M.lle d'Alleysand. Son cœur rebondit avec violence ; elle est au moment de suffoquer.

On garde d'abord le silence ; les deux amans n'ont pas le courage de renouer la conversation. Séraphine la ramène sur le même sujet qui causoit leur effroi. « Je vous disois que ce matin la joie de mon frère passoit toutes les bornes ; il venoit de votre jardin ; il nous a raconté... »

Amélie, hors d'elle-même, l'interrompt. Elle craint que Séraphine ne parle de l'entrevue où elle a donné tant de témoignages d'affection à Montmartin. Elle se lève, se saisit d'un volume placé sur la cheminée : « Quel ouvrage est ceci ? dit-elle. »

« Ah ! un ouvrage qui m'a causé jadis une bien vive satisfaction, (c'étoit le recueil des pierres gravées du cabinet d'Orléans) : M. de Mérinbert, oserois-je vous prier de chercher la gravure de la médaille grecque.... que vous nous fîtes observer à Rossières ? »

Charles feuillette en tremblant le volume. « Suis-je assez à plaindre ? pense douloureusement Amélie : il va me faire admirer la beauté de ma rivale... de ces traits qui m'ont enlevé son cœur !.. Il faudra que j'applaudisse moi-même à ses éloges.... que je le félicite de son discernement... de sa perfidie !...» Elle ne peut résister à cette idée ; elle fait un effort et dit à mi-voix à Séraphine, en s'efforçant de sourire : « Je vais me retirer, ma chère amie... Je vois que je suis ici de trop... Je vous gêne. »

« Non certainement, répondit Séraphine ; cependant si vous avez.... quelques affaires... je serois fâchée de vous retenir. » Elle lui donnoit ainsi à entendre que son tête-à-tête avec Charles étoit réellement concerté.

Nouvel embarras. Le domestique d'Amélie n'est pas encore rentré. Se faire accompagner par le valet-de-chambre de Mérinbert n'est pas décent ; d'ailleurs, comment lui en faire l'indiscrette demande ? Séraphine qui a ses desseins, déclare ne pouvoir donner le sien. » Vous sentez, ma chère cousine, dit-elle, que je ne puis rester seule chez moi avec M. de Mérinbert, sur-tout aux termes où nous en sommes. Il est un remède fort simple à ceci : nous irons vous accompagner ensemble , et je reviendrai avec mon domestique. »

La proposition est acceptée ; Charles donne le bras aux deux rivales ; il sent palpiter le cœur d'Amélie et trembler sa main. Hors de lui à cette découverte, il s'oublie , il essaie de presser douce- ment cette main qui eût comblé sa féli- cité. L'on semble d'abord ne pas résister à son audace ; mais on retire ensuite la main avec violence , comme souillée par le contact de la perfidie.

L'air abattu, et ensuite l'agitation de Charles pendant la visite , avoit fait renaître l'espoir dans le cœur d'Amélie. Elle se repent presque d'avoir retiré sa main. Elle revient à son premier juge- ment : Charles n'aura signé que par obéissance. Elle désire avoir quelqu'oc- casion de lui donner à penser qu'elle n'est point indifférente à sa passion, afin de l'encourager à rompre lui-même son mariage.

On arrive sous la porte de Mad. Roger: Séraphine observe à sa cousine que le jardin qu'on apperçoit sera bien cher à son frère... Amélie craignant encore qu'elle ne parle de son entrevue du matin, l'interrompt vivement : " Ce jardin est aussi une de mes plus grandes jouissances. Je m'y promène, et le jour et la nuit : »

" La nuit ! plaisantez-vous ? »

" Je veux parler de la soirée. Il est

rare que je n'y aille pas rêver dans l'obscurité et le silence. Après la bibliothèque
de maman, il est l'endroit où j'aime le
le mieux méditer et observer. »

Charles recueille avidement ces derniers mots ; il se flatte que la vue du boudoir de Mad. Mérinbert est la cause de
l'affection d'Amélie pour sa bibliothèque.
Cependant les deux rivales se font déjà
leurs adieux. Amélie accompagne jusqu'à
la rue Séraphine qu'elle a le chagrin
de voir s'éloigner avec Mérinbert, suivie
de loin par un seul domestique. Elle est
presque au désespoir d'être forcée de
les laisser dans un tête-à-tête aussi dangereux.

Elle se trompe encore ; Séraphine,
apprenant que sa mère et sa sœur ne
sont pas rentrées, observe à Charles
qu'il ne lui est pas possible de le recevoir
seule. Entièrement occupé d'Amélie, il
se retire à l'instant, et réfléchit aux
moyens de se procurer une entrevue
avec elle.

Le général est le seul dont il puisse
espérer cette faveur. Il s'agit de faire sa
chanson et de la lui porter le lendemain
matin, avant qu'il l'envoie chercher.
Alors, sous prétexte de parler de construction, il l'engagera à mander Amélie.
Qui sait s'il ne se présentera pas quelqu'occasion de renouveler ses protes-

tations d'amour ? Mad. Mérinbert est
heureusement sortie pendant sa visite ; il
a le temps, avant le souper, de composer les couplets bachiques qui doivent
lui regagner tout-à-fait l'amitié du bon
marin. Pour flatter davantage son amour-
propre, il y insère un éloge de sa profession, et des allusions aux diverses batailles navales, où il a joué un rôle si
brillant.

Joyeux de cette idée heureuse qui
devoit produire tant d'effet sur l'esprit
du général, Charles fut très-gai pendant
le souper, et se livra ensuite au sommeil
avec autant de tranquillité que s'il eût
été certain d'obtenir la main d'Amélie.
Effet singulier de la bisarrerie du cœur
de l'homme ! Désolé, nous l'avons déjà
dit, désolé souvent dans la prospérité
par le moindre revers, dans la situation
la plus critique, le succès le plus léger
le rend à l'espérance et à toutes les
illusions séduisantes qui en naissent en
foule, avec la rapidité de l'éclair.

Ayant une fois engagé le général à
mander Amélie, Charles comptoit qu'il
auroit encore moins de peine à l'éloigner pendant quelques instants ; il se
jetteroit soudain aux pieds de son amante,
et lui renouvelleroit la déclaration de
ses sentimens. Amélie résisteroit peut-
être ; il insisteroit ; il la prieroit, la

supplieroit , enfin la presseroit avec
tant de vivacité, qu'il obtiendroit peut-
être encore l'aveu de sa passion. Alors
il la demanderoit en mariage à son
oncle, feroit agir M. Mérinbert auprès
de son père , et enfin emploieroit tant de
sollicitations qu'ils réussiroient à être
unis.

CHAPITRE XI.

Merinbert découvrit à son réveil un nouveau et puissant solliciteur auprès du général. Il se souvint des élémens de marine composés à Rossière, et dédiés au marin. Il les chercha dans sa bibliothèque où il les avoit rélégués, parce qu'on l'avoit exclu de la maison Roger, lorsqu'il alloit les présenter. Il y trouva insérée la lettre qu'il avoit adressée le même jour à son amante et qu'elle lui avoit renvoyée si dédaigneusement ; seconde découverte qui ne le satisfit pas moins. Cette lettre encore cachetée lui serviroit à prouver à Amélie qu'il l'aimoit depuis long-temps, et à justifier quelques-unes des méprises dont il lui parloit dans celle qu'il avoit écrite en prison, et dont elle pouvoit regarder les excuses comme combinées après coup.

Il réfléchit ensuite à la manière dont il débuteroit, car plus il approchoit du moment de l'entrevue, plus ses pompeuses espérances se réduisoient en fumée. En supposant qu'il écartât tous les obstacles, qu'il réussît à se procurer un tête-à-tête, où trouveroit-il la fermeté de s'expliquer avec son amante,

lui qui trembloit à son simple aspect,
lui à qui un seul regard ôtoit l'usage
de ses sens? Il falloit néanmoins se décider. Muni de ces deux pièces précieuses,
il dit à Louis de le suivre.

« Où allez-vous, mon cher maître?
— Voir le général Roger. — En avez-
vous parlé à madame votre mère? — Non.
Pourquoi me faites-vous cette question?
— Monsieur, je vous prie de m'excuser,
mais c'est que madame m'a dit qu'elle
ne vouloit pas que vous allassiez dans
cette maison : qu'elle avoit des raisons
particulières... et que je pouvois vous
suivre chez vos autres connoissances.
— Vous ne connoissez-point ces raisons?
— Non, monsieur. »

Louis étoit gagné. Lors de l'engagement du philosophe, Mad. Mérinbert vouloit le chasser pour ne l'avoir pas avertie
des courses et de l'agitation de son fils.
Il n'échappa à cette exclusion qu'en
promettant plus d'exactitude à l'avenir.
Sa maîtresse, au retour de Charles, lui
renouvela ses menaces, lui rappela ses
promesses et, ce qui avoit plus de crédit
encore, lui donna une forte récompense
qu'elle s'engagea à doubler, si elle étoit
satisfaite de sa conduite.

Mérinbert s'étoit apperçu, au premier
abord, que Louis n'avoit plus à son
égard le même attachement, le même
zèle, le même dévouement qu'avant sa

disparition ; mais occupé, la veille, d'une
suite non interrompue d'événemens singuliers, il n'avoit pas songé à en éclaircir
la cause. Après avoir réfléchi quelques
instans à la défense de Mad. Mérinbert,
il se souvint des instructions de Désormeaux sur le pouvoir de l'or, et il
hésita s'il n'achèteroit point le silence
de son surveillant. Il eut bientôt horreur
de cette idée. Corrompre son domestique
pour tromper sa mère et lui désobéir,
quelle infamie ? Cependant quel parti
prendre ? il étoit extravagant de demander à Mad. Mérinbert de consentir à
cette visite. Ne pouvoit-il la faire à
l'insçu de Louis ?

Dans cette idée, il examina avec soin
les cloisons de sa chambre, et parvint
à trouver, derrière une tapisserie très-
épaisse, la porte secrette où Mad. Mérinbert venoit épier ses pensées. Elle
donnoit dans un corridor étroit qui régnoit le long de la première pièce, et
conduisoit à l'anti-chambre auprès de
l'escalier, par une autre porte que masquoit également une tapisserie.

Il restoit un autre obstacle à surmonter. Dès que sa mère le faisoit accompagner si soigneusement, il étoit vrai-
semblable qu'elle ne le laisseroit pas
sortir seul de la maison. Il pria Sans-
chagrin qui venoit d'entrer, de s'en
informer comme de lui-même, et il

apprit que la consigne du portier étoit
telle qu'il le soupçonnoit. Le contre-
maître l'arracha aux réflexions cruelles
qu'occasionnoit une obsession aussi em-
barrassante.

« Louis m'a dit, M. de Mérinbert,
que vous aviez envie, ce matin, de
voir le général ; vous vouliez sans doute
lui remettre la chanson que je viens
chercher. Est-ce le papier que vous
tenez à la main ? »

Le mensonge répugnoit si fort au
stoïcien qu'il ne s'y résolvoit qu'à la dernière extrémité, encore se le reprochoit-
il toujours. Il remit donc les couplets
à Thomas qui lui dit avant de sortir :
« Le général m'a encore dit que Mad.
Roger lui a promis de vous revoir chez
elle dans trois jours. Ça lui fait le plus
grand plaisir, parce qu'il veut vous prier
de surveiller la fin de la construction de
son yacth. Il a donné sa parole, mais à
contre-cœur, de ne pas vous recevoir
lui-même jusques-là. »

Charles poussa un profond soupir.
Quel parti prendre pour déterminer le
général à revenir sur cet engagement?
Il imagina de faire les recherches qu'il
lui avoit promises au sujet de la fameuse
sérénade ; si elles réussissoient il mar-
queroit ensuite au marin que, ne pouvant en donner tous les détails par écrit,
à cause de leur longueur, il le prioit

de lui accorder une entrevue particulière.
Il envoya aussitôt chercher un des musiciens de la ville qu'il se rappela être
au nombre des acteurs de cette farce,
et lui garantit qu'il ne lui arriveroit rien,
s'il avouoit comment tout s'étoit passé.

Le musicien raconta de point en point
leur aventure et promit de réunir le lendemain matin ceux de ses camarades qui
avoient assisté à la sérénade et qui attesteroient tous, au marin, la vérité de son
récit.

Falloit-il donc renvoyer l'entrevue au
lendemain ? au jour même où l'hymen
fatal devoit se célébrer ? Ne lui restoit-il aucune ressource pour obtenir cette
entrevue décisive ? Il trouva bientôt
deux expédiens propres à la lui procurer,
et l'un d'eux pouvoit être mis à exécution sur-le-champ.

Quoique les bans du mariage d'Amélie
fussent proclamés, elle s'étoit montrée à la
messe et au jardin public, à plus forte raison
devoit-il espérer qu'elle n'auroit pas renoncé à ses visites bienfaisantes de la
prison. Dans ce cas, il ne seroit peut-être pas impossible d'en obtenir un entretien particulier en se faisant annoncer
par le concierge comme un nouveau prisonnier ; le plus difficile étoit d'empêcher Louis de s'en appercevoir ; il y
réfléchit pendant que Sans-chagrin alloi
s'informer

s'informer si Amélie se rendoit à la prison.

Dans cet intervalle, Mad. Mérinbert, qui se disposoit à sortir, lui fit remettre une lettre, par laquelle le curé de Vif lui apprenoit que, déterminés par ses largesses, les parens de Sans-chagrin avoient consenti à son mariage avec Louise : qu'il avoit réuni les familles des deux amans : qu'elles se rendroient le lendemain à Grenoble où l'on devoit passer le contrat ; il la prioit aussi de n'en pas prévenir Sans-chagrin, afin de lui ménager le plaisir de la surprise.

Le soldat vint affoiblir la joie que cette nouvelle causoit à Charles. Amélie étoit sortie de la prison où elle s'étoit peu arrêtée ; mais comme on devoit amener, le soir, de nouveaux prisonniers, elle avoit promis de repasser le lendemain à neuf heures du matin. »

Ce contre-temps chagrina vivement le philosophe : il l'obligeoit de recourir à son second expédient qui lui offroit de grands dangers.

« Vous me reprochâtes hier, dit-il à Louis, de vous avoir donné une fausse commission le soir de ma disparition, et de vous avoir ainsi attiré de vifs reproches de la part de maman. »

« C'est bien vrai ça, monsieur ; elle me dit pourquoi je ne tirois pas moi-même vos bottes, au lieu de courir chercher au grenier cette machine, ce

Tome V.   G

qui vous donna le temps de vous sauver. »

« J'en suis fâché ; cependant il me semble . . . . que ce tire – botte devoit être... Je suis curieux de m'en éclaircir. »

Ils montèrent au grenier dont Charles examina la disposition ; réfléchissant en-suite qu'il n'étoit pas prudent de passer sur le toit devant Louis et Sans-chagrin, il déclara qu'il reconnoissoit son erreur et descendit.

« Je suis obligé, dit-il ensuite à Louis, de composer quelque chose relati-vement à mon mariage ; j'ai besoin de n'être pas distrait. Je vais donc me renfermer pendant une demi – heure dans ma chambre ; priez ceux qui me demanderont, d'attendre que j'en sorte. Quant à vous, occupez-vous dans l'anti-chambre avec Sans-chagrin ; voici de quoi vous récréer. » Il leur donna une bible, dont chaque page étoit accom-pagnée d'une gravure.

Il ressortit à l'instant par la porte se-crette, courut au grenier et monta sur le toit. Quelle ne fut pas sa joie ? de l'extrémité de cette aile, il appercevoit une grande partie du jardin de Mad. Roger, il appercevoit sur-tout ce pavil-lon funeste où, la veille, Amélie avoit donné de si grands témoignages d'affection à son heureux rival : que dis-je ? il l'y voyoit elle-même et dans la même po-sition. Pâle, abattue, les mains sur ses yeux, elle ne découvroit sa figure touchante, que pour fixer de temps en temps le boudoir de Mad. Mérinbert. Charles s'arracha néanmoins à cette contemplation délicieuse ; il pouvoit être apperçu. D'ailleurs ayant observé tout ce qu'il désiroit, il étoit inutile de perdre un temps précieux, de s'exposer peut - être à des recherches, si Mad. Mérinbert, rentrant dans l'intervalle, n'avoit pas la patience d'attendre qu'il sortît de sa chambre.

Il pensa, en descendant, au service qu'il pourroit tirer de la bible, lorsqu'il exécuteroit son projet. Il se hâta de la redemander à Louis à qui il promit de la rendre le soir même.

Il prit ensuite à part le soldat. « Mon cher Sans-chagrin, il faut que vous me procuriez une corde d'environ 70 pieds de longueur, et assez forte pour soutenir un poids de deux quintaux ; vous la mettrez dans une caisse fermée, et vous la porterez dans ma chambre, au moment du dîner. Tous les domestiques étant alors occupés, vous ne serez vu que du portier ; il ne vous adressera, selon toute apparence, aucune question ; il présumera qu'elle contient quelques hardes. Gardez-moi, sur toutes choses, le plus profond secret. »

Mérinbert avoit souvent observé, au collége, comment les charpentiers ré-

paroient les toits d'ardoise de l'Eglise.
A l'aide d'une corde nouée, ils les gra-
vissoient avec la plus grande facilité ;
ils se soutenoient par des courroies attachées sous les pieds et à la ceinture, et
terminées par des crochets de fer qu'ils
faisoient glisser de nœud en nœud.
Il se proposoit de répéter la même opération, pour descendre le soir dans le jardin
d'Amélie, le récit des évasions nocturnes
de Sans-chagrin au moyen de ses draps
de lit, lui en ayant fait naître l'idée. La
disposition du local le favorisoit ; un
des angles de sa maison donnoit sur le
jardin, de sorte qu'en attachant la corde
en dehors de la fenêtre du grenier, les
poutres du toit qui avançoient en saillie,
de trois pieds au-dessus de cet angle,
la feroient tomber perpendiculairement
dans le jardin, un peu au-delà d'un mur
élevé, qui le séparoit d'une cour de la
maison Mérinbert.

Amélie s'y rendoit presque tous les
soirs. Il se renfermeroit comme le matin
et risqueroit peu de voir découvrir son
absence, car Mad. Mérinbert annonçoit
qu'étant occupée à plusieurs courses ou
visites relatives, soit au mariage, soit
à son admission au parlement, elle ne
recevroit point société jusqu'au lendemain. Il la verroit donc... il la verroit,
il pouvoit en concevoir l'espérance ; il
pouvoit se flatter d'atteindre à une fé-

licité que le jaloux destin lui avoit si souvent dérobée !

Il passa dans son atelier de menuiserie, où la disposition des crochets et courroies l'occupa jusqu'au dîner. Il affecta un air serein pendant ce repas, et dit à mi-voix à sa mère, en se levant de table : » Je n'ai eu hier du plaisir qu'en espérance, chère maman ; je comptois entretenir Séraphine en tête-à-tête, mais elle s'y est refusée. » Il lui raconta alors la rencontre imprévue d'Amélie, mais avec tant de tranquillité qu'elle en fut la dupe. Elle se persuada que les attraits de Séraphine, dont il lui fit encore l'éloge, avoient entièrement détruit l'empire de sa rivale. Trop adroite cependant pour négliger la moindre occasion d'ajouter à la force des engagemens de son fils, elle les lui fit renouveler avant de sortir.

Ce parjure excita en lui de vifs remords. Il se reprocha amérement d'avoir soutenu de sang froid une perfidie. Après les plus cruelles agitations, il se seroit peut-être déterminé à avouer ses projets à sa mère, sans l'aspect de la caisse apportée par Sans-chagrin, sur laquelle l'image d'Amélie sembloit être tracée. « Le sort en est jeté, s'écria-t-il, oui je vous obéirai, mère chérie, mais je la verrai, oui je la verrai encore une fois.... et pour la dernière fois !... Vous-même ne me refuseriez pas cette triste et cruelle

G 3

consolation.... Amélie , objet trop cher
et trop funeste !... je ne te reprocherai
pas les tourmens que tu me fais souffrir ;
non, non ! ils me sont trop dûs, j'en
ai mérité de cent fois plus cruels, je ne
puis résister à la fatalité qui m'entraîne
à désobéir à ma mère !.... »

Il n'y avoit pas de temps à perdre ;
le nouage de la corde en exigeoit beaucoup, Qui savoit s'il ne surviendroit point
d'importuns avant la nuit ? Il passa
donc dans l'anti-chambre , pour dire à
son domestique qu'il étoit encore obligé
de se renfermer. Un inconnu parloit à
Louis ; il demandoit un moment d'entretien particulier avec son maître ;
pressé de s'en débarrasser, Charles le fit
entrer et ferma sa porte. L'inconnu releva
son chapeau , déroula son manteau,
ôta une perruque et découvrit... *Désormeaux !*

« Ah ! mon cher ami, s'écria Charles
en se jetant à son cou , n'est-ce point
une illusion ? Non , le destin me protége
enfin , je retrouve un ami ! »

« Parlez plus bas, je veux qu'on
ignore mon apparition dans cette ville.
L'affaire qui m'attire, me laissant quelques momens de libres, je vous les ai
consacrés. »

« Que je vous sais gré de cette préférence, cher ami ! Mais ce déguisement

m'inquiète ; seriez-vous donc en butte à cette fatalité que vous méprisiez ?.... »

« Et que je méprise encore. Si vous vous montrez digne de ce titre d'ami dont vous vous parez, je vous démontrerai, j'en suis persuadé, votre erreur. »

« Quel reproche inconcevable !... »

« J'ai sujet de vous en adresser. Quelles sont les confidences que vous m'avez faites, les soins dont vous m'avez chargé, les épreuves auxquelles vous m'avez soumis, pour témoigner que vous étiez sincèrement mon ami ? Voici l'instant de me prouver que vous n'avez pas abjuré ce titre sacré. Je sais que votre vie offre des aventures surprenantes dont je ne connois qu'une petite partie ; il s'agit de me les raconter toutes sans déguisement. En vain vous paroissez surpris ; vous ne m'en imposerez point. Quels sont les motifs de votre étrange fuite le jour de votre contrat ? Le devoir d'ami ne vous obligeoit-il pas de me consulter ?.... »

« Ah ! vous étiez absent pour mon malheur : mon domestique vous chercha inutilement toute l'après-dîner. »

« Cela m'étonne ; mon portier me dit qu'à la vérité on me demanda une fois, mais je ne croyois pas qu'on eût fait d'autres démarches. Au reste, nous éclaircirons cela par la suite de votre récit. »

Charles différoit ce récit pour y réfléchir. Désormeaux désapprouvoit son
mariage avec Séraphine ; mais il avoit
changé d'avis en apprenant que Mad.
Mérinbert y attachoit de l'affection ; et
comme elle y tenoit plus que jamais,
il n'étoit guère probable que son intime
ami revînt à sa première opinion ; sa
confidence seroit donc inutile. D'ailleurs
Mad. Mérinbert elle - même , défendoit
cette communication ; après tant de déso-
béissances , falloit - il encore se rendre
coupable de celle-là ? Il essaya donc
d'éluder la demande de Désormeaux.
« Ce récit seroit très-long, lui dit-il , et
vous avez peu d'instans à me donner. »

« C'est une manière de parler , je suis
libre jusqu'à la nuit ; il seroit même imprudent que je sortisse auparavant. Je
devine les motifs de votre hésitation :
vous rougissez de m'avouer que vous
aimez ; ne vous attendez à aucune plai-
santerie à ce sujet ; plus d'un philosophe
a cédé à cette passion impérieuse. Si les
stoïciens y résitoient davantage , c'est
qu'ils étoient moins scrupuleux sur les
moyens de satisfaire le besoin terrible
qui y entraîne. »

« Vous dites que... j'aime ?... A quel
propos ? »

« Je le soupçonnois ; votre rougeur me
l'annonce , et ce papier me le prouve
jusqu'à l'évidence. »

Assis auprès du bureau de Charles sur lequel se trouvoient les élémens de marine, destinés le matin au général, Désormeaux découvroit la lettre adressée à Amélie, qui y étoit jointe. Il la présente à son ami : « Ecrit-on, lui dit-il, à une jeune personne dont on est si voisin, pour lui débiter des injures ? »

« Puisque vous savez mon secret, répondit Charles en l'embrassant, vous devez me trouver bien coupable. Je me crois cependant au moins excusable : cette situation si étrangère à mon caractère, m'a transporté dans un monde inconnu. Je n'osois m'avouer à moi-même la passion qui me tourmentoit, jugez si je devois facilement me déterminer à vous en faire la confidence ! »

« Votre faute est effacée de ma mémoire, si vous la réparez. »

Charles lui fit aussitôt le récit de toutes ses aventures ; il lui cacha toutefois son dernier projet. Désormeaux, comme il l'avoit prévu, ayant encore approuvé l'union qu'il avoit naguère si vivement censurée ; il craignoit de s'exposer à des reproches en le lui communiquant.

A chaque événement, son mentor l'interrompoit pour rectifier son jugement sur les hommes et la société ; et, comme par le passé, attribuoit tous ses malheurs à cette ignorance du monde et des usages dont il vouloit le tirer. Quoiqu'il reconnût

G 5

que des incidens aussi nombreux et aussi
bizarres devoient avoir une cause se-
crette, il étoit convaincu que, plus
éclairé, Charles les auroit prévenus ou
évités. Sa principale observation con-
cerna les soldats, sur les vices grossiers
desquels celui-ci se récrioit. Il lui soutint qu'ils prenoient leur source dans
l'état de mépris et d'oppression où le
gouvernement les retenoit : que si jamais l'on rendoit leur existence plus
supportable, si, sur-tout, par l'expecta-
tive des grades et des honneurs militaires, on réveilloit le sentiment de leur
dignité étouffé sous la tyrannie de leurs
supérieurs et sous la misère à laquelle
ils étoient réduits, il ne seroit point
surpris de les voir égaler les héros que
le stoïcien admiroit si justement dans
l'histoire de l'antiquité. (*)

Charles termina son récit à sa visite
de la veille dont il ne jugea pas à propos
de parler à Désormeaux, à cause de son
opinion sur son mariage, sur laquelle
il insista de nouveau.

« Je ne vous dissimule point, mon
cher ami, que j'eusse bien désiré voir
couronner vos vœux secrets, car Amélie

_____

(*) Les soldats Français, depuis dix ans,
ont mille fois prouvé, par leurs exploits
immortels, la justesse de ces observations.

seule me paroît digne de vous. Je change
d'avis et j'applaudis à votre résignation
que la nécessité vous commande. Votre
mariage me paroît tout aussi impossible
à rompre que celui d'Amélie : vous
avez signé votre contrat, fait les invitations des noces, et vous êtes l'un et
l'autre proclamés, ce qui annonce que
le contrat de M.lle Roger est également
signé. Votre mère tient singulièrement
à cette union à laquelle vous venez pour
la centième fois de consentir. Les diverses
circonstances dont vous me parlez, et
celles que je connois à part moi, m'as-
surent qu'une rétractation seroit peut-
être l'arrêt de sa mort. J'espérois d'ailleurs qu'Amélie partageoit votre passion ;
tout me persuade que je me trompois.
Ses attentions au spectacle pour ce fat
de Latune ; son indécente complaisance
à applaudir à ses railleries sur votre
compte ; ses supplications et ses caresses
envers Montmartin ; son refus constant
de vous accorder une explication dans
le moment où elle vous étoit redevable,
tant pour elle que pour ses protégés, des
services les plus importans ; sa précipitation constante à vous condamner dans
toutes les occasions, et mille autres circonstances ne me laissent pas le plus
léger doute. »

« Je ne puis donc que vous répéter, à
regret, mes exhortations de remplir un

engagement auquel les lois sacrées de
l'honneur et le devoir non moins sacré
de la nature vous contraignent. Séraphine, sans doute, n'est pas la femme
qui convient à vos vertus, mais vous
auriez pu en rencontrer une mille fois
pire. Elle a des mœurs, ainsi qu'un
excellent naturel, il faut en convenir;
aidée de vos conseils et de votre exemple, vous pouvez espérer qu'elle fera
une bonne épouse, et une véritable mère
de famille... Il est tard, j'ai quelque
chose à dire à votre mère, sur la commission dont elle m'a chargé, après quoi
je viens vous faire mes adieux. »

« Oui, sans doute, il est tard, répéta
Charles, lorsque Désormeaux fut sorti;
je viens de perdre un temps précieux à un récit qui ne mène à
rien. J'avois quelque espoir de trouver
un puissant secours, et je n'obtiens que
des conseils décourageans. Ils me sont
inutiles, je suis décidé à obéir; mais
faut-il me sacrifier sans la voir ?... Dois-
je me ravir le seul plaisir qui me reste
peut-être à éprouver dans tout le cours
de ma vie ?... » L'aspect de la caisse
fit répondre la négative. Il la porta
dans son cabinet et commença son
travail que Désormeaux interrompit
bientôt.

« Je vous ai quitté fort à propos,
mon ami, votre mère se disposoit à

sortir, et elle ne rentrera pas de toute
la soirée. Je vous ai fait part de divers
motifs qui doivent vous engager à persister dans votre résolution ; il y en a
d'autres bien plus impérieux que j'igno-
rois. Apprenez, mon cher Mérinbert,
que la fortune et l'honneur de votre
famille tiennent absolument à ces deux
mariages. Je suis trop pressé pour entrer dans des détails ; qu'il vous suffise
de savoir que votre mère sera presqu'entièrement ruinée si celui de Montmartin ne s'accomplit pas ; elle lui
a prêté la plus grande partie de ses
capitaux, et il est hors d'état, par
lui-même, de lui en rendre une obole ;
l'autre partie est employée à une acquisition ruineuse... de son côté, votre père
sera abandonné infailliblement de tous
ses cliens, s'il manque à la parole qu'il
a donnée à cette famille ancienne et
alliée avec toutes celles de la province
et du parlement ; il sera exposé, ainsi
que vous, à la vengeance qu'ils vou-
dront tirer de l'outrage qu'essuyeroit
Séraphine. Quant à Mad. de Mérinbert,
je vous laisse à penser si elle survivroit
à sa ruine et à son déshonneur. Je ne
vous en dis pas davantage : vous ne
voulez ni l'infamie, ni la mort de vos
parens. Adieu, je pars. Je serai de
retour à la fin de la semaine. »

Charles resta quelque temps dans une

morne stupeur. " Il faut donc y renoncer !
La vertu et la nature l'exigent... Malheureux ! reconnois la puissance du destin qui t'accable ; il veut t'enlever jusqu'à l'espérance la plus fugitive !... Barbare fatalité que t'ai-je fait?... Non,
non, tu ne te joueras pas de moi im-
punément ; je veux te braver jusques
dans tes plus cruels caprices !.... Quoi,
tu m'empêcherois de faire mes adieux
à la plus adorable des femmes, de lui
dire que l'amour filial est l'obstacle in-
vincible qui m'empêche de lui vouer
ma vie, de lui déclarer que je l'aime,
que je la chéris, que je lui suis fidelle,
et que mes nouveaux liens n'altéreront
point ma tendresse !... »

Louis l'appela. " M. Charles, M. le
comte désireroit vous voir. »

Charles ayant répondu au premier
mot, il ne pouvoit refuser l'entrevue ; mais
il déclara au comte, qu'occupé d'un
ouvrage pressant, il lui étoit impossible
de l'entretenir long-temps. »

" A votre aise, mon cher, je ne puis
moi-même m'arrêter ; j'ai profité d'une
seule minute de relâche, et je suis venu
vous témoigner ma joie et celle de ma
famille, à l'égard d'une alliance qui
comble excessivement notre bonheur.
Permettez que je vous embrasse et que
je vous salue ; il faut que je coure chez
mes gens d'affaires ; on ne finit jamais

avec ces animaux-là. » Il sortit en fredonnant : *jour heureux , espoir enchanteur , etc.*

Louis et Sans-chagrin rappelèrent à
Charles sa promesse. " Monsieur , nous
n'avons rien à faire ce soir , Mad. votre
mère va sortir ; prêtez-nous donc cette
belle bible , nous avons encore beaucoup
d'images à voir. »

« Très-volontiers , mes amis. Il faut
que je me renferme encore ; vous ne
laisserez plus entrer personne. »

CHAPITRE XII.

LA joie de Montmartin avoit r'ouvert les plaies de Charles. Irrité , furieux de l'air triomphant de cet odieux rival , son irrésolution cessa. L'occasion étoit plus favorable que jamais ; l'absence de Mad. Mérinbert et les occupations de Montmartin avec ses gens d'affaires , lui laissoient la liberté d'exécuter son projet, et à Amélie celle de se livrer à ses promenades favorites. Il reprit aussitôt le nouage de la corde. Cette opération fut plus longue qu'il ne l'imaginoit, et il lui fallut encore beaucoup de temps soit pour assujettir la corde à une des solives de la lucarne du toit , soit pour la placer à l'angle , et la faire glisser sans bruit , dans le jardin. Comme il n'étoit point accoutumé à se tenir sur de pareilles sommités , il courut plus d'un risque en la disposant.

Le danger ne fut pas moindre lorsqu'il entreprit de passer du toit à la corde, il faillit à se précipiter ; il ne fut retenu que par la courroie passée sous ses aisselles , courroie dont il avoit déjà fixé le crochet à l'un des nœuds. Il descendit alors sans peine , quoique très-lentement , pour éviter le bruit. Parvenu au jardin , il s'assit

sur un arbrisseau taillé en forme de siége.
Il avoit besoin de se remettre de ses fatigues, et encore plus d'une violente palpitation qui venoit de le saisir en entendant un léger bruit parti du pavillon, où
sans doute son amante se livroit à ses
rêveries.

Tremblant d'être apperçu, il s'avance
avec précaution vers ce temple de l'a-
mour. Il découvre déjà les vêtemens d'A-
mélie dont la blancheur perce à travers
les ténèbres, mais une palpitation plus
violente que la première l'oblige encore
de s'arrêter. Il entend distinctement ces
mots prononcés par une voix presque
éteinte : « Charles, perfide Charles!... »
Elle les répète avec l'accent de la douleur. Ne pouvant résister à ces reproches, il lui dit en se précipitant à ses
pieds : « Non, non, Charles n'est point
perfide ! De fausses apparences vous
ont trompée. » Il est toujours le même,
et quelque soit la rigueur du destin qui
lui est réservé, jamais il ne changera,
jamais votre image ne s'effacera de son
cœur... O Amélie! lui feriez-vous un
crime d'avoir cédé à la voix irrésistible
de la nature ?.. Ah ! s'il eût pu quelquefois se flatter que vous ne rejetteriez point
ses vœux, peut-être ne se fût-il pas
plongé dans l'enfer de tourmens où il va
être englouti !... Accordez-lui au moins
votre pitié : elle seule pourra mêler quel-

que douceur à ses souffrances... lui donner la force de les supporter, et en cet
instant de les envisager sans désespoir.
Au nom de tout ce que vous avez de plus
cher, votre pitié, oui, votre pitié, il
borne tous ses désirs à l'obtenir. »

« Quel silence cruel ! je suis donc bien
coupable !.. Amélie, un mot, un seul
mot, je vous en conjure !.. »

« Ainsi je ne suis pas même digne
de pitié ! s'écrie-t-il en se relevant avec
fureur. Vous voulez donc mettre le comble à mes maux, me livrer à toutes les
horreurs du désespoir... Tremblez sur ses
suites ! Votre barbarie m'affranchit de
tous les liens dont m'enchaînoit ma folle
passion. Je sens dans mon cœur tous les
serpens de la jalousie ou plutôt de la
rage... Et tu m'écouterois avec ce froid
dédain, cette orgueilleuse indifférence !
poursuit-il en lui saisissant la main....
O ciel ! elle est froide ! son cœur ne bat
plus ! Ah ! malheureux ! »

Qu'on juge de son effroi ! Amélie étoit
étendue sur le banc de gazon où elle
étoit tombée sans connoissance lorsqu'il s'étoit jeté à ses genoux !

Il la relève : il agite sa main... Elle est
insensible ! comment la rappeler à la vie ?
Il n'a rien sur lui de ce qui seroit nécessaire.. Il se souvient enfin qu'il y a un
réservoir au milieu du jardin : il s'empresse de la transporter de ce côté...

Il marche avec précaution ; il tremble de heurter son précieux fardeau contre quelque arbre. Il le dépose auprès du réservoir, et se baisse pour prendre de l'eau. C'est alors que le trouble le plus affreux s'empare de lui ; il ne trouve que de la glace !....

Que faire ? quel parti prendre ? Faut-il appeler les domestiques de Mad. Roger ? Mais aura-t-il le loisir de remonter sur son toit ? ne sera-t-il pas indubitablement apperçu ? Et Amélie surprise avec un homme, seule, au milieu des ténèbres, étendue sur la terre, sera perdue de réputation !... Qui sait même jusqu'où s'étendront les conjectures de la méchanceté ?..

Est-il donc réduit à voir périr son amante sans pouvoir lui fournir aucun secours ? Que dis-je ! à se refuser de lui en procurer le moindre ? « Non, tu ne périras pas seule... C'est mon apparition imprudente qui t'a privée du sentiment, je dois venger ton trépas par le mien ; mais du moins que l'on apprenne que c'est pour toi seule que je me suis arraché la vie : que toujours séparés pendant la vie nous soyons un instant unis après notre mort ! »

Il la transporte aussitôt sous le pavillon où il s'assied. Il la place sur ses genoux, la presse contre son sein, et souffle avec force dans sa bouche. Ses soins sont enfin couronnés du succès le plus complet. Le feu dont tous ses sens sont embrasés a ranimé la chaleur presque éteinte de son amante...

A peine Amélie a recouvré ses sens, qu'effrayée de sa situation, elle s'arrache d'entre les bras de son amant. « Amélie, adorable Amélie, lui dit-il alors avec tendresse, est-ce l'infortuné Charles qui cause votre effroi ?.... Serois-je assez persécuté par le destin pour m'attirer votre haine, en perdant votre cœur et votre main ? »

Amélie ne peut répondre un seul mot, tant elle est émue. Soudain sa femme de chambre l'appelle : « Mademoiselle ! Mademoiselle ! on vous demande à l'instant. » Epouvantée, elle court du côté de la porte ; il la poursuit, se jette à ses genoux, et la retient par sa robe. « Au nom des dieux, au nom de tout ce que vous avez de plus cher, ne m'abandonnez pas sans m'avoir écouté... »

« Laissez-moi, monsieur, laissez-moi ! voulez-vous me perdre, me déshonorer ? Vous entendez qu'on m'appelle, et vous me retenez ! Est-ce pour mettre le comble à l'infamie de votre conduite ? »

« Ah ! quel affreux reproche ! et qu'il est peu mérité ! Puisque vous ne pouvez rester, promettez-moi au moins de m'accorder une entrevue à la prison où vous vous rendez demain matin. Moi vous

déshonorer ! quelle horreur ! j'en suis incapable ; je ne veux point rompre vos
nœuds, mais vous expliquer ma conduite,
vous exposer mes sentimens... »

« Avez-vous fini, homme odieux ! non,
non, tu veux qu'on vienne nous surprendre. Laissez-moi, vous dis-je ! laissez-
moi.... »

La femme de chambre l'appelle encore.
« Mademoiselle... vous ne me répondez
pas !... »

« J'y vais à l'instant. (A Charles) Tu
l'entends et tu me retiens encore ! laissez-moi, vous dis-je ! »

« Non, non, il faut que vous me promettiez... »

« Eh ! bien soit, puisque je ne puis
me défaire de votre obstination qu'à ce
prix. » En achevant ces mots, elle s'enfuit effrayée de sa promesse, et Charles
a besoin à son tour du banc de gazon
pour se soutenir ; la joie lui coupe la
respiration, il ne sait plus ni où il est,
ni ce qu'il doit faire. Enfin ses courroies
et les autres parties de son bizarre ac-
coutrement lui rappellent qu'il lui reste
encore une route pénible à parcourir, et
très-peu de temps. Il remonte avec la
plus grande peine ; il n'a presque plus de
force ; il est obligé de se reposer dans
le grenier avant de retirer la corde chérie.
Ses bras refusent long-temps de se mou-
voir. Il la baise ensuite avec transport,

la replie, et rentre dans sa chambre sans être apperçu. L'amour l'a protégé. Il a écarté l'œil importun des domestiques. Il retrouve Sans-chagrin et Louis dans la même occupation. Louis écoute, la bouche béante, les yeux fixes et les bras croisés, les explications naïves et souvent ridicules du soldat.

Nicolas survient : « Monsieur, je suis chargé de vous dire de la part de madame que vous pouvez vous mettre à table. Elle ne rentrera que très-tard et elle n'est pas sûre de souper à l'hôtel. »

Mérinbert fut enchanté de cette nouvelle. Il craignoit de ne pouvoir se rendre maître de sa joie, en présence de sa mère ; il délibéroit même s'il ne s'excuseroit pas sur quelqu'indisposition. Redoutant pour la première fois cette présence qui faisoit sa félicité, il soupa à la hâte, et se coucha aussitôt ; il trembloit à chaque instant de la voir arriver.

Il se réveilla de bonne heure, et se livra aux charmes trompeurs de l'espérance. « Amélie avoit promis : elle l'aimoit donc ! Eût-elle accepté un rendez-vous pour le jour même de son mariage, si elle n'eût éprouvé une vive passion ? » Ces momens d'allégresse durèrent peu. La triste perspective de leur sort mutuel y succéda bientôt. Les dernières paroles de Désormeaux lui revinrent alors à l'esprit : « Vous ne voulez ni la ruine, ni

» l'infamie , ni la mort de vos parens. »
Cet arrêt effrayant étoit sans appel. Il
sentit alors l'imprudence de sa visite noc-
turne ; elle enfonçoit dans son cœur le
trait dont il étoit déchiré , et l'enfonçoit
inutilement. Que dis-je ? si Amélie l'aimoit , comme tout sembloit l'annoncer ,
il la faisoit participer à ses chagrins , en
détruisant l'erreur où elle se trouvoit heureusement sur sa fidélité.

L'idée d'affliger son amante , de la livrer à ces angoisses du désespoir dont
il avoit été si fort tourmenté jusques-là ,
mit le comble à sa douleur. Faut-il donc
renoncer à l'entrevue promise ? non , sans
doute. C'est bien alors qu'elle auroit un
juste sujet de l'accuser de perfidie. Oui ,
il s'y rendra , mais il en abrégera la durée
le plus qu'il pourra ; il se contentera de
lui déclarer qu'il l'aime , et l'a toujours
aimée , et renoncera aussitôt à elle. Il
lui montrera la nécessité d'un sacrifice
dont dépendent la fortune , l'honneur et
la vie de ses parens. Plus il y réfléchit ,
plus il se persuade que ce parti est le seul
que lui permettent , que lui commandent
la vertu et l'amour filial.

Il se sent digne de lui-même et de la
philosophie. Il invoque ses maîtres immortels , et scelle de leur nom sa résolution.

Un inconnu lui demande un entretien
secret. Désormeaux ne seroit - il point

parti ?.. Cet espoir lui est encore ravi. Il ne connoît point le particulier qui lui remet un billet de la part d'un des usuriers dont il est débiteur.

« *Monsieur* ,

» Nous sommes perdus nous et nos fa-
» milles si vous ne venez à notre secours.
» On a découvert , nous ne savons com-
» ment , le prêt que nous vous avons fait ,
» et l'on nous menace de poursuites sévè-
» res , les lois condamnant les prêts faits
» à des fils de famille. La somme est trop
» considérable d'ailleurs pour que nous
» puissions en être frustrés sans les plus
» grands embarras , indépendamment des
» peines dont nous courons le risque , vu
» le crédit de votre famille. Une expli-
» cation signée de vous , dans laquelle
» on détaillera les motifs du prêt , peut
» seule nous tirer d'embarras. Elle est
» urgente. Si nous l'avons aujourd'hui ,
» nous préviendrons l'assignation qu'on
» va nous donner , faute de quoi , nous
» serons pour toujours perdus de répu-
» tation. »

» J'ai l'honneur d'être, etc. »

OLLIER.

« Monsieur , ajoute le porteur , on vous prie de m'indiquer l'heure à laquelle vous
vous

Vous trouverez chez M. Ollier qui ne peut
se présenter chez vous. »

« Ce soir entre cinq et six. Dites-lui
de tenir prêt l'acte dont il parle, afin
que je ne perde pas de temps. » Il ne
vouloit pas paroître en plein jour chez
cette vile espèce d'hommes.

Le musicien lui apporta dans ce moment, une déclaration signée de ses compagnons. Ils y faisoient un récit exact de
la fameuse sérénade : il lui offrit même,
en leur nom, d'en affirmer le contenu
de vive voix au général Roger.

Charles n'ayant plus besoin de leur
témoignage pour obtenir une entrevue,
se contenta du certificat qui suffisoit pour
détruire les calomnies dont on l'avoit
noirci. Pressé de réfléchir aux moyens
de faire réussir son entrevue, il renvoya
le musicien. Mais les importuns ne devoient pas le laisser sitôt libre.

Les tailleurs parurent d'abord ; ils
venoient essayer ses habits. Ils lui parlèrent encore du mariage de Montmartin, chez qui ils s'étoient vainement pré-
sentés ainsi que chez Mad. Mérinbert ;
ni l'un, ni l'autre n'étoient levés. A l'é-
gard de M.lle Amélie, elle étoit plus
diligente que son futur et toutes ses robes
lui seyoient à ravir.

Aux tailleurs succédèrent plusieurs de
ses anciens camarades qui l'invitèrent,

avec de vives instances, à achever avec
eux son *bec-jaune.*

« Triple-canon déculassé ! dit la Ramée ; ce n'est pas de la frigousse que
nous vous proposons cette fois ; il s'agit
d'un bon déjeûner *dinatoire* chez un
traiteur de la rue Chenoise qui régale
comme un Dieu. »

Mérinbert se disposoit d'abord à refuser ; il changea d'avis à l'annonce de
la Ramée. Cette invitation lui fournis-
soit les moyens d'écarter son surveillant,
et d'éviter ensuite pendant le dîner, les
regards pénétrans de Mad. Mérinbert.

« Mes chers camarades, leur dit-il à
mi-voix, j'accepte de grand cœur votre
proposition ; à une condition néanmoins,
à laquelle je vous prie de souscrire. »

« Qué que vous nous sifflez-là de
prière, notre *ancien* ? Commandez, et
nous voilà prêts. »

« Il s'agit de me laisser libre de sortir
à neuf heures et demie précises, j'ai
quelques raisons d'aller à mon rendez-
vous à l'insçu de mon domestique, et
vous pouvez me le faciliter. Faites servir
dans deux salles, et dites-lui de se placer
dans celle où je ne serai pas. Il me
croira toujours dans l'autre, parce que
je ne m'arrêterai pas beaucoup. Nous
nous réunirons ensuite tous dans la
même, si vous le désirez. »

« Ça vaut fait, notre ancien. Soyez

tranquille , nous l'occuperons si bien qu'il
ne s'en doutera tant seulement pas. »

Il les suivit aussitôt avec Sans - chagrin , après avoir chargé un domestique
d'en prévenir sa mère , à son lever. Comme il en avoit déja obtenu la permission
d'assister à un de leurs repas , il ne craignoit pas qu'elle s'en inquiétât.

Tout lui réussit de point en point.
Après avoir prié Sans-chagrin de le faire
avertir en cas d'événement imprévu , il
se rendit à la prison, et il y arriva sans
être remarqué, la rue Chenoise communiquant alors avec la place S.t-André
par une longue allée de traverse. Le
geolier, gagné par une forte récompense,
le fit entrer dans un petit cabinet où il
promit de lui amener Amélie.

Celle-ci se trouvoit en proie aux plus
vives inquiétudes. Le jour précédent,
Séraphine avoit prévenu son frère de
l'entrevue de l'avant-veille et de l'embarras que les deux amans avoient montré en sa présence. Il la remercia de l'heureuse tournure qu'elle avoit prise pour
exciter de plus en plus la colère de
Charles contre Amélie ; il espéroit que
celle-ci perdroit jusqu'à l'idée de tenter
un raccommodement. Il s'empressa ensuite
de faire part de cette aventure à Mad.
Roger. Occupée à diverses courses que
nécessitoit le mariage de sa fille , il ne
put la voir qu'à l'entrée de la nuit.

Les détails de cette entrevue irritè-
rent à un tel point Mad. Roger que
Montmartin fut encore obligé de mettre
tout en usage pour l'appaiser. « Amélie
étoit au jardin, mon aimable protectrice,
quand je suis monté chez vous ; je suis
sûr qu'elle m'a apperçu, quoiqu'elle n'en
ait rien témoigné. Comme je suis obligé
de sortir à l'instant, si vous la mandiez
à présent, elle se douteroit que ce rapport vient de moi, au lieu qu'en attendant une heure environ, elle n'en sera
pas aussi certaine. Vous sentez qu'il
m'importe de me ménager dans son
esprit. » Il espéroit encore que dans cet
intervalle la fureur de Mad. Roger se
calmeroit. Elle pourroit révolter sa fille
par un excès de rigueur. Il désiroit seulement qu'elle lui fît de vifs reproches.

Cette crainte étoit peu fondée. Si
Amélie s'étoit montrée si susceptible et
si fière devant Montmartin, elle perdoit
toute sa fermeté devant sa mère qu'elle
redoutoit autant que dans sa plus tendre
enfance, et qu'elle redoutoit sur-tout,
lorsqu'elle se sentoit coupable de quelque
faute comme dans cette occasion.

Mad. Roger se rendit enfin à ce que
le Comte désiroit. Il la quitta, après
avoir approuvé de son côté les mesures
par lesquelles elle se proposoit d'assurer
la cession de revenus qu'elle ambitionnoit si vivement. Transportée de joie,

et tremblante du moindre obstacle qui
pourroit retarder ce mariage, elle fit appeler Amélie par sa femme de chambre,
avant même que l'heure prescrite se fût
écoulée; elle ne se doutoit pas qu'elle
rompoit une seconde entrevue.

Amélie frissonnoit d'avoir consenti au
rendez-vous demandé par Charles, et la
crainte qu'il ne fût surpris au jardin,
où elle présumoit qu'il s'étoit glissé par
la porte cochère, à l'insçu du portier,
lui inspiroit les plus vives alarmes. Le
début de sa mère n'étoit pas propre à la
rassurer.

« Qu'est-ce donc, Mademoiselle, que
vous faites à cette heure, au jardin ? »

Qu'on juge de la terreur d'Amélie à
cette question ? Charles auroit-il été apperçu ?.. quel affreux contre-temps ?.. tout
son sang se glaça.. Elle répondit en tremblant : « Maman.. vous savez bien... que
j'y vais ordinairement le soir... »

« Laissons cela, Mademoiselle ; vous
êtes bien souvent où il ne faudroit pas.
M'expliquerez-vous, par exemple, pourquoi vous rendez des visites à vos cousines, en mon absence ? craignez-vous
d'être en ma compagnie ? »

« O dieu ! comment pouvez-vous me
soupçonner d'une telle pensée, chère maman ? Quoi ! vous croyez qu'Amélie
redoute votre présence ? Non, non ! vous
ne le pensez pas ? »

H 3

« Peut-être vous auriez trouvé ma présence nécessaire pour vous rassurer contre celle de M. Mérinbert que sans doute vous recherchiez ! »

" Quel reproche cruel ! ô maman, ma tendre mère ! ma conduite devoit-elle me l'attirer ? Ne me suis-je pas résignée à tout ce que vous désiriez ? que voulez-vous de plus ? Vous reste-t-il quelque sacrifice à exiger ? parlez, et vous serez bientôt convaincue de mon empressement à souscrire à tous vos vœux. »

Cette réponse et les sanglots dont elle fut entrecoupée, calmèrent Mad. Roger. Elle ne jugea pas néanmoins convenable de paroître entièrement satisfaite; elle lui défendit de faire des visites sans sa permission. On vint la demander, heureusement pour Amélie qui ne pouvoit plus supporter l'aspect de sa mère irritée contr'elle, et irritée à juste titre. " Ah ! pensa-t-elle, que seroit-ce si elle connoissoit toutes mes fautes ? » Elle se renferma aussitôt dans sa chambre, et s'excusa de souper avec sa famille.

Le sommeil lui refusa sa bienfaisante protection ; elle fut en proie aux tourmens les plus affreux, et le lendemain matin, à l'incertitude la plus déchirante sur ce qu'elle feroit. Iroit-elle au rendez-vous ?.. Il est vrai que sa mère ne lui ordonnoit de la prévenir que pour des visites, mais elle entendoit sans doute aussi

lui défendre de revoir son amant... Ne
plus le revoir !.. lui manquer de parole
après lui avoir elle-même fait de vifs reproches de perfidie ! Pouvoit-elle s'y résoudre sans la plus insigne trahison ?..

Elle eut à soutenir un combat qui lui
fit souffrir les plus cruels supplices. Le
devoir filial, l'honneur, et sa passion
s'entrechoquoient avec violence. La lettre
brûlante de Charles opposoit un bouclier
impénétrable au poignard acéré du remords qu'elle essayoit elle-même d'enfoncer plus avant dans son cœur pour se
donner le courage de suivre ce que lui
prescrivoit le devoir. Elle ne réussissoit
qu'à se tourmenter ; l'écrit séduisant
triomphoit de toutes ses épreuves. Il étoit
mouillé des larmes de son amant , et
baigné des siennes. Dans certains momens, elle le couvroit de baisers ; dans
d'autres elle le froissoit avec rage , et
ensuite lui demandoit pardon de cette
insulte. Elle le déplioit ; elle y voyoit
l'image de Mérinbert ; elle l'y voyoit
tremblant à son aspect chez sa rivale,
où prosterné à ses genoux dans le funeste pavillon ; elle l'y voyoit l'arrachant
plusieurs fois au trépas , la portant entre
ses bras dans les vergers de la Rivoire ,
ou dans les corridors du théâtre : la
pressant contre son sein sur le banc de
son jardin ; lui jurant fidélité ; ne lui
demandant que la seule faveur bien

légère, de lui déclarer son amour, de
lui adresser ses adieux, avant de consommer le sacrifice qui devoit faire leur
malheur éternel!..

Elle ne put résister à cette dangereuse
contemplation. " Après tout, s'écria-
t-elle, où est mon crime? Ne me livré-je
pas à cet odieux hyménée? N'abandon-
né-je pas à son insçu, les bienfaits d'un
oncle adoré? que veulent-ils de plus?
Ah! Mérinbert, que ces bienfaits me
deviennent à charge, puisqu'ils excitent
la cupidité qui me sépare à jamais de
toi? Oui, j'irai recevoir tes adieux, ô
le plus chéri des mortels! si j'ai dû une
fois la vie à ma mère, n'est-ce pas toi
qui me l'as conservée? et je manquerois
aussi indignement à mon bienfaiteur!
Non, non, je le verrai, mais je me mon-
trerai digne de sa grandeur d'ame. Il
ne veut point rompre mes nœuds, je ne
romprai point les siens; je ne m'avilirai
pas jusqu'à concourir à son déshonneur
et à celui de ma trop fortunée rivale; je
recevrai ses sermens pour l'en délier au
même instant : je lui rendrai sa lettre, et
je le quitterai pour toujours!.. "

Cependant le devoir filial et l'honneur
essaient encore de faire entendre leur
voix qu'elle ne méconnut jamais jusqu'au
moment où elle fut subjuguée par l'a-
mour... Terrible effet de ce sentiment
impérieux! Amélie vient de fixer sa pen-

dule , et ce sentiment a aussitôt effacé
de son cœur tous les autres... Il est plus
de neuf heures : l'instant du rendez-vous
est déjà passé : « Courons , courons !
s'écrie-t-elle ?.. »

Suivie d'un domestique elle vole, elle
se précipite du côté du sombre dépôt du
crime.. Elle entre : hélas !.. elle n'apperçoit point Mérinbert qui cependant
doit l'avoir précédée !.. Et elle n'ose, elle
ne sait comment s'informer s'il est venu !..

Le geolier paroît heureusement. Sans
doute il vient lui apprendre ce qu'elle
redoute de demander.. Non , il vient ac-
croître sa consternation. Il lui annonce
qu'un nouveau prisonnier réclame ses
soins. Contre temps affreux ! elle a tout
au plus un quart d'heure à donner à son
amant, et l'on vient lui dérober une partie de ce court espace de temps ! Qui
sait même s'il n'arrivera pas dans cet
intervalle ?... En proie au plus vif embarras, à la plus désolante inquiétude ,
pour la première fois elle résiste à l'ins-
piration de son cœur ; elle manque à
l'humanité !.. Elle refuse de parler au
prisonnier !.. « Malheureuse ! qu'as-tu
fait ?.. Le dieu de la charité dont tu sa-
crifies les préceptes à une passion coupable, t'en punira sans doute cruellement!
Tu ne le verras point.. Non , non , il
l'écartera de tes pas... Il l'engagera peut-

être à se jouer encore une fois de ta folle
crédulité !.. »

Le geolier reparoît. Le prisonnier insiste : il ne demande qu'une minute d'audience. Elle y consent. Mais la passion
qui la dévore a déjà repris tout son empire : elle ne peut accorder qu'un seul
instant à cet homme, déclare-t-elle au
geolier.

Elle court aussitôt ouvrir la porte du
cabinet où il est renfermé, maudissant
l'importun qui abuse ainsi des momens
les plus précieux, et presque disposée
à lui en faire des reproches... O ciel !..
Charles, Charles lui-même est à ses
pieds !... Elle est obligée de s'asseoir :
à peine elle respire !...

« C'est donc vous, adorable Amélie !
quelle insigne générosité ? L'infortuné
Mérinbert vous l'avoue, et c'est un for-
fait de plus à ajouter à ceux dont il s'est
rendu coupable ; il doutoit que vous lui
tinssiez parole !.. Vengez-vous de mes
soupçons !.. Mais non ; je suis mille fois
trop puni puisque j'ai encouru votre
haine. Les traits cruels dont une barbare
destinée s'est plue à m'accabler ne me
sont rien ; je les oublie, et je brave ceux
qu'elle me prépare encore, si je puis
dissiper cet affreux sentiment, qui porte
le désespoir dans mon ame... »

« Moi, vous haïr ! Ah Charles ! que
vous me connoissez peu ! Malgré vos

sanglants outrages, je l'avoue aussi, et je devrois peut-être m'accuser de foiblesse, mon trop légitime courroux a toujours fait place à l'affection.... (vivement) Je veux dire à la reconnoissance que méritent vos services. »

« Vous ne me haïssez point ! rien ne manque plus à ma félicité ; je subirai mon sort sans murmure. Pourquoi donc cette lettre cruelle où vous semblez vous reprocher d'avoir concouru à me rendre l'existence ? »

« Ah Charles ! ne me haïssez point à votre tour ! J'ai cédé à une sensibilité sans doute trop irascible. Choquée de voir que le lendemain même du jour où vous me déclarez votre passion, vous aviez ratifié une alliance commandée par l'honneur, je me suis abandonnée à la colère... on m'a observé que vous ne faisiez mention dans aucune de vos lettres des services que je vous ai rendus, et j'ai eu l'indignité de m'en offenser. Je voulois de la reconnoissance, comme si je n'étois pas mille fois payée par le succès ! »

« Non, non, sans doute !.. Je suis un monstre qui mérite toute votre indignation. Maman m'a dit avoir fait remercier votre mère, et je n'ai pas eu seulement l'idée que cela ne suffisoit pas pour m'acquitter. Il est vrai que votre porte m'étoit défendue, mais j'aurois dû braver les insultes et franchir tous les

obstacles que la calomnie a mis entre
votre famille et moi pour m'aller jeter
à vos pieds. Une basse et honteuse jalousie m'a saisi en vous voyant au jardin
accabler de caresses mon fortuné rival ;
j'ai couru chez moi, la rage dans le
cœur , et j'ai signé tout ce qu'on a voulu.
Voyant encore que vous n'aviez pas envoyé à Désormeaux l'argent destiné à
dégager mon ami , ma fureur s'est ac-
crue : je vous ai écrit le billet insolent
auquel vous avez fait cette réponse ;
réponse trop douce encore , je le reconnois. »

« Vous m'avez vue au jardin ? que me
dites-vous ? seroit-il possible ?.. »

« Hélas ! égaré par une passion que
condamnent le devoir filial , l'honneur et
la vertu , je n'ai pu résister au plaisir
de vous contempler encore une fois... Je
me suis fait comprendre dans la garde
d'honneur du général : c'est moi qui
étois en faction à la grille du jardin. Je
m'y étois placé pour m'enivrer encore
d'une vue qui si souvent m'avoit ravi
en extase... Mais non , c'étoit pour être
témoin de vos transports , pour vous entendre prodiguer les noms les plus sacrés
à cet odieux... (avec fureur). Tu l'aimes donc, perfide ? réponds, réponds ! Tu
l'aimes et tu abhorres Charles ! En vain
ta générosité te le fait dissimuler ! »

« Quel reproche cruel ! est-ce de vous

que je devois l'attendre ? Charles , barbare Charles ! c'est donc ainsi que vous
jugez Amélie ! Quoi vous la croyez assez
inhumaine , assez dénaturée pour haïr
son bienfaiteur , son second père , celui
qui lui rendit des services si importans ,
qui la rappela tant de fois à la vie ? Le
protecteur du jeune berger , du chasseur
malheureux , des hommes mêmes qui
s'étoient rendus si coupables envers lui
à l'académie , à la prison... »

Charles , à genoux , saisit une main
d'Amélie qu'il appuie contre ses yeux.
« N'achevez pas ; pardonnez à mon trouble : n'imputez qu'à mon égarement les
reproches qui me sont échappés.. Hélas !
ne suis-je pas excusable ! Ai-je pu penser
sans un transport de rage à ces témoignages
d'intérêt , à ces marques si vives de tendresse , à ce baiser , à ce nom d'époux
et d'ami... (Se relevant avec violence).
Oui ,... j'ai dû le penser ! et ne frappent-
ils pas encore mes yeux ? Ne retentissent-
ils pas à mes oreilles ou plutôt à mon
cœur qu'ils déchirent en tout sens ?...
Oui , vous le chérissez , vous l'adorez ,
et ce n'est qu'à une froide pitié dont ces
services si longuement rappelés m'attestent les accens et le dédain que je dois
votre visite !.. »

Amélie ne peut résister à ce dernier
reproche. « Arrête , s'écrie-t-elle , en se

levant : arrête, et connois Amélie ! je le
déteste autant que je t'ai.... »

Effrayée aussitôt du mot qui lui est
à moitié échappé, elle se précipite vers
la porte. Charles la retient et se jette à
ses pieds : « Oh ! je vous en conjure ! ne
me fuyez pas ; ne me dérobez pas le seul
instant de félicité qui m'est accordé par
l'avare fortune ; achevez cet aveu qui
me transporte dans un paradis de délices.... »

« N'en est-ce pas assez, répond-elle,
éperdue et livrée à la plus extrême agitation : laissez-moi, si vous m'aimez ;
laissez-moi... J'ai dit devant mon domestique que je ne m'arrêterois qu'un instant ; ô ciel ! s'il demandoit avec qui je
suis ? Malheureuse !... laisse-moi, te dis-
je ; qu'attends-tu ? nos nœuds sont im-
possibles à rompre... »

Charles avec tendresse et énergie.
« Impossible ! et vous m'aimez !.. »

Amélie. « Vous doutez de mon courage ? Ah ! si tout autre lien que celui
de l'honneur le plus impérieux, du devoir le plus sacré... Insensé ! reviens
à toi-même : renonce à de fantastiques
chimères... Veux-tu que je me couvre
d'infamie en violant tant de promesses
solemnelles ; en causant la ruine, le déshonneur de ma cousine ? que je devienne
l'opprobre et l'horreur de ma famille ?

que je m'attire la malédiction et le juste
courroux de ma mère?.. »

Charles se relève précipitamment. Il
se place devant la porte, les bras croisés,
la tête penchée; il fixe son amante. Son
regard est sombre, ses yeux peignent
tour-à-tour la fureur et la consternation.
Amélie, palpitante d'effroi, est saisie soudain d'un tremblement universel, elle
est forcée de se rasseoir. Elle essaye en
vain de parler, sa bouche ne rend que
des sons inarticulés; elle est réduite à
lui tendre les bras d'un air suppliant.
Il rompt enfin le silence, et dit d'une
voix éteinte, mais qui se ranime par
degrés : « Votre mère?.. quel nom avez-
vous prononcé?... Votre mère?.. misérable! j'en ai aussi une, et hier encore
elle a reçu mes sermens!... (Se jetant à
genoux). Amélie!.. est-il au monde deux
êtres plus à plaindre que nous? Faut-il
donc que deux cœurs destinés l'un pour
l'autre soient à jamais séparés? »

« Hélas! oui, répond-elle en sanglot-
tant, il le faut. Adieu, Mérinbert; adieu,
le plus chéri des.... Ah! terminons un
entretien qui ne sert qu'à aggraver inutilement nos souffrances... Faites le bonheur de votre compagne... Mais n'oubliez
jamais celle qui craint de vous porter
toujours dans son cœur. »

Le geolier entre : « Monsieur, un soldat vous demande : il s'agit d'une affaire

pressante. » Voyant à l'attitude des deux amans, que sa présence ne doit pas leur être agréable, il ressort aussitôt.

Amélie. « Dieux !.. je suis perdue ! Je suis déshonorée !.. Sortez ! sortez, si vous ne voulez mettre le comble à l'infamie qui me menace ! »

Charles avec transport. « Nous séparer pour toujours ! Non, non ! plutôt cent fois mourir ! »

Le geolier rentre précipitamment : « Mademoiselle, comme j'entr'ouvrois la porte du corridor qui conduit ici, j'ai vu dans la première salle, ce jeune monsieur... votre futur époux, dit-on... Mon camarade lui disoit que vous étiez dans un des cabinets du corridor. Pensant que vous ne vouliez pas qu'il vous sût ici ; j'ai fait signe à mon camarade de feindre quelque excuse, et de le faire attendre ; j'ai refermé la porte ; je viens vous en ouvrir une par laquelle ce cabinet communique à un autre passage, afin que vous puissiez vous échapper sans qu'il vous voie. » Il en cherche la clef pendant ce récit.

Il seroit difficile de peindre l'effroi, la terreur d'Amélie. Charles est plongé dans la plus extrême consternation. Le malheureux ! c'est lui qui par son opposition coupable expose son amante au plus grand de tous les malheurs pour

un être sensible et vertueux ; à l'igno-
minie , à l'opprobre , au déshonneur...
Il s'arrache les cheveux : Amélie se
frappe la poitrine avec frénésie. Con-
tenez ces transports , jeunes imprudens ;
ne vous pressez pas de vous punir ; le
destin vous en ôtera l'embarras ; il n'a
pas sitôt assouvi sa juste vengeance sur
ceux qui sacrifient le devoir à la passion.

Le geolier a tourné et retourné la
clef dans la serrure ; la porte résiste : elle
est fermée par des verroux placés en dehors comme le sont ordinairement ceux
des cachots. Le geolier est interdit : il
se croise vivement les bras ; quel parti
prendre ?

Les deux amans tombent à ses genoux,
ils ne peuvent dire un seul mot ; mais
leurs bras élevés, leurs mains fortement
jointes , quelques larmes qui semblent s'é-
chapper avec peine des yeux d'Amélie
dont le cœur est comprimé par le désespoir , expriment leurs supplications mieux
que les plus éloquentes périodes. Une
nouvelle récompense achève de stimuler
l'esprit inventif du gardien.

« Reprenez courage ; je vais faire le
tour , et j'ouvrirai ces maudits verroux.
Comme il faut que je repasse par la
première salle , je ne pourrai sans doute
empêcher ce monsieur d'entrer dans le
corridor ; mais il y a plusieurs cabinets

sur son chemin... J'aurai peut-être le temps de vous ouvrir avant qu'il arrive à celui-ci. »

Amélie se relève : « Cette anxiété cruelle ne peut se supporter ! Il faut que je le joigne... sur-le-champ... C'est à lui que je vais m'engager... et j'attendrois qu'il me surprît !... »

« Arrêtez. Je ne le souffrirai pas... Qu'espérez-vous, insensée ?.. L'empêche-rez-vous de venir jusqu'ici ?.. Mon trouble, mon désordre ne lui prouveront-ils pas que vous m'avez vu ? Attendez... »

« Non, non ! je ne suis déjà que trop criminelle ! J'ai accepté un rendez-vous au moment où je vais jurer devant l'Eternel... Ne me retenez pas... gardez-vous de me retenir... Quand je serois forcée d'en convenir, je le ferai de grand cœur, si ma franchise m'obtient son indulgence. »

Charles, la saisit par le bras : « Son indulgence !.. perfide !.. avoue plutôt que tu es impatiente de me fuir, de le voir, de lui prodiguer tes caresses... (Avec fureur). Tes caresses !.. il n'en jouira pas sans participer du moins aux tourmens qui me dévorent... Il faut que ta main imprime sur ce papier l'aveu échappé à ta bouche trompeuse... J'en repaîtrai ses yeux pour qu'il fasse à chaque instant son supplice !.. »

« Misérable ! tu as donc juré ma perte !
Voilà donc le prix de ma folle passion !..
(D'une voix éteinte). O ciel !.. n'en-
tends-je pas du bruit ?. On ouvre une
porte... C'est lui !. O mon cher Mérinbert, je vous en conjure, si vous dé-
daignez la voix de l'amour, écoutez du-
moins les inspirations de la pitié !.. »

« Oui... c'est lui !.. il chante, le monstre !.... Les accens de son insultante joie
ont fait frémir toutes mes fibres , ont
réveillé tout mon désespoir... qu'il tremble !.. Et vous qui êtes si empressée de
lui complaire, tremblez pour lui !.. Restez : fermez-vous dans cette armoire...
ou je cours le poignarder à vos yeux,
et m'arracher la vie sur son corps pal-
pitant... »

« Barbare ! tigre altéré de mon déshonneur !.. Oui, je resterai, puisqu'il
faut que je me sacrifie pour sauver la
vie de mon semblable ; mais jure-moi
que tu te contiendras... que la moindre
insulte , la moindre aigreur ne sortira de
ta bouche... ou crains à ton tour les effets de mon désespoir !.. »

Ces mots ont fait revenir Charles de
son égarement : il embrasse les genoux
de son amante. « J'ai pu souffrir que
vous m'imploriez ! Amélie , ô généreuse
Amélie ! oubliez mes transports furieux..
Fuyez, s'il en est encore temps ; mais
daignez excuser votre amant plus infor-

tuné peut-être que criminel !.. L'excès
de sa douleur... l'excès de son amour... le
bonheur inoui , la présence insupportable
de son rival... tout doit lui faire trouver
grace à vos yeux !.. Il n'invoque plus
votre amitié : il n'en est plus digne ....
C'est votre compassion... »

Il n'est plus temps. Montmartin ouvre
la porte du cabinet voisin ; Amélie se
renferme dans l'armoire, après avoir
lancé à Charles un regard fulminant qui
lui trace sa conduite.. Il sent tout ce
qu'il exprime ; humilié de ses extrava-
gans écarts , désolé d'avoir déplu à son
amante , de l'avoir exposée... il est déterminé à tout pour réparer sa faute ,
pour mériter son pardon... Il ne parvient
néanmoins à se contenir qu'en appelant
à son secours cette philosophie si souvent
oubliée... On frappe ; c'est son rival... Il
l'introduit lui-même dans le cabinet funeste , et l'y accueille comme un ami.

« C'est vous, mon cher Mérinbert ? qui
se seroit attendu à vous trouver ici ? »

« Il est vrai que sans l'affaire la plus
intéressante... vous ne m'y rencontreriez
point.. »

« Excusez mon observation. Je cherche une prisonnière que je... n'apperçois
point... peut-être est-elle dans un autre
cabinet ?... »

« Vous voyez que dans celui-ci... »

« Je vous laisse. Ce seroit une indiscrétion... Sans doute vous attendez ?.. »

« Oh oui ! et dieu veuille que mon
attente ne soit point trompée ! — Dieu
veuille, se disoit-il, à lui-même, qu'A-
mélie me pardonne ! »

« Permettez que je vous embrasse
avant de vous quitter. »

Charles souffroit le martyre... Le geolier venoit de tirer ses verroux. Si Montmartin qui a pu l'entendre, alloit soupçonner... O ciel ! si cet homme lui-même
entroit !.... Montmartin s'éloigne enfin.
Amélie, de plus en plus effrayée, sort
aussitôt de sa retraite, et se jette au cou
de Charles. La satisfaction la plus vive
a succédé à la terreur. Elle espère que
les réponses adroites de son amant, au-
ront persuadé son rival qu'il ne l'a point
encore entretenue. « Je vous retrouve
enfin, mon cher Mérinbert, mon bien
aimé... adieu... nous nous sommes assez...
adieu.. Ah ! je t'ai trop vu pour mon
malheur ! Tu m'as trop persuadée de
l'excès de ta passion !.. »

« Vous oubliez donc ma conduite criminelle ! vous me pardonnez donc !.. »

« Ingrat ! n'étois-tu par sûr d'avance
d'être pardonné ?.. Adieu pour la dernière fois.. »

« Non, non ! il seroit trop affreux de
n'avoir joui qu'un seul moment de tant

de bonheur. Encore une fois... plus qu'une fois... ce soir... au jardin... comme hier... une seule minute... ne me refusez pas... ce seroit m'arracher la vie ! Rien qu'une minute... j'en atteste tout ce qu'il y a de plus sacré !.. »

« Eh ! bien... oui... mais restez un instant ici, » répond Amélie tremblante d'être encore retenue et surprise. Elle s'enfuit aussitôt avec précipitation.

CHAPITRE XIII.

CHARLES resta long-temps en proie
à la douleur que lui occasionnoit cette
disparition ; il auroit bien voulu suivre
Amélie, mais il craignoit de la chagriner , et son ordre le frappoit tellement qu'il n'osa franchir le seuil d'où
il avoit cessé de la voir , avant de s'être
consulté si l'instant prescrit si vaguement ,
s'étoit écoulé.

Le geolier le tira d'embarras. " Monsieur, le soldat qui vous demandoit a
perdu patience. Les autres boivent , a-
t-il dit , et moi je croque le marmot ;
dites à M. de Mérinbert de se rendre
chez le traiteur d'où il est sorti ce
matin. — M.lle Amélie n'est plus... ici ?
— Non , monsieur, elle ne s'est pas
arrêtée. — Je pense inutile de vous
recommander le plus profond silence
sur notre entrevue. — Soyez tranquille ,
vous me récompensez trop bien tous
deux. Elle m'a aussi recommandé le
secret , car elle paroissoit terriblement
inquiète. Et puis ce jeune freluquet avec
qui je crois qu'elle se marie , s'est trouvé
dans la première salle comme elle alloit
sortir ; elle a poussé un cri comme si
elle avoit vu le diable en personne.

Elle lui a dit de l'accompagner ; il avoit bien envie de refuser, mais elle lui a parlé d'un ton si ferme, qu'il n'a pas osé marmotter, et lui a donné le bras. Quand ils ont eu passé la porte, elle a repris : vous avez raison mon cousin, il ne me convient pas de paroître avec vous le jour de notre mariage : venez chez nous par un autre chemin. »

Charles, consterné du chagrin que cette rencontre inopinée alloit causer à Amélie, rejoignit ses camarades.

Lapierre, placé de bonne heure en vedette dans une boutique auprès de la maison Mérinbert, avoit suivi Charles à l'auberge et ensuite à la prison, où il vit bientôt arriver Amélie. Il courut en informer son maître qui, soupçonnant un rendez-vous entre les deux amans, s'y rendit sans balancer. Etonné de ne la point trouver dans les cabinets où l'on avoit dit qu'elle étoit entrée, il soupçonna qu'elle se seroit cachée, et le trouble qu'elle manifesta à son aspect, confirma ses soupçons ; il approuva le scrupule qu'elle se faisoit de paroître avec lui en plein jour, et aussitôt qu'elle l'eut quitté, il revint à la prison.

Il feignit d'avoir perdu quelque chose dans le cabinet où étoit Charles. La porte de l'armoire et celle du second passage, encore ouvertes, lui découvrirent le mystère, et la fortune, trop propice

pice à ses desseins coupables, lui en
offrit une preuve certaine. Une rose
artificielle s'étoit détachée du bouquet
d'Amélie pendant ses débats avec Charles:
il la ramassa, et se retira dans le dessein de tirer parti de sa découverte,
auprès de Mad. Roger, ou auprès
d'Amélie elle-même, sûr que la crainte
d'être dénoncée à sa mère la mettroit
entièrement à sa disposition.

Il employa d'abord cette dernière ressource, sauf à revenir à la première,
en cas de non-réussite, mais il n'en eut
pas besoin. Amélie tourmentée par la
crainte et par le remords, se jeta à ses
genoux et lui raconta avec tant de
bonne foi tout ce qui s'étoit passé ; le
conjura avec tant d'instances de l'excuser ; lui renouvella avec tant de force
ses sermens, le priant de faire célébrer
son mariage, le soir même, au lieu du
lendemain, qu'il lui pardonna et s'es-
tima heureux d'un incident qui assuroit, qui accéléroit son triomphe.

Charles se rendit à l'auberge, non-
moins déchiré que son amante. Outre
ses propres chagrins, il avoit à supporter
ceux qu'il causoit à Amélie, et c'étoit
ce qui l'affligeoit le plus. La joie
bruyante qui régnoit dans ce banquet
n'étoit pas propre à calmer les maux
qu'il souffroit.

Il apprit des soldats que Sans-chagrin

Tome V. I

avoit été demandé quelque temps après
sa sortie : qu'il étoit revenu leur dire
que sa maîtresse étoit arrivée et qu'il
lui avoit envoyé, en prison, la Ramée
pour l'en prévenir, pendant qu'il trin-
quoit avec eux, en l'honneur de sa
future épouse : qu'impatienté ensuite
de ce que la Ramée n'arrivoit point,
il étoit ressorti et qu'on les attendoit
encore tous les deux.

On porta aussitôt, et à diverses reprises, la santé de Mérinbert, et malgré
sa répugnance, il fut obligé de boire
plusieurs rasades, car c'est l'insulte la
plus grave qu'on puisse faire à des
buveurs de la classe des soldats ou
des artisans, que de leur répondre avec
de l'eau ou du vin mêlé. Il s'éleva, à
la fin du repas, une dispute très-vive
sur le talent de deux fameux escrimeurs ;
l'on prit pour juge l'amphytrion, et l'on
se rendit dans une salle d'armes voisine
où l'on voulut vider le différent en sa
présence.

Tout le monde y étoit indistinctement
admis à faire *assaut* ; l'on n'y avoit
guères plus d'égards pour le rang ou la
naissance, qu'à la salle du jeu de hasard ; le talent pour l'escrime paroissoit
seul y obtenir quelque prééminence.
« Les hommes, se dit alors douloureusement le stoïcien ami de l'égalité,
les hommes ne se rapprochent donc que

lorsqu'ils veulent satisfaire leurs pen-
chans vicieux ou désordonnés ! »

Il communiqua cette observation à
l'un des spectateurs qui ne paroissoit
pas approuver les duels. Cet homme
lui en fit aussitôt un éloge auquel il
étoit loin de s'attendre : " Ce jeu barbare, lui dit-il, né du régime de la
féodalité, a sans doute des inconvéniens
bien dangereux pour l'état social et
l'humanité ; il offre néanmoins un singulier avantage. Dans l'odieuse inégalité
qui règne parmi tous les hommes soi-disant
policés, il peut servir de protection à
la foiblesse contre la force ou le crédit
qui l'opprime, en se riant des lois.
Un courtisan en faveur, prêt à déshonorer une jeune fille d'un rang obscur,
impose souvent silence à ses désirs honteux, par la crainte du fer vengeur de
la famille de sa victime. Il braveroit
les lois, seroit sourd aux prières de l'innocence, s'endurciroit contre ses larmes,
se feroit même un trophée des suites
affreuses de sa scélératesse, mais il redoute le déshonneur attaché au refus
d'un duel. »

Cette considération spécieuse frappa
l'esprit de Charles. Le vin qui commençoit à fermenter dans son estomac,
disposoit son ame douce et pure aux
partis violens. Aigri, révolté par l'apparition insolente et l'air railleur de son

I 2

heureux rival, il se demandoit pourquoi il ne lui raviroit pas la victime
qu'il sacrifioit à sa cupidité, sans égard
à sa haine pour lui et à son amour
pour un autre. Sans doute il ne man-
queroit pas à sa promesse envers Mad.
Mérinbert ; il lui obéiroit dès le soir
même ; ce sacrifice de tendresse filiale
étoit trop sublime ; il n'y renonceroit
point. Mais quel acte héroïque que
d'enlever son amante à un hymen qu'elle
abhorroit et auquel on la contraignoit !
Quel moyen infaillible de lui prouver
sa passion et son dévouement, que de
lui rendre la liberté, en la délivrant
d'un époux si digne du mépris et de la
haine qu'elle lui portoit !

Le récit qu'on faisoit à ses côtés de divers duels, que les partisans de cette
féroce coutume présentoient tous comme
autorisés par la justice et la nécessité,
malgré la frivolité des sujets qui les
occasionnent presque toujours ; ce récit
et les fumées du vin achevèrent d'égarer
le stoïcien. Ne connoissant pas le ma-
niement de l'épée, il pria un des soldats
de lui procurer des pistolets chargés,
avec lesquels il se proposa de forcer
son rival au combat. Heureusement
l'assaut soumis à sa décision dura beaucoup plus qu'il ne comptoit ; son ivresse
se dissipa en partie, et son courroux se
refroidit en même temps.

Rentré dans son appartement, il y fut joint par Sans-chagrin. Celui-ci avoit fait demander Charles pour qu'il assistât au repas de ses fiançailles, car sa famille et celle de sa maîtresse étoient arrivées subitement sans l'avoir prévenu de leur nouvel accord. Eperdu de tant de bonheur, il ne savoit plus ce qu'il disoit, ni ce qu'il faisoit. Tout ce que Charles put comprendre au galimathias de ses discours interrompus, c'est qu'il falloit aller ajouter à sa félicité par sa présence. « Vous ne devez pas douter, lui répondit-il, de mon empressement à tenir ma promesse ; cependant j'ai été absent toute la matinée, il faut savoir si maman consentira... — Ah ! mon Dieu... mon cher camarade... car... oui... oh ! mon Dieu, oui... elle consent... le plaisir de son fils... envers son camarade.... — Que dit-il donc, Nicolas ? — Monsieur, il est très-vrai que madame a dit que vous pouviez y aller, pourvu que vous rentrassiez avant la nuit. Elle s'est tout-à-l'heure renfermée dans son appartement et parle d'affaires : elle a défendu de l'interrompre. »

Charles fut enchanté de cette circonstance. Etoit-il en état de se présenter devant sa mère, à qui il venoit de désobéir, par son entrevue avec Amélie ? Sa joie fut néanmoins courte ; il rencontra sur le palier, le professeur dont

l'aspect imprévu lui rappelant cet exercice des armes que l'antiquaire réprou-
voit, lui occasiona une vive rougeur.

« Voilà comme vous tenez vos promesses ! Il faut que ce soit moi qui
vienne vous chercher ! »

« Ah ! mon cher oncle, si vous saviez
que d'embarras, que d'obstacles... depuis
que je vous ai rencontré chez mon
père !.... »

« Et maintenant vous sortez encore ! »

« Je ne puis m'en dispenser, reprit
Charles à mi-voix, en lui expliquant
l'invitation de Sans-chagrin ; je vous
promets que je vous verrai tantôt. »

Sans-chagrin présenta Louise à Charles
qui entreprit un compliment de félicitation. « Je n'entends rien à tout ça,
M. de Mérinbert, répondit Louise ; mais
si vous voulez bien permettre.... à cause
par rapport... de Joseph qui est... votre
camarade ... » Une vive embrassade
expliqua au stoïcien ce qu'elle désiroit.
« De tout mon cœur, reprit-il en la
lui rendant. »

Transporté d'un tel honneur de la
part d'un homme aussi opulent, le père
Julien se présenta, tenant son chapeau
à trois pouces au-dessus de la tête et
raclant fortement son pied en arrière :
« Puisque M. de Mérinbert... a la complaisance... de vouloir bien avoir la

bonté..., il voudra bien aussi permettre la
licence.... de la liberté que je prends. »
Il fallut essuyer cette nouvelle *accolade*
et celle de tous les assistans.

A cette cérémonie succédèrent les
danses, et l'honneur de les ouvrir fut
déféré à Mérinbert. Déjà douloureusement affecté par la comparaison du sort
de son ami avec le sien, cette invitation
redoubla son affliction ; il ne savoit pas
danser, et les bons villageois ne pouvant
l'en croire, paroissoient attribuer son
refus à une fierté bien éloignée de son
caractère. Il sentit encore alors la vérité
des observations de Désormeaux sur la
nécessité de connoître les usages des
hommes et de s'y conformer, lorsqu'ils
ne blessent pas la vertu. Cet exercice
lui sembloit futile et indigne de la gra-
vité philosophique ; mais comme il étoit
adopté par tous ses contemporains dans
leurs fêtes, s'y montrer sans y concourir,
c'étoit évidemment censurer leurs goûts
chéris, quoiqu'ils n'offrissent au fond
rien de blâmable.

Désolé de leur faux jugemens à son
égard, Charles ne put participer à leur
joie bruyante ; elle réveilla si vivement
ses chagrins, qu'il se vit forcé, quoiqu'à regret, de se dérober à ce spectacle
pénible, malgré les sollicitations de son
ami. Il lui donna néanmoins sa parole

I 4

qu'il reviendroit, sur les six heures, signer son contrat.

Il courut chercher quelques consolations dans le sein de son instituteur. « Je retrouve enfin mon neveu, s'écria celui-ci ; tu ne m'as pas tout-à-fait oublié. Il est vrai que tu es bien excusable ; quand on épouse, à ton âge, une aussi jolie femme, la tête tourne aisément. Je me serois cependant attendu à plus de solidité de la part d'un élève nourri de la lecture des anciens. »

« Ah ! mon cher oncle, mon cher ami ; vous vous trompez dans tous les points ; non, Charles ne vous a point oublié, il sait trop ce qu'il doit à son maître, à son second père, et sa tête n'est pas solide, malgré vos sages leçons, quoique ce ne soit point la joie de ce mariage qui la dérange. »

« Tu n'en es pas joyeux ?... J'en suis enchanté ! embrasse-moi ; je te reconnois bien là. Il étoit impossible que tu ne revinsses pas de la première illusion qu'ont dû produire les attraits éclatans de Séraphine. »

« Je ne comprends rien, en vérité, à ce que vous me dites ; ne m'en avez-vous pas fait vous-même le plus pompeux éloge ? »

« J'ai été trompé, mon ami, indignement trompé. D'abord ta mère me dit que tu aimois M.lle d'Alleysand ;

je le crus sans peine ; je n'ai jamais vu
de tête qui se rapprochât davantage
de la beauté des Grecques , si supérieure
aux minois chiffonnés de nos Françaises:
elle ajouta que l'ancienneté de sa naissance feroit passer sur toutes les difficultés qu'on opposoit à ta réception
à la place d'avocat général. Tu sais
combien ton oncle te chérit : juge si
ces deux motifs me durent faire souscrire à un tel choix. Mon neveu bien-
aimé seroit uni à celle qu'il adoroit !
Mon disciple favori pourroit développer,
dans un poste brillant , des talens qui
font la gloire et le charme du professeur d'éloquence de Grenoble !... Enfin
l'on m'assure que Séraphine a beaucoup
de goût pour l'étude , et sur-tout pour
l'étude des anciens ; ah ! mon ami !
quelle joie fut la mienne , lorsque je
crus m'en convaincre par mes propres
yeux !... Je t'en fis part à cette époque...
point du tout : je lui porte , dès le lendemain , la géographie ancienne sur laquelle elle paroissoit si désireuse de recevoir mes leçons , et elle m'assure qu'elle
va s'en occuper à l'instant. Je lui indique ce qu'il faut étudier et j'y retourne pendant quatre ou cinq jours de
suite. Tantôt c'est une promenade ,
tantôt une coiffure, tantôt une mode ,
tantôt le spectacle, qui l'ont empêché
de retenir ce qu'elle a parcouru. Fati-

gué de ces délais indécens, je conçois
quelques soupçons ; je lui demande à
voir le livre sous prétexte d'y chercher
un passage : elle me le remet de l'air
d'une personne qui souhaite qu'on ne le
lui rapporte plus. Je m'en vais très-mé-
content d'une conduite aussi hypocrite,
et aussi légère tout-à-la-fois. Mais ce
n'étoit rien, mon cher ami, ce n'étoit
rien. Rentré chez moi, je prends l'ouvrage : conçois-tu mon juste courroux ?...
elle n'en avoit pas lu une seule page ;
la première feuille n'étoit pas encore
coupée, et la voilà encore intacte : vois,
vois s'il est rien de plus affreux ? »

« Ainsi , mon cher oncle , reprit
Charles tout radieux , ainsi vous ne
voulez pas que ce mariage s'accomplisse ? »

« Cela est-il possible , mon cher ami ?
le contrat est signé , les bans sont proclamés , nous avons tous donné notre
parole d'honneur à la famille d'Alleysand , à cause de l'outrage sanglant
que tu lui as fait par ta fuite indécente :
nous serions tous perdus de réputation,
traînés dans la boue, couverts d'opprobre
et d'infamie, aux yeux de tout ce qu'il
y a de mieux dans la province, si nous
osions seulement laisser entrevoir la
pensée d'une rupture. Ce que je t'en
ai dit, mon cher ami, n'est pas pour
te dégoûter, Dieu m'en préserve ! mais
pour te prémunir et t'engager à prendre

des précautions et à surveiller l'instruction de ton épouse ; c'est aussi... j'en
suis bien fâché... c'est pour que tu ne
sois point surpris de ce que je n'exécute
pas entièrement mes promesses. »

« De quoi s'agit-il ? Je conçois encore
moins... »

« Par le contrat, je te fais donation
de tous mes biens, et j'avois dit à ta
mère que je pourrois me dessaisir de
la jouissance en ta faveur ; j'avoue
qu'irrité d'être joué, j'ai déclaré que je
m'en tiendrois à la donation... de la
propriété seulement... Il en sera toutefois ce que tu désireras, et dès à présent je t'abandonnerai les revenus, si... »

« Non, non, interrompit Charles
avec vivacité ; ce n'est pas votre fortune que j'ambitionne, mon cher oncle,
mon bien-aimé instituteur, c'est votre
affection que je vous demande jusqu'au
trépas... »

« Ah ! mon ami, mon cher disciple,
mon affection, mon cœur, ma fortune,
tout est et sera toujours à toi. Je me
repentois déjà de ma rétractation... Et
c'étoit à Charles que je refusois mes
dons ! que je refusois les revenus des
biens que je n'ai recueillis que pour
lui ; moi dont les bénéfices ont cent
fois passé les désirs ! Je réparerai mon
injustice, oui, je la réparerai ! il en est
temps, le mariage ne se fait que ce soir :

I 6

je vais de ce pas chez ta mère ; je la
conduirai chez un notaire où je te ferai,
sur-le-champ, un abandon légal de ces
revenus ; puissent-ils concourir à adoucir
ton existence, et te rappeler toujours
ton oncle et ton maître ! »

« Arrêtez, ô mon bienfaiteur, mon
ami ! je ne souffrirai pas que vous vous
dépouilliez ainsi... »

Le professeur, sans l'écouter, le prit
par le bras, le fit sortir de sa chambre,
ainsi que Louis, et courut chez Mad.
Mérinbert.

CHAPITRE XIV.

CHARLES étoit stupéfait : il ne savoit ce qu'il devoit le plus admirer, ou de la générosité de son oncle ou de l'acharnement du destin à le persécuter. A peine entrevoyoit-il une foible lueur d'espérance dans l'aversion de l'antiquaire pour Séraphine, qu'elle lui étoit soudain ravie ; bien plus, sa donation nouvelle et imprévue alloit concourir avec les autres motifs qui pressoient M. et Mad. Mérinbert de conclure son mariage. Ainsi la rare amitié de son oncle alloit tourner contre celui même qui en étoit l'objet !

Il étoit encore grand jour : il voulut profiter du peu d'instans de liberté qui lui restoient pour méditer sur sa destinée dans ces bosquets des remparts, qui jadis étoient les dépositaires de ses réflexions sur les sciences et la philosophie. « Suis-je assez malheureux ! se dit-il enfin, après de nouvelles et de plus en plus douloureuses agitations ; rien, non rien ne sauroit m'arracher au plus affreux avenir. Ma mère, mon père, mon oncle, mon ami, mon amante, tout conspire pour m'y plonger.... Que dis-je ? moi-même n'y ai-je pas con-

couru plus que personne ? Je sens maintenant la vérité de l'axiome d'un sage :
« C'est une extravagance que de lutter
» contre sa destinée ; le plus prudent est
» de s'y résigner ; les efforts que nous
» lui opposons ne font qu'aggraver nos
» maux. »

« Il faut s'y résigner !... Il faut donc
l'abandonner pour toujours ! Il faut renoncer à la voir, il faut renoncer à
fixer ces attraits célestes, cette physionomie touchante dont la vue sera pour
moi le plus cruel des supplices, lorsque
j'aurai prononcé le mot... !... Y renoncer !
ô ciel !... l'ai-je bien pu résoudre ? l'ai-
je pu seulement concevoir ?... y renoncer
après en avoir reçu l'aveu le plus
flatteur ! »

Cette idée le transporta de rage ; il
retourna avec précipitation chez lui.
A peine, en franchissant rapidement
l'escalier, fit-il attention à ce que lui
disoit le portier : « Madame est sortie ;
elle rentrera dans une heure ; elle vous
recommande de vous habiller sur-le-
champ pour le mariage.... »

« Achevez, dit-il à Louis en lui
donnant la bible, achevez de parcourir
ces estampes : il nous reste du temps,
je n'ai que mon habit à passer, et
maman ne revient que dans une heure ;
il faut que je termine ma pièce de

vers : dites à tout le monde que je n'y
suis pas. »

Il se renferma et prépara son attirail
de descente, que la nuit lui permit
bientôt d'employer ; il atteignit, et pal-
pita encore en atteignant ce jardin
chéri qu'il revoyoit pour la dernière
fois. " Oui, pour la dernière fois, c'en
est fait, je lui parlerai. Et pouvois-je
l'éviter ? ne lui ai-je pas ce matin, annoncé que je comptois la revoir, et n'y
a-t-elle pas consenti ?... Et je lui aurois
manqué de parole ? j'en aurois manqué, à celle qui s'est exposée à la malédiction de sa mère, au déshonneur
même, pour me tenir une promesse
nulle, puisqu'elle étoit arrachée par la
violence ? Non, non ! femme incomparable, c'est à toi que je consacre les
derniers momens de ma liberté, de ma
vie ! Bientôt une chaîne odieuse et in-
dissoluble, va nous séparer ; bientôt
le devoir, les lois sacrées du devoir,
nous défendront de nous approcher, et
mettront entre nous, le *Mont infran-
chissable* de la vertu !... »

Cependant Amélie ne paroît point :
elle oublie dans ce pavillon cher et funeste celui qui l'y attend, celui qui
presse ce banc de gazon où la veille il
la rendoit à la vie et la serroit contre
son cœur. Que penser d'un tel retard ?...

Non , Amélie n'est point coupable , son
cœur pur comme la voûte éthérée ne
peut battre pour la perfidie ! Sans doute
on la retient !... Dieu ! en ce moment
même des mains barbarement officieuses
la parent , ornent ses attraits qui n'ont
pas besoin des ressources de l'art ; la
disposent peut-être à se rendre à l'autel !..
O ciel ! cette nuit même , elle doit jurer
un amour éternel à celui qu'elle abhorre ;
elle doit le jurer !... Quelle horrible perspective ? elle doit jurer peut - être en
même temps que son amant infortuné...
Seroit-il donc réservé à cet excès de
malheur ?... Oui , oui , attends tout du
destin , sa cruauté n'est pas encore as-
souvie sur toi !... »

« Nous nous verrions ensemble à
l'autel !... Mais comment sa mère a-t-elle
donc accepté mon invitation ?... Ah !
j'entrevois... oui , réjouis-toi , tu n'en
seras pas moins à plaindre ! Ils viendront peut-être tous , elle viendra peut-
être avec eux assister à la cérémonie
qui doit consacrer une union détestée,
et perpétuer mes tourmens ; et la leur
ne se fera que dans la nuit !... » Oui,
l'un ou l'autre est à présumer, l'un ou
l'autre est à craindre ; je dois tout re-
douter du destin !...

« Amélie , femme trop chérie , et trop
digne de l'être !... Viens , ah ! viens me
tirer de la plus affreuse incertitude !...

Viens, ah! viens, par ta présence céleste, consoler ton amant en proie à toutes les angoisses de la douleur!.... »

Amélie est sourde à ses désirs, à ses vœux, à ses prières, à ses larmes; elle l'abandonne à la seule compagnie moins riante que déchirante du souvenir. Les minutes se comptent; le sablier du temps impitoyable s'écoule, et Charles mesure par la lente succession de ses idées douloureuses, des siècles plutôt que des instans!...

L'impatience produit l'injustice; l'on se venge du défaut de succès par l'imprécation. Mérinbert reproche à Amélie son retard, et il l'accuse bientôt de perfidie, croyant que la plus grande partie de la soirée s'est écoulée. A l'accusation succède la sentence; elle est déjà exécutée dans son esprit, son cœur seul y résiste. Des cris inopinés renforcent les résolutions de l'amour-propre blessé, et Charles court remonter par ce cordon que, la veille, il couvroit de baisers et qu'il maudit maintenant.

Il s'est entendu appeler plusieurs fois; un frémissement d'horreur a suspendu les effets de sa brûlante passion. Sa mère, sans doute, le cherche; elle est déjà alarmée de sa disparition; peut-être un froid mortel a-t-il glacé ses entrailles trop tendres pour son fils

dénaturé ? Indigné soudain de sa criminelle désobéissance, il remonte l'échelle
artificielle avec autant d'ardeur qu'il en
a mis à la descendre. « Malheureux,
se dit-il, c'est pour un infâme parjure
que je vais la conduire au tombeau,
où j'ai déjà failli plusieurs fois à la
précipiter !... »

Arrivé près du toit, il s'arrête ; il a
besoin de respirer pour y monter avec
moins de risque. Il apperçoit le reflet
d'une lumière frapper vers la sommité
de la lucarne, et il entend les voix de
Louis, de Sans-chagrin et de Nicolas.

« En as-tu peur, toi, Joseph ? — Ah !
mon Dieu, mon cher Louis, ne m'en
parle pas ; je tremblois seulement à la
vue de la redoute où le camarade Brûle-
moustache tua la religieuse. Je ne sais
pas comment Nicolas est si hardi. — Oh !
il fait le rodomont, mais il se sauve
quand il les entend. »

Charles monta sur le toit et s'arrêta
pour défaire ses crochets. »

« Sans-chagrin ! mon Dieu ! qu'est-
ce que j'entends ? Il y en a un sur le
toit.... »

« Eh ! bien, dit Nicolas, s'il y est, il
n'entrera pas ici. » Il ferma le volet de
la lucarne en achevant ces mots.

Cette précaution n'inquiéta pas d'abord
Charles, quoiqu'elle le forçât à découvrir son entreprise à ses domestiques,

sans l'entremise desquels il ne pouvoit
plus rentrer dans sa maison ; il espéra
de les engager au secret. Il se glissa donc
vers la lucarne d'où il se proposoit de les
appeler ; il n'étoit plus temps il les
entendit se sauver en criant : " Le
voilà, le follet. "

Très-embarrassé alors de sa situation
singulière, Charles délibéroit s'il redes-
cendroit pour éviter les sarcasmes et
les reproches de toute sa famille et des
conviés à la noce qui, sans doute,
alloient accourir ; une lumière qu'il
apperçut dans le jardin d'Amélie, le décida à prendre ce parti : sans doute
qu'elle venoit enfin au rendez-vous.
Mais vainement se dépêcha-t-il de re-
placer ses crochets et de descendre, la
lumière avoit disparu, avant qu'il eût
atteint le jardin. Il s'approcha alors de
la grille pour écouter ce que disoit au
portier la femme vêtue de blanc qui
tenoit le flambeau, et il comprit qu'elle
étoit venue chercher un livre oublié par
Amélie au pavillon. Il y dirigea à l'instant ses pas, étonné de n'avoir rien apperçu, et furieux de ce que son amante
avoit quitté le pavillon avant son arrivée. Mais un autre spectacle, le
détourna bientôt de cette recherche.

Un bruit qu'il entendit du côté du
mur, devant lequel étoit sa corde, lui
fit porter ses regards vers le toit où elle

s'attachoit : un homme paroissoit à la lucarne, et un autre tenant la corde, disoit à haute voix à ceux qui étoient dans le grenier. « Nous nous en doutions : le follet est un voleur ; voilà une corde à nœuds que nous venons de retirer ; elle lui a servi sans doute à s'échapper ; je crois qu'elle donnoit dans la seconde cour de Mad. de Mérinbert : descendez-y vite plusieurs. » Il rentra en même temps dans le grenier avec son compagnon.

Que faire ? Que devenir ? Charles se le demandoit et ne savoit comment sortir d'embarras. Appelleroit-il le portier de Mad. Roger ? le prieroit-il d'ouvrir la grille du jardin ? Mais il risquoit de se compromettre ainsi qu'Amélie... Il se détermina à tenter de franchir la grille. Il se rappela qu'un pavillon en bois s'y trouvoit adossé et il tâcha, à l'aide d'un banc, d'atteindre jusqu'à sa sommité. La conversation qu'il entendit dans la seconde cour de Mad. Mérinbert, séparée du jardin par un mur élevé, l'engagea à persister dans ce dessein ; ses domestiques, n'y trouvant pas le voleur, examinoient l'endroit d'où devoit partir la corde nouée et s'observoient qu'il falloit aller visiter le parterre de Mad. Roger où elle pouvoit bien aboutir.

Tremblant de plus en plus d'être découvert, Charles se hissa, non sans peine,

dans l'espace qui régnoit entre le toit
et le plancher supérieur du pavillon.
Les domestiques parurent presqu'aussitôt avec le portier de Mad. Roger qui
leur fit observer, vu l'inutilité de leurs
recherches, que le voleur se seroit
caché dans les cuisines ou caves de
Mad. Mérinbert. « Retournez - y, mes
amis, s'il est ici, je vous garantis qu'il
ne s'échappera pas sans que je le voie. »

Cette observation décida Charles qui
déjà hésitoit : l'allée de Mad. Roger étoit
la seule issue qui lui restoit ; il eût été imprudent d'attendre le retour des domestiques. Il se glissa donc en dehors de
la grille, dont les pointes déchirèrent
ses habits. Il avoit encore à traverser
la cour et l'allée ; comme le portier étoit
rentré dans sa loge, dont la partie supérieure étoit seule vitrée, il se traîna
sur ses mains et ses genoux pour éviter
d'en être vu. A peine avoit-il ainsi
traversé la cour, qu'il fut obligé de
s'étendre tout-à-fait, à l'extrémité inté-
rieure de l'allée ; il espéra que la cou-
leur sombre de son habit se confondroit
avec celle du pavé ; il ne se trompa
point.

Un grand bruit se faisoit entendre
dans l'escalier, et la lumière éclatante de
plusieurs flambeaux se réfléchissoit dans
l'allée. Il y vit défiler un nombreux

cortége de personnes richement parées,
mais qu'il ne reconnut point, parce
qu'il ne pouvoit lever la tête sans risquer de se faire découvrir. Il distingua
néanmoins la voix d'Amélie ainsi que
celle du général, dans le brouhaha que
produisoit le mélange de toutes celles de
la compagnie, et il comprit qu'il étoit
question d'un mariage. Lorsque tous les
conviés eurent passé dans la rue, il ne
put plus douter que sa perfide amante
n'allât consommer son sacrifice. Le portier
qui étoit sorti de sa loge pour la voir,
dit à sa femme, en y rentrant : « Je
désire bien qu'elle soit heureuse : elle est si
bonne ! Je n'ai pourtant pas grande idée
de son mari. »

La plus violente frénésie s'empare de
l'esprit de Charles. Il se relève précipitamment, et s'élance vers la porte
cochère. Le portier qui croit que c'est
le voleur, sort de sa loge et court jusqu'à la rue, en criant de toutes ses
forces : « Arrêtez, arrêtez ce voleur ! »
Un particulier qui vient à l'opposite de
Charles lui barre le passage, mais le
vigoureux stoïcien d'un coup de poing
le renverse dans la boue, et en fait
autant à un autre qui accourt lui prêter
main-forte. Il se détourne aussitôt dans
la rue voisine, enfile l'allée de M.
Ollier, l'un des usuriers ses créanciers,
et frappe à sa porte qui donne au

rez-de-chaussée ; par ce moyen il espère
de dérouter ceux qui le poursuivent.

Il y réussit ; hélas ! il ne s'en réjouit
pas ; les cris d'un de ceux qu'il a cul-
butés retentissent à son oreille ou plutôt
à son sensible cœur, et agrandissent
la blessure, déjà trop profonde, dont il
est atteint. « Malheureux , tu as frappé,
tu as peut-être tué ton semblable !...»
Il balance s'il n'ira pas le secourir ; le
tumulte qu'a causé cet incident le détourne de ce dessein généreux. Le blessé
a déjà du secours ; le sien lui sera inutile, parce qu'on le reconnoîtra et qu'on
l'arrêtera infailliblement, et il perdra
Amélie, sans avoir pu servir en rien à
la victime de sa rage ! Cette idée la lui
rend toute entière, il veut courir du
côté de l'église, déterminé à tout en-
treprendre pour punir et son rival et
son inconstante maîtresse dont les accens
annonçoient de la gaîté quand elle a
défilé devant lui ; mais il est retenu :
une des filles de M. Ollier, qui vient
d'ouvrir sa porte, l'appelle. Il se retourne, la pousse avec violence, et
entre dans l'appartement. Mad. Ollier
et ses enfans sont plongés dans la plus
profonde consternation.

« Vîte, vîte, leur dit-il, où est ce
papier ? que je le signe... »

« Ah ! monsieur , répond Mad. Ollier

en embrassant ses genoux, vous nous
rendez la vie, quelle reconnoissance !... »

« Eh ! madame, vous me l'arrachez
vous-même ; cette déclaration, cette déclaration... elle va prononcer le mot
fatal ! Donnez-la moi donc ?»

« Monsieur, je vous en supplie , un
moment : M. le procureur-général vient
de faire appeler mon mari qui vous
avoit en vain attendu depuis long-temps ;
épouvanté, il vient de se rendre chez-
vous, avec la minute de cet acte, sans
lequel il ne peut se tirer d'affaire. »

Mérinbert se jette sur la porte : « Tout-
à-l'heure, tout-à-l'heure je reviens, madame... Elle est déjà à l'autel !... »

Cette femme le retient : « Monsieur,
je vous en supplie, un seul moment ;
mon mari ne vous trouvant point, va
revenir dans la minute ; je tremble déjà
que le procureur-général ne renvoie encore ici. »

Mérinbert se dégage de ses mains et
saisit la clef : « Je la perds, s'écrie-t-il, je
l'ai perdue ! elle se parjure à présent ; elle
prononce l'arrêt de mon supplice ; elle
enfonce dans mon cœur le poignard
aigu du désespoir !... » Egaré, éperdu,
il tourne à contre-sens la clef, et ferme
la serrure au lieu de l'ouvrir. On profite
de cet instant ; on redouble les supplications ; toute la famille est à ses
pieds.

« Mes

« Mes enfans joignez - vous à moi, implorons sa pitié. Monsieur, au nom de ce que vous avez de plus cher, au nom de cette dame dont vous parlez, ne nous laissez pas plonger dans l'opprobre et dans la misère; si mon mari paroît chez le procureur - général sans votre déclaration, il sera déshonoré, ruiné, et peut-être arrêté... »

L'énergie touchante avec laquelle Mad. Ollier prononce ces phrases, retentit au cœur du stoïcien; les pleurs, les cris que ses enfans mêlent aux supplications de leur mère, le livrent aux plus déchirantes, aux plus affreuses agitations : « Eh bien, dit-il, avec une fureur concentrée, oui, il faut vous la sacrifier! il faut obéir à la vertu, que le destin appelle ici, pour achever mon malheur!... »

On frappe à la porte.

Mad. Ollier lui dit en ouvrant : « Ah! monsieur, que de graces !... C'est sans doute lui : vous pourrez courir à vos affaires, ce sera bientôt fait. » Elle pousse un cri, se frappe la tête et tombe dans un fauteuil. « O ciel! nous sommes perdus!... »

Un commissaire se présente : deux huissiers restent à l'entrée.

Le commissaire dit à Charles : « Il faut donc vous conduire de force chez M. le procureur-général, puisque... mais ce n'est pas vous. Où est donc le sieur Ollier?

Tome V. K

Qu'on me le montre tout de suite ! »

Mad. Ollier s'arrache les cheveux ; ses enfans poussent des cris perçans ; le malheureux Charles occupé à les consoler, oublie sa situation déchirante ; il y est bientôt rappelé.

« Que signifie tout ceci ? reprend le commissaire ; croyez - vous que j'ai le temps d'être étourdi par vos *criailleries ?* Vous êtes cause que je manquerai mon invitation : la noce est déjà à Notre-Dame, et je dois... »

Ces mots ont réveillé toute la frénésie de Mérinbert. Il s'élance vers la porte, écarte rudement les huissiers, et court, vole, se précipite du côté du temple funeste.

Il trouve, au portail principal, un des clercs qu'on a chargé d'indiquer aux conviés tardifs, l'endroit où sont les autres.

« Où est la noce ? lui dit Mérinbert. »

« Ma foi, vous arrivez tout au plus à temps ; on va signer à la sacristie. »

Mérinbert y court ; elle est pleine de monde. Il fend la foule avec violence, pénètre jusqu'à la table sur laquelle une femme richement parée se baisse pour mettre sa signature sur le registre fatal. Il lui arrache la plume en s'écriant : « C'est un infâme parjure ! » Elle lève la tête, et il reste pétrifié, ainsi que tous les assistans, d'une aussi extrava-

gante sortie : ce n'est point Amélie, ce
n'est point sa famille !...

Revenus de leur première surprise,
plusieurs le saisissent ; il s'en débarrasse
et l'on crie de ne pas le poursuivre, que
c'est ce fou de Mérinbert. Le notaire,
présent à la cérémonie, le reconnoît ;
il l'avoit vu un jour dans le cabinet de
son père.

Charles rétrograde et demande au clerc
qui étoit resté près du portail, pourquoi
il l'a trompé.

« Je ne vous ai point trompé, monsieur... l'on m'a dit d'indiquer à deux
ou trois personnes, et entr'autres à un
commissaire qu'on attendoit, le lieu de
réunion de la noce. »

« Mais ce n'est pas celle de M.lle
Roger. »

« De M.lle Roger ? la nièce du riche
marin ?.. De quoi, bon Dieu, me parlez-
vous là ? Sa maison est sur la paroisse
St-Louis : c'est sans doute dans cette
église qu'elle se marie. »

Effectivement la Grand rue dans laquelle étoit située la maison Roger,
n'étoit pas de la même paroisse que la
rue des Clercs où demeuroient les Mérinberts.

« O ciel ! s'écria Charles : c'en est
fait ; je n'arriverai jamais assez à temps :
je ne pourrai empêcher cet affreux
hyménée ! »

K 2

Il court, sans s'arrêter même pour respirer, jusqu'à l'église de St-Louis, située
à l'autre extrémité de la ville. Il est tard ;
le grand portail est déjà fermé. Il heurte
à coups redoublés ; on est sourd à ses
cris. Afin de se faire mieux entendre, il
va frapper à une petite porte plus rap-
prochée du sanctuaire ; même silence. Il
apperçoit à travers la serrure, de la lumière dans le chœur ; il imagine que
c'est à dessein qu'on refuse de lui répondre.
Couvert de sueur, harassé de fatigue, il
recueille toutes ses forces ; il tente de
s'ouvrir un passage. Après plusieurs se-
cousses, la porte cède à ses efforts, elle
se brise avec fracas et il tombe dans
une Chapelle.

Il se relève ; dans la fureur dont il est
transporté, il ne s'apperçoit pas qu'il
s'est blessé sur le dur granit dont le
temple est pavé. Il ne sent d'autre douleur que celle de perdre Amélie. Quel
n'est pas son effroi ! le silence de la mort
règne autour de lui ; la lampe qui brûle
jour et nuit devant l'autel, a seule produit l'éclat qui l'a surpris !...

La palpitation violente qu'ont occasionné
sa course, et les efforts qu'il a faits pour
enfoncer la porte, cède bientôt à un
froid mortel ; tous ses membres sont
glacés ; il reste un instant, au milieu
du temple, immobile et comme privé

de toutes les facultés de son enten-
dement.

« Le sacrifice est donc consommé !...
Les furies de la destinée ont précipité sa
marche, et m'ont enchaîné chez cet infâme usurier !... Et je n'ai pas même à
m'en consoler par l'acte de bienfaisance
et de justice qu'on me demandoit ! Atroce
fatalité !... »

D'un œil égaré il parcourt les diverses
parties de l'Eglise ; il cherche à pénétrer
dans ses sombres sinuosités ; il veut per-
cer les ténèbres dont il est environné ;
il retient sa respiration afin de recueillir
le moindre son qui peut s'échapper des
chapelles latérales, pour la plupart fer-
mées. Son infâme rival, sa perfide
amante s'y sont peut-être cachés pour
éviter sa main vengeresse !...

L'espoir s'est déjà réveillé dans son
cœur. Il a apperçu une légère lueur à
l'extrémité la plus éloignée de l'église.
Il n'a pu d'abord la distinguer, parce
qu'elle sort au travers de la clôture d'une
des chapelles qui sont du même côté
que la porte par laquelle il est entré.
Il s'avance : les chaises et les bancs dont
l'église est remplie ralentissent sa marche.
Dans cet intervalle, la réflexion dissipe
sa joie ; il s'arrête à quelque distance
de la chapelle.

Que va-t-il faire ?... Déjà il a, sans motifs, maltraité un inconnu, et c'est Amélie

maintenant qui va éprouver les effets de
sa rage insensée! C'est Amélie qu'il va
peut-être ravir à sa famille dont elle
comble la félicité, aux malheureux dont
elle fait la consolation : au monde dont elle
est l'ornement! Ne l'a-t-il pas projeté?
Cet horrible dessein n'occupe-t-il pas sa
pensée depuis qu'il s'est échappé de ce
jardin où il a reçu les premiers témoignages de son amour ?..

Ces réflexions ont rendu à son amante
cet empire terrible qu'elle exerce depuis si long-temps sur lui. Un tremblement universel le saisit ; il est obligé de
s'asseoir. Il porte une main contre son cœur
qui semble vouloir s'échapper tant il bon-
dit avec force : de l'autre il couvre ses
yeux ; il se recueille, il médite sur ce
qu'il doit faire. Sa pensée se fixe encore,
malgré lui sur ce pavillon où il a pressé
Amélie contre son sein ; sur ce cabinet
de la prison, où elle a laissé échapper l'a-
veu qui, deux mois plutôt, sans les caprices du destin, leur eût procuré une félicité qu'il ne peut envisager sans extase ou
plutôt sans fureur. L'image de son odieux
rival réveille toute sa frénésie. Il le voit
accourir dans ce même cabinet pour troubler son rendez-vous : il le voit prosterné
devant les autels de l'Etre-suprême, ravissant la foi et la main de son amante,
la livrant à toutes les horreurs d'un désespoir éternel, pour satisfaire son insatiable

eupidité. Laissera-t-il tant d'audace et de
scélératesse impunie ? Abandonnera-t-il
Amélie à cet homme perfide, qui sans
doute loin de l'adorer, la déteste, puisqu'il se rit de ses larmes ?...

Un pistolet à la main, il s'élance avec
rage et entre dans la chapelle, qu'il veut
franchir, afin d'écarter de l'autel l'infortunée qui va s'y parjurer, et le monstre
qui se joue des cérémonies les plus sacrées...
Mais il n'en peut dépasser le seuil : il
s'arrête involontairement ; ses cheveux
se hérissent ; un nuage épais obscurcit ses
yeux ; il se jette la face contre terre, et
invoque avec ferveur l'Etre puissant qui
dispense la vie ou rend aux abymes du
néant les débiles mortels !.....

La chapelle appartient à la confrairie
des morts! On y a célébré un service obi-
tuaire pour un de ses bienfaiteurs. Elle
est tapissée de tentures noires. Sur ces
tentures sont semées des têtes de morts
et des larmes, découpées sur des feuilles
argentées, sur lesquelles scintille la lueur
des cierges jaunes de l'autel. Au centre un
catafalque couvert d'un drap de velours
noir, renferme ou semble renfermer les
restes inanimés de l'homme qui, tremblant sur un avenir incertain, ordonna
d'appaiser la justice céleste par des supplications religieuses. Au haut de l'autel
brille, en lettres d'argent, cette inscrip-

K 4

ption fulminante qui a frappé le philosophe :

SOUVIENS-TOI, HOMME, QUE TU
ES POUSSIERE, ET QUE TU VAS RE-
TOMBER EN POUSSIERE !

Sa prière est interrompue : le mugis-
sement sourd des voûtes du temple lui
annonce l'arrivée d'un nouveau curieux...
Quelque infortuné peut-être qui vient réclamer une maîtresse adorée et infidelle,
ou pleurer sur la tombe d'un bienfaiteur !...
Il sort de la chapelle, et il est arrêté par
le clerc de la paroisse.

« Que signifie ceci ? A quel propos est-
ce que vous enfoncez la porte de notre
église ? »

« Le mariage est donc fait ? La cérémonie a donc été bien courte ? »

« Ce n'est pas ce que je vous demande ;
répondez : pourquoi forcez vous ?... »

« Eh ! laissez votre porte ; dites-moi,
dites-moi vîte, le mariage de M. de Montmartin est-il déjà célébré ? »

« Eh ! monsieur, ce n'est pas ici ; il a
bien été annoncé à la paroisse, mais M. le
comte a obtenu de monseigneur l'Evêque
qu'il le marieroit dans son palais. C'est-
peut-être pour cela que notre curé est sorti
il y a plus d'une heure. Assurément, l'affaire doit être terminée. Mais enfin la
porte... »

Mérinbert est déjà loin. Tremblant que
la cérémonie ne soit achevée, comme tout
le lui doit persuader ; il précipite ses pas
et longe la Grand-rue, chemin le plus
court pour arriver au palais épiscopal.
Il ne s'inquiète, ni du désordre complet
de son costume ; ni du sang qui coule par
sa blessure ; l'intérêt qui l'occupe est trop
grand pour ne pas en émousser la douleur et effacer tout autre soin que celui
de parvenir rapidement au but de sa
course.

Il est néanmoins obligé de la ralentir,
de reprendre même, quoiqu'en frémissant, sa démarche ordinaire. Il craint de
paroître suspect à un grand nombre
d'hommes qui forment plusieurs groupes
dans le milieu de cette rue ; il se glisse
doucement à travers la foule, et entend le
sujet de leur conversation. Hélas ! il n'est
pas propre à calmer sa douleur !... Ils s'en-
tretiennent de l'aventure de l'homme qu'il
a culbuté dans ce même lieu en se sauvant de la maison Roger. Il est grièvement
blessé : le chirurgien n'a pu encore prononcer de jugement assuré sur sa blessure.

Qu'on juge du désespoir de Charles ?
Ce même homme est l'associé d'Ollier ;
celui qui s'est aidé à lui prêter la somme
importante avec laquelle il a soulagé l'académiste et ses coaccusés !...

A cette occasion, le dernier groupe que
le stoïcien dépasse, parle d'Ollier ; il ne

K 5

peut s'empêcher de prêter un instant l'oreille , et il apprend le désastre de ce second créancier. On vient de l'arrêter : on l'a conduit chez le procureur-général !...

La consternation de Mérinbert ne sauroit se dépeindre. En proie aux plus déchirantes agitations , il entre à pas lents dans la rue des Clercs. Suivra-t-il son premier projet qui paroissoit le plus pressant ? Cherchera-t-il d'abord à ravir Amélie à son rival , ou bien se rendra-t-il auprès du blessé , ou plutôt n'ira-t-il pas chez le procureur-général, arracher Ollier au déshonneur , et sa famille à la misère dont la menace cette malheureuse affaire ?

Pour quel parti se décider ? Il ne lui reste que l'affreuse alternative ou de perdre à jamais Amélie ou de déshonorer et ruiner ses créanciers ! Il faut qu'il opte entre l'amour et la vertu !... Dans cette effrayante perplexité , il croit, comme à Barraux, avoir atteint le plus haut dégré de l'infortune ; mais non : sa situation est encore plus cruelle qu'il ne l'imaginoit ; arraché tout-à-coup à sa sombre délibération , il se précipite au fond d'une allée obscure , et s'asseoit sur les rampes inférieures ; il ne peut plus se soutenir ; il ne respire qu'avec peine...

Il est arrivé vis-à-vis de sa maison. La porte s'en est ouverte avec fracas. Mad. Mérinbert , pâle , éperdue , désespérée , le visage noyé de pleurs, paroît sur le seuil ; elle envoie plusieurs domestiques à la recherche de son fils ; elle leur recommande sur-tout de passer du côté de l'église Notre-Dame, et de ne pas rentrer sans lui.

« Qu'as-tu fait misérable, se dit Mérinbert, aussitôt qu'on a refermé le portail, qu'as-tu fait ? monstre indigne de voir le jour, tu veux donc le trépas de celle qui t'a donné l'existence pour son malheur ! C'est pour une femme perfide que tu abandonnes tes foyers, que tu déchires le cœur de ta mère ! Malheureux !... vois où t'a conduit ta passion frénétique, ta désobéissance criminelle ! Tu as violé aujourd'hui toutes les lois de la nature et de la société : tu as désobéi à ta mère ; tu t'es disposé à déshonorer ta famille ; tu as manqué à l'amitié, en n'exécutant pas la promesse faite à Sans-chagrin ; tu as manqué à la probité, en n'exécutant pas celle faite à tes créanciers à laquelle tenoient leur réputation et leur existence ; tu as manqué à l'humanité en frappant, en tuant peut-être un homme dont toute la faute étoit de se trouver sur ton passage ; tu as projetté d'exercer sur ton semblable l'art d'assassiner !... Et tu oses respirer ! Que dis-je ? tu veux mettre le comble à tes forfaits, en livrant tes parens à l'op-

K 6

probre , et en leur portant le coup de
la mort !...

Il frissonne d'horreur , et court aussitôt
frapper à la porte de sa maison , déterminé à réparer tant de crimes par le dévouement le plus absolu à la volonté de
Mad. Mérinbert : « Ce mariage affreux ,
se dit-il , ne l'est pas cent fois assez pour
me punir ! »

Le portier ouvre : « Ah ! monsieur ,
vous voilà , enfin !... »

Charles l'interrompt en montant : « Oui ,
me voilà ; où sont-ils ? »

« Au sallon ! »

« J'y vais ; point de bruit. »

Il entre dans l'antichambre et se rend
au sallon qui en est séparé par plusieurs
pièces. Il les traverse lentement. Ses
pensées viennent d'éprouver une nouvelle
révolution.

« Infortuné ! quel dessein t'agite ! N'étois-
tu pas toujours à temps de conclure ton
affreux mariage ? Ne devois-tu pas d'abord
empêcher , suivant tes premiers projets ,
le malheur de ton amante ? Il n'est plus
temps !... Et crois-tu que ton sacrifice
sera une réparation suffisante de tes forfaits ? Te ravira-t-il aux remords ? ...
T'excusera-t-il , devant ta propre cons-
cience , d'avoir frappé et peut-être im-
molé ton semblable ? ... T'excusera-t-il
d'avoir livré à la ruine et au déshonneur
les familles de tes créanciers par ton

manque de promesse ?... Non, non, la
pointe déchirante du regret, se joindra
aux chagrins amers, et sans cesse renais-
sans d'une union abhorrée; tu finiras par
renoncer à une vie devenue insuportable;
autant vaut-il s'y résoudre plutôt !..»

En terminant ces réflexions cruelles,
transporté d'une nouvelle frénésie, il est
arrivé auprès de la porte du sallon qui se
trouve malheureusement ouverte. Il lève
les yeux et apperçoit dans une glace placée vis-à-vis... Dieux !... Amélie elle-
même, pâle, abattue, et la plus grande
consternation peinte sur sa physionomie.
« Je m'y attendois, se dit-il avec rage, le
destin me réservoit ce dernier, ce plus
grand des malheurs ! Il l'a fait céder à une
invitation imprudente; il vouloit que je
me parjurasse en sa présence !... Tu seras
trompée, barbare destinée ! je me ris de
tes caprices et je brave tes fureurs !... »

En cet instant, entendant quelque bruit
dans la pièce qu'il vient de traverser, il
entre dans le sallon, sort un pistolet,
l'arme, le porte contre sa tête, et s'écrie
en se tournant du côté de son amante :
« Perfide Amélie, jouis de ton parjure !... »

Fin du livre neuvième.

L'AMOUR
ET LA
PHILOSOPHIE.

LIVRE DIXIÈME.

CHAPITRE PREMIER.

On a vu (liv. 9, ch. 5.) que Désormeaux étoit parti pour Lyon dans la nuit qui suivit la délivrance de Charles, délivrance qu'il ignoroit ainsi que son engagement. Empressé de remplir la commission de Mad. Mérinbert, il se rendit, à son arrivée, chez M. Linval, banquier, dans le commerce duquel elle avoit placé des fonds considérables. Linval fut très-surpris de sa demande. « Il faut, dit-il, que Mad. Mérinbert ait terriblement besoin d'argent. Elle a fait retirer ces jours-ci sur la place, des sommes énormes à tout prix. Son négociateur a renoncé cette fois à sa malice ordinaire; il étoit si pressé qu'il a perdu au moins cinq huitièmes pour cent sur les escomp-

tes. Je ne vous conseille pas entre nous,
de montrer tant d'ardeur, vous en seriez
la dupe ; et sur-tout faites plus attention
que lui aux filoux. »

Il raconta alors à Désormeaux tout ce
qu'il avoit ouï dire sur ce vol, et sur
les extravagances du comte avec les actrices. Désormeaux acheva promptement
sa négociation avec lui, et courut s'informer auprès du lieutenant-général de
police si l'on avoit découvert les voleurs.
« J'ai du moins déjà découvert leurs traces, répondit le magistrat, et j'espère que
ce soir l'on m'en amènera un. » Désormeaux lui recommanda de n'épargner ni
soins, ni argent pour savoir ce qu'ils
avoient fait des sommes volées ; car le
procès-verbal qu'on lui communiqua lui
ôta d'abord tout soupçon sur Montmartin.

Surpris cependant de ses dépenses ef-
frayantes, il présuma qu'il auroit profité
de ce vol pour les couvrir en partie :
que les témoins pouvoient avoir évalué
à six cent mille francs la somme con-
tenue dans la caisse dérobée, quoiqu'elle
ne fût peut-être que de la moitié ou des
deux tiers, erreur peu étonnante vu leur
trouble et leur distance des filoux. D'ailleurs on disoit que Montmartin avoit
perdu beaucoup dans les dernières séances ; le gain des premières suffisoit-il pour
couvrir ses pertes et ses dissipations ? Il

falloit s'en éclaircir. Les joailliers et principaux joueurs qu'il questionna lui donnèrent des renseignemens qui accrurent ses soupçons, et dont il s'empressa de faire part au lieutenant de police.

Désormeaux fut occupé à ces diverses courses pendant toute la soirée. Le souper étoit déjà avancé, lorsqu'il rentra à son auberge. On s'y entretenoit de l'aventure de Charles dont deux négocians avoient répandu la nouvelle que Latune, présent à ce repas, traitoit de fausseté, soutenant que c'étoit à un soldat étranger qu'on avoit fait grace, et non point à Mérinbert, absent, dans ce moment, de Grenoble.

Désormeaux demanda un second récit de cette aventure. Il fut interrompu, à plusieurs reprises, par Latune qui, pour écarter ce récit, entreprit de le persiffler sur les tours qu'il lui avoit joués au spectacle, en troublant ses tête-à-tête avec Amélie dont Lapierre disoit qu'il étoit amoureux.

Etonné de cette affectation, Désormeaux chargea secrètement son domestique de chercher celui de Latune, de l'enivrer, et de le faire jaser.

Ce domestique étoit sorti. On apprit de l'hôte qu'aussitôt après l'arrivée de son maître, il avoit porté une lettre à M. Linval dont il avoit demandé l'adresse. A son retour, le laquais de Désormeaux

essaya en vain de remplir sa commission.
Il lui soutint qu'il ignoroit même qu'il
se fût passé à Grenoble un événement
semblable à celui sur lequel il le qués-
tionnoit.

Désormeaux se rendit alors à l'auberge
des deux négocians dont on contredisoit
la nouvelle, et il ne put bientôt douter
que Latune n'en imposât. Son assertion,
jointe au silence inoui de Mad. Mérinbert sur l'aventure de son fils qu'elle
sembloit craindre de laisser connoître à
son ami, et à son invitation singulière de
traverser Grenoble sans s'y arrêter : le silence non moins étrange des postillons et
du domestique de Latune sur cette même
aventure : les obstacles que Latune avoit
mis à ses entretiens avec Amélie : le départ précipité et secret de Mad. Roger,
dont l'objet étoit sans doute de l'empêcher de renouer ces mêmes entretiens à
la Bâtie : toutes ces circonstances lui
donnèrent mille soupçons. On vouloit absolument empêcher qu'il ne vît Charles :
à quel dessein ?.. On redoutoit sans doute
ses conseils auprès d'un homme trop ignorant des usages pour se conduire judicieu-
sement dans des occasions délicates.

On avoit craint ses entretiens avec
Amélie !.. Il étoit donc vraissemblable
qu'elle aimoit Mérinbert, ou du moins
qu'elle penchoit en sa faveur. Tout devoit donc l'engager à se rendre auprès de

lui pour l'empêcher de tomber dans le précipice où l'on vouloit l'entraîner.... Suivant la lettre de Mad. Mérinbert, Montmartin devoit lui envoyer des instructions par un de ses amis, et Latune, le seul qui fût arrivé, n'apportoit qu'une lettre, encore n'étoit-elle pas écrite à Désormeaux, mais à Linval! Cette lettre seroit-elle aussi du comte?.. En ce cas il étoit essentiel de la connoître : peut-être donneroit-elle des renseignemens sur les recouvremens dont il s'étoit chargé, ou des indices sur les artifices qu'il soupçonnoit.

Linval refusa d'abord de communiquer la lettre; mais lorsque Désormeaux eut exposé toutes les circonstances qui lui faisoient craindre que Montmartin n'eût abusé de la confiance de Mad. Mérinbert, jaloux de montrer qu'il étoit étranger aux artifices du comte, il s'empressa d'autant plus de la lire, qu'elle confirmoit les soupçons de Désormeaux, et que le remboursement qu'on le prioit de suspendre, étoit déjà fait.

« GRENOBLE, ce Décembre 17.. »

» J'ai l'honneur de vous prévenir,
» monsieur, que Mad. de Mérinbert
» envoie à Lyon M. Désormeaux dans
» l'objet apparent de retirer des fonds
» considérables qui lui restent sur cette

» place, et dans l'intention réelle de l'é-
» carter pour trois ou quatre jours de
» notre ville. Elle me charge en consé-
» quence de vous prier de lui élever des
» difficultés sur le remboursement qu'il
» va vous demander. Cela vous sera
» très-aisé, puisque ce remboursement
» n'est exigible qu'au paiement des Rois,
» et qu'elle n'a pas même besoin de re-
» tenir à Lyon M. Désormeaux, jusqu'à
» cette époque. Je m'empresserai de vous
» marquer celle où vous pourrez vous
» acquitter de votre dette sans nuire aux
» desseins de Mad. de Mérinbert. Je suis,
» etc. *Le comte de* MONTMARTIN. »

Désormeaux se décida sur-le-champ à
partir. Quoique par son activité, il eût
obtenu de Linval le remboursement qu'il
lui auroit sans doute refusé, s'il eût reçu
une heure plutôt la lettre de Montmartin,
il craignit de trop s'arrêter s'il attendoit
d'avoir traité avec les autres débiteurs
de Mad. Mérinbert. Il ne pouvoit en effet
arriver à Grenoble que le lendemain soir,
et il se seroit déjà écoulé deux jours des
quatre pendant lesquels le comte vouloit
le retenir à Lyon.

Il ordonna de préparer sa voiture, et,
dans cet intervalle, il se rendit chez le
lieutenant de police, qu'il informa du
contenu de la lettre qui redoubloit ses
soupçons. Ce magistrat lui fit espérer que

la conduite mystérieuse de Montmartin seroit bientôt *éclaircie* : on venoit de lui donner avis de l'arrestation de l'un des voleurs. Il promit à Désormeaux de lui adresser par le courrier du lendemain une copie de ses réponses, et des extraits des déclarations des joueurs et marchands qu'il avoit interrogés. Leur témoignage, dans le cas où Montmartin auroit trompé Mad. Mérinbert, serviroit à celle-ci pour se faire rendre les sommes dissipées.

En approchant de Grenoble, Désormeaux réfléchit sur la conduite qu'il falloit tenir dans cette conjoncture délicate. Comme il ne vouloit pas se brouiller avec Mad. Mérinbert, il résolut de retourner sur-le-champ à Lyon, en cas qu'il reconnût qu'il étoit impossible d'empêcher le mariage de son fils, et, afin qu'elle ignorât alors ce voyage qui retardoit l'exécution de la commission dont elle l'avoit chargé, il se déguisa. Il se rendit d'abord chez le philosophe ; il vouloit savoir par le récit de ses aventures s'il pourroit lui être utile, ou s'il seroit obligé de repartir.

Ce récit lui donna beaucoup à penser. Un concours aussi singulier d'événemens, dans un très-petit espace de temps, n'étoit pas naturel : quelque ennemi secret du philosophe y avoit sans doute participé, et Montmartin seul pouvoit être cet ennemi. Cependant comment l'en accuser sans la moindre preuve, et sur des in-

dices aussi insignifians que les demandes
de son domestique à Latune? si c'étoit
lui, il étoit bien à l'abri de toute attaque,
puisqu'en toute occasion, il se montroit
le défenseur de Mérinbert.

Quel moyen employer pour détruire
son crédit si puissant auprès de Mad.
Roger, du général et de Mad. Mérinbert,
dès qu'il ne connoissoit rien à sa charge?
Il ne restoit qu'un jour, suffiroit-il pour
prendre des renseignemens sur un homme
qui savoit aussi bien se masquer?.. Désormeaux crut donc devoir et conseiller
à son ami de se résigner à son mariage et
lui cacher des soupçons qui l'affligeroient
inutilement.

Mais comment le comte avoit-il réussi
à appaiser Mad. Mérinbert sur la perte
des cinq cent mille francs? Il résolut,
avant de partir, de la sonder sur ce point
délicat. Il n'en espéroit néanmoins pas
grand'chose, vu la difficulté de sa position, car il paroissoit, d'après la lettre adressée à Linval, qu'elle ne le verroit pas de bon œil à Grenoble. Il lui fit
demander sous un nom supposé un entretien secret. Elle poussa un cri lorsqu'il
se découvrit. " Vous avez raison, lui dit-
il, ma charmante amie, d'être surprise
de mon apparition. Une affaire inouïe,
m'a obligé de me rendre ici. Ne soyez
cependant pas inquiète sur votre commission; j'ai déjà exigé une somme con-

sidérable, et je reparts cette nuit. J'aurois peut-être même tout terminé si Mont-martin m'eût envoyé hier les instructions que vous me promettiez. »

« Il ne vous les a point envoyées ? C'est inconcevable ! »

« Rien n'est plus sûr. Son ami Latune arrivé hier soir, ne m'a rien apporté, quoiqu'il ait été chargé par le comte d'une lettre pour un banquier. »

« Il est facile d'éclaircir ceci ; le comte est chez moi ; je vais l'appeler... »

« Gardez-vous en bien. L'affaire qui m'attire exige impérieusement que per-sonne ne se doute de mon voyage, et Montmartin sur-tout. Au reste, je ne crois pas que ce défaut d'instructions nous fasse perdre plus de vingt-quatre heures. »

« Cela est différent. Puisque vous ne voulez pas être connu du comte, achevez vîte ce que vous avez à me dire, au-trement vous pourriez vous rencontrer. Il doit sortir dans un quart d'heure. »

» Je n'ai qu'un mot. J'imagine que vous êtes instruite de l'accident qui lui est arrivé ; on en parle dans Lyon. —Com-ment ? du vol des... — Précisément, des cinq cent mille francs. — O ciel ! tant pis. Je serois fâché que cela se répandît ; mon mari me feroit des reproches d'au-tant plus ennuyeux, que je ne perds

rien. — Vous ne... perdez rien.. dites-
vous ? »

« Non, mon cher, très-heureusement.»
Elle lui parla des billets de Montmartin
qui lui garantissoient la somme sur les
revenus de la dot d'Amélie, et glissa par
occasion quelques réflexions sur les deux
mariages, qui annoncèrent à Désormeaux
combien elle brûloit de les voir conclure.

Désormeaux étoit atterré. Ces billets
non seulement écartoient tous les reproches que méritoit le comte, mais encore
rendoient indispensable son mariage avec
Amélie, au moyen duquel seul, Mad.
Mérinbert pouvoit réparer une perte aussi
effrayante. Il alla aussitôt en faire part
à Charles, comme on l'a vu, et lui renouveler ses exhortations à la résignation.

L'air morne avec lequel le philosophe
les reçut, l'enflamma d'indignation contre
le petit-maître. Il réfléchit, en quittant
l'hôtel Mérinbert, à ses succès et à ses
artifices. La surprise de Mad. Mérinbert
à l'annonce de son manque de promesse
au sujet des instructions lui parut, lorsqu'il se la rappela, si naturelle, qu'il
ne douta pas que Montmartin ne jouât
sa bienfaitrice. Sa lettre à Linval devoit
être un piège qu'il lui tendoit. Désormeaux n'avoit osé en parler à Mad. Mérinbert de crainte que réellement elle
ne l'eût dictée ; il résolut de la sonder

à ce sujet, sauf à éluder ses questions, en cas qu'il vînt à s'appercevoir qu'effectivement, elle la connoissoit. Mais comme il risquoit, en rentrant sur-le-champ à l'hôtel Mérinbert, de rencontrer Montmartin, il passa dans l'allée d'une maison située vis-à-vis de cet hôtel, afin de saisir le moment où le comte en sortiroit.

CHAPITRE II.

CHAPITRE II.

DÉSORMEAUX, en traversant la rue, apperçut, sur le seuil de l'allée, un particulier qui sembloit l'observer, et qui, à son approche, se retira dans le fond de cette allée. Il le reconnut, et sortit aussitôt pour gagner une allée voisine, avant que Lapierre, (car c'étoit lui) pût remarquer celle dans laquelle il entreroit. S'y étant enfoncé, il le vit une minute après, passer devant la porte, en courant comme s'il l'eût poursuivi, et revenir bientôt avec la même rapidité. Sûr alors de l'avoir dérouté, il s'approcha de l'ouverture de l'allée assez près pour pouvoir distinguer le portail de l'hôtel Mérinbert, mais non point assez pour que l'espion posté vis-à-vis, pût le découvrir dans sa retraite.

Il vit sortir de cet hôtel, Montmartin qui, après avoir regardé, de tous côtés, si personne ne paroissoit, traversa lestement la rue, dit quelques mots à Lapierre, et rentra chez Mad. Mérinbert. Il en ressortit bientôt, et répéta le même manége. Il s'éloigna ensuite en passant du côté de la rue où se trouvoit Désormeaux. On conçoit que celui-ci, déjà très-prévenu et très-animé contre Montmartin,

Tome V.   L

dut être frappé de ces démarches mys-
térieuses. Elles redoublèrent ses soupçons, et, pour en connoître, s'il étoit
possible, le motif, il renvoya l'exécution de son premier projet. Il se glissa le
long d'un mur, et ayant ainsi évité les
regards de Lapierre, il suivit le comte
de loin.

Il le vit entrer chez un jurisconsulte
instruit, avec lequel il étoit étroitement
lié. Il s'y présenta un instant après; recommanda au domestiqne de ne pas annoncer sa visite, et se fit conduire dans
une chambre voisine du cabinet de l'a-
vocat. Il prétexta d'avoir le plus grand
intérêt à éviter d'être vu par les cliens de
celui-ci.

Les promesses vagues et les faux-fuyans
de Montmartin relatifs à la cession de la
moitié des revenus dotaux d'Amélie, que
lui demandoit Mad. Roger, avoient accru
la méfiance qu'il inspiroit déjà à Mad.
de Juignac. Un homme de loi qu'elle
avoit consulté lui avoit dit qu'il ne connoissoit qu'un moyen d'empêcher le
petit-maître d'attaquer, dans la suite,
cette cession; c'étoit de lui faire passer
conjointement avec son épouse, une
vente de ces revenus qu'on dateroit du
jour du mariage, et il en avoit remis un
projet à la baronne. Qu'on juge de l'embarras de Montmartin! Il n'osoit avouer
à Mad. Roger qu'il avoit déjà cédé l'autre

moitié de ces revenus, pendant douze
ans, à Mad. Mérinbert. Il connoissoit
son caractère violent : il ne doutoit pas
qu'elle ne rompît le mariage de sa fille
lorsqu'elle apprendroit une aussi effrayante dissipation. Cependant, s'il con-
sentoit à la cession qu'elle réclamoit elle-
même, il seroit privé pendant ces douze
années de tout revenu... Il étoit venu
consulter l'ami de Désormeaux sur les
moyens à employer pour rendre l'acte
nul dans sa rédaction. Le jurisconsulte
avant de rien décider, lui demanda une
copie du projet de vente, copie que
Montmartin promit d'apporter dans une
heure.

Lorsque celui-ci fut sorti, Désormeaux
expliqua à son ami le motif de son
espionnage. Il lui raconta les aventures
de Montmartin à Lyon, ses dépenses,
ses pertes au jeu, son vol peut-être supposé, ou du moins à l'aide duquel, il
masquoit sans doute une partie de ses
prodigalités. " Il vous propose, ajouta-
t-il, de lui indiquer les moyens de tromper Mad. Roger, cependant celle-ci n'est-
elle pas excusable de prendre des précautions contre ses dissipations, si elle connoît
sa conduite passée ? qui sait si les billets
remis à Mad. Mérinbert ne contiennent
pas aussi quelque nullité insérée à dessein ? "

Le jurisconsulte, indigné des projets

L 2

de Montmartin auxquels il répugnoit déjà
à concourir avant d'en connoître les
véritables motifs, promit à Désormeaux
de s'aider à le démasquer. Il fut convenu
qu'à son retour, il lui feroit répéter sa
demande et lui dicteroit, sous prétexte
de ne pouvoir écrire à la lumière, le
projet d'acte qu'il retiendroit ensuite pour
le corriger.

Désormeaux courut aussitôt emprunter
à Mad. Mérinbert les billets de Montmartin. « Il craignoit, lui dit-il, qu'ils
ne fussent pas conçus en termes légaux,
et il vouloit consulter à ce sujet, un avocat. Le comte qui ignoroit les détours
de la chicane pouvoit fort bien s'être
trompé ; il étoit essentiel de prévenir les
contestations qu'éleveroit sans doute la
famille Roger, si Montmartin mouroit
avant leur échéance. »

Ce dernier motif ayant déterminé Mad.
Mérinbert, Désormeaux demanda un entretien secret à Mad. Roger à qui il répéta les récits faits au jurisconsulte. Les
billets la convainquirent des extravagances du comte qu'elle révoquoit en doute.
Elle se rendit avec Mad. de Juignac et
Désormeaux chez le jurisconsulte qui les
fit placer dans la chambre d'où son ami
avoit déjà écouté la consultation de Montmartin. Désormeaux eut beaucoup de
peine à les empêcher d'éclater contre
celui-ci, lorsqu'elles l'eurent entendu ré-

péter ses propositions. Elles se saisirent, aussitôt qu'il fut sorti, du projet d'acte que lui avoit dicté le jurisconsulte. Mad. Roger certaine alors de sa perfidie, vouloit rompre sur-le-champ tout commerce avec lui : Désormeaux craignant qu'à cette nouvelle, il ne trouvât quelque moyen de se justifier auprès de sa foible cousine, la pria de renvoyer au lendemain qu'il comptoit recevoir de Lyon d'autres preuves de la noirceur de sa conduite. Elle lui donna sa parole d'honneur de ne pas le voir jusques-là.

Ceci se passoit le soir de l'entrevue de Charles et d'Amélie au jardin. Le lendemain matin Désormeaux fit part à Mad. Mérinbert, au moment de son lever, de toutes ses découvertes. Qu'on juge de son étonnement ! Mad. Mérinbert, d'abord indignée de la conduite de Montmartin, entreprit ensuite de l'excuser. " Pardonnez-moi, lui dit-elle, de chercher à m'aveugler sur le compte du beau-frère de mon fils. "

" Comment ? vous tenez encore à ce mariage ? "

" Si j'y tiens ? plaisantez-vous ? J'y tiendrai jusqu'au tombeau. "

On a vu que l'avant-veille au soir Mad. Mérinbert a reçu la visite de la marquise et de Lucie, et qu'elle a profité de leur absence pour envoyer chez elles son fils,

L 3

à qui elle vouloit procurer une entrevue
avec Séraphine. Rentrée au salon, la
marquise lui demande un entretien particulier. " Ma chère amie, lui dit-elle,
Séraphine n'a pu venir, elle est légère-
ment indisposée. Vous connoissez son
extrême sensibilité : je ne sais qui l'a as-
surée qu'on vous faisoit de nouvelles difficultés sur l'admission de monsieur votre
fils au Parlement ; cette nouvelle l'a tellement affectée, que je crains qu'elle ne
se sente pas assez bien pour soutenir
après-demain la célébration, si ces difficultés ne sont pas levées. Revoyez, je
vous prie, les magistrats, et faites en-
sorte d'obtenir d'une manière positive leur
agrément. Ne vous contentez pas de promesses vagues ; engagez-les à une délibération formelle. »

» Je suis très-étonnée, ma chère marquise, répondit Mad. Mérinbert ; je suis
très-étonnée de ces bruits. Il est vrai qu'on
m'a fait jadis des difficultés inutiles à
vous rappeler, mais on convenoit que
l'alliance de Séraphine avec Charles les
leveroit toutes. S'il existe encore des
obstacles, ce que je suis loin de craindre, je les ferai cesser, et je vous promets qu'après-demain matin je vous en-
verrai un extrait de l'arrêté du Parlement.
Vous sentez que si nous renvoyions le
mariage à un autre jour, nous nous expo-
serions aux propos les plus désagréables ;

puisque nos parens et amis ont déjà reçu
des billets d'invitation. »

Le lendemain, Mad. Mérinbert reprit
ses visites aux divers magistrats du Parlement. Ils lui donnèrent de nouveau
leur parole pour l'admission de son fils,
(à moins d'obstacle imprévu.) Quelques-
uns cependant lui dirent qu'ils croyoient
que M. de Boismont un de leurs collégues
avoit quelques objections à faire. Elle
se rendit à son hôtel. Il étoit absent ; elle
ne put en obtenir une audience que dans
la soirée ; elle étoit chez lui, lorsque
Désormeaux vint emprunter les billets de
Montmartin.

M. de Boismont tut d'abord les motifs de son opposition. Il invita Mad.
Mérinbert à renvoyer à quelques jours ses
sollicitations ; il lui promettoit, dans ce
cas, de consentir à l'admission de Charles et de son père. Mad. Mérinbert ayant
insisté, il lui dit que lorsqu'un candidat
n'étoit pas noble, il falloit au moins
qu'il pût soutenir son rang par une grande
fortune, et qu'il savoit que celle sur
laquelle son fils pouvoit naguères compter, étoit presqu'entièrement dissipée.

Mad. Mérinbert se récria sur cette
assertion. Indépendamment de sa dot
qui étoit considérable, elle avoit, dit-
elle, placé à Lyon douze cents mille
francs qui, au six pour cent, lui en pro-
duisoient soixante et douze mille par an.

L 4

« Permettez-moi , madame , répondit
M. de Boismont, de vous demander si
ces capitaux n'ont pas été retirés. On
m'a dit , 1.°, que vous en avez employé
une partie à faire des avances à la famille
d'Alleysand qui n'est point en état de
vous les rembourser ; 2.° que cinq cents
mille francs sont destinés à payer un
marquisat dont le revenu , à cause des
réparations , n'est que de neuf mille
francs ; 3.° qu'une semblable somme vous
a été volée... Si ces faits sont exacts ,
vous n'avez aucun revenu à assurer à
votre fils. Ceux du marquisat et ceux de
votre dot réunis vous seront nécessaires
pour soutenir votre propre maison, puisque votre époux abandonne son état lu-
cratif de jurisconsulte. »

Mad. Mérinbert d'abord interdite, lui
montra ensuite les billets de Montmartin.
« Ces billets , interrompit le magistrat,
ne sont solides que dans le cas où le
comte épousera M.lle Roger , puisqu'il
n'a lui-même aucun bien : il faut donc ,
comme je vous y invitois , suspendre vos
sollicitations pendant quelques jours, car
un événement imprévu , une mort , par
exemple , peut empêcher ce mariage. »

L'embarras de Mad. Mérinbert redoubloit. « Mes deux beau-frères , reprit-
elle , font donation à leur neveu de tous
leurs biens. »

« Vous me parlez de deux donations,

madame ! le contrat que vous venez de
me communiquer n'en contient qu'une ;
c'est celle de M. le Doyen, et elle n'embrasse que la propriété de ses biens. Vous
voyez donc qu'elle ne remédiera pas, de
long-temps, à la diminution de vos revenus. »

« Il est vrai... monsieur.... mais le
négociant a promis, lors du contrat, que
dans huit jours, il feroit la sienne. Ce
délai vient d'expirer ; je vais de ce
pas, le sommer de tenir sa parole. »

« Eh ! bien, madame, s'il vous la
tient effectivement, je vous garantis que
vous aurez l'agrément de la cour pour
votre fils et pour votre mari, demain,
au plus tard, à midi. »

L 5

CHAPITRE III.

Transportée de la promesse de M. de Boismont, Mad. Mérinbert se rendit chez le négociant, dont les libéralités alloient sans doute décider cette admission et ce mariage qui éprouvoient tant d'obstacles, non moins cruels qu'imprévus et difficiles à surmonter. Le négociant éluda d'abord ses propositions, et ensuite demanda un nouveau délai pour y répondre, déclarant qu'il étoit obligé de sortir à l'instant même, quoiqu'il fût très-tard et qu'une de ses règles minutieuses proscrivit les veillées. Irritée d'une telle défaite, Mad. Mérinbert lui déclara qu'elle ne le quitteroit point qu'il ne se fût positivement expliqué.

Le négociant obligé réellement de sortir fut très-embarrassé. Craignant que Mad. Mérinbert ne le suivît et ne découvrît ainsi la maison où il se rendoit et qu'il avoit intérêt à lui cacher, il se détermina à lui avouer qu'il s'étoit marié, et qu'il avoit donné tous ses biens à son épouse.

« C'est une défaite encore plus pitoyable que la première, répondit Mad. Mérinbert. Je ne croirai, monsieur, à ce prétendu mariage, que lorsque vous m'aurez montré l'acte de célébration. »

« Eh bien, madame, je consens à vous le lire; sous une condition toutefois... Je vous tairai le nom de mon épouse... Je m'y suis engagé. »

Le négociant prit l'extrait de l'acte; il le tint de manière à couvrir le nom avec ses deux mains; mais son adroite belle-sœur, sous prétexte de l'éclairer, se saisit d'un flambeau et mit le feu à un bout du papier, de sorte que pour l'éteindre, il fut obligé de découvrir l'endroit caché.

« Je l'ai vu ce nom, s'écria-t-elle avec fureur, et en lui arrachant le papier; ainsi il est inutile de me le cacher; laissez-moi lire cet acte. »

Elle s'assit, étouffant de colère. « Comment, ce sont les dames d'Alleysand elles-mêmes, mes meilleures amies, celles qui me doivent leur entretien à Grenoble et le payement de leurs dettes, sans lequel elles étoient complettement ruinées, ce sont elles qui me jouent cet infâme tour? Quelle abominable trahison! En fut-il jamais de semblable?... Elles ont profité de ce que je leur avois dit, dans la confiance de l'amitié, que vous vouliez épouser une jeune femme! Quelle horreur! Non, je ne les revois de ma vie, je romps tous les liens qui m'attachoient à elles, je romps le mariage projeté entre Séraphine et mon fils! Que dis-je? je les ferai repentir de m'avoir outragé; il faudra qu'elles me rendent tout ce que j'ai eu la

folie de leur prêter, ou qu'elles aillent
s'ensevelir dans leurs montagnes ! » Dans
sa fureur, elle oublioit que le négociant
étoit trop riche pour qu'elles pussent
craindre d'être réduites à cette extrémité.

On croiroit, à ces transports, qu'elle
va sur-le-champ déclarer une guerre à
mort à la famille d'Alleysand, et que sa
haine pour elle, durera autant que celle
pour Mad. Roger. Elle sera fondée sur
un plus juste motif ; celle-ci ne lui a
fait qu'une amère raillerie, encore prenoit-
elle sa revanche, et ses cousines se sont
rendues coupables d'une trahison d'autant
plus odieuse, qu'elle concerne leur plus
grande bienfaitrice ; mais avant de se
saisir du papier funeste, elle en a entendu
lire trois lignes par son beau-frère, et ce
court fragment a réveillé la plus terrible
de toutes les passions qui n'a cédé qu'un
instant à la fureur et à la vengeance. Elle
reprend bientôt son ancien empire ; madame Mérinbert dirige ses regards sur
l'écrit qu'elle tient d'une main tremblante ;
elle le parcourt d'un œil avide, le lit, le
relit, le dévore ; il produit sur elle les
mêmes sensations que, la veille, la lettre
de son fils a produite sur Amélie ; il em-
brâse son cœur des feux les plus ardens
de... l'ambition !

« Ce jourd'hui... décembre mil sept
cent... Monseigneur l'illustrissime et ré-

vérendissime Hypolite - Marie - Justin-
Athanase de Leyris, évêque et prince
de Grenoble; conseiller du Roi en tous
ses conseils ; président - né des états de
Dauphiné; chanoine comte de St-Claude;
doyen du décanat de Savoye ; abbé com-
mendataire de Celles, Reigny, Villeneuve;
prieur de Puycelsy, S.t-Laurent, etc.,
ayant accordé de sa pleine autorité épis-
copale, dispense des trois bans, a béni,
dans la chapelle de son palais épiscopal,
en présence du curé soussigné de la paroisse de S.t - Hugues de Grenoble, le
mariage d'entre M. Charles *Mérinbert*,
ancien négociant en cette ville, fils d'autre
Charles Mérinbert aussi négociant, et
de demoiselle Adélaïde Clappier d'une
part ; et *très - illustre demoiselle, mademoiselle Lucie-Hermangarde-Eléonore-
Maclovie-Godefrigilde-Esther d'Alleysand de MONTMARTIN*, fille de feu
*très-haut et très-puissant seigneur, mon-
seigneur Raymond - Godefroi - Eudes-
Edouard, MARQUIS D'ALLEYSAND,
COMTE DE MONTMARTIN, BARON
DE TRESANE*, seigneur de la Maison-
forte, de Cornillon et autres places;
mestre-de-camp-colonel en premier du
régiment de cavalerie anciennement d'Héreville; chevalier de l'ordre royal et militaire de S.t-Louis, et précédemment de
celui de St-Jean de Jérusalem ; et de *très-
haute et très-puissante dame, madame*

Amélie-Hermangarde-Isabelle-Clotilde-Berthe DE MOIRA DES COMTES DE MEILLAN en Lorraine, anciennement chanoinesse du noble chapitre royal de Remiremont ; d'autre part : »

« L'époux procédant de sa propre autorité comme majeur, et l'épouse, en tant que mineure, procédant de celle de *très-illustre*, *très-haut*, *très-grand et très-puissant seigneur*, *monseigneur Dagobert – Clodovic – Renaud – Louis-Henri*, *MARÉCHAL DUC D'HÉRE-VILLE*, marquis de Vauvenargues et d'Amboise, comte de St-Brice, seigneur de Laval, Chatillon, Dormans, Loin, Lagny et autres places ; doyen de nos-seigneurs les maréchaux de France ; faisant fonctions de connétable ; pair de France ; chevalier des ordres du Roi et de celui de la toison d'or ; gouverneur actuel de la ville et citadelle de Béfort ; et anciennement de celle de Marseille ; mestre-de-camp-général de la cavalerie française et étrangère ; lieutenant-général commandant pour sa majesté en la province de Dauphiné, etc. curateur honoraire de ladite épouse. »

« Ont été témoins très-illustre, très-haut et très-puissant seigneur, monseigneur Dagobert-Hercule-Clotaire, comte d'Héreville, commandeur de l'ordre royal et militaire de St-Louis ; chevalier de celui de St-Lazare et du Mont-Carmel ;

ancien officier supérieur de gendarmerie ;
lieutenant-général des armées du Roi , et
commandant en survivance de la province
de Dauphiné , etc. »

« Très-illustre , très-haut et très-puissant seigneur, monseigneur Aimé-Albert-
Isidore - Scipion , *marquis de la Barthe* ,
chevalier , premier président de la cour
de parlement , aides et finances de Dauphiné , conseiller du Roi en tous ses conseils , conseiller d'honneur au parlement
de Paris , etc... »

Suivent les noms , qualités et dignités
des autres témoins pris parmi les seigneurs
les plus qualifiés de la province.

Tous ceux qui ont assez vécu sous
l'ancien régime pour observer l'influence
magique des noms , des titres , des places,
des cordons.. jugeront facilement de l'effet
que dut produire cette lecture sur l'orgueilleuse et ambitieuse Mérinbert nour-
rie dès son enfance de leurs avantages
éminens... Je ne me charge point de le
faire concevoir à d'austères républicains
qui n'auroient jamais voyagé dans les
royaumes de l'Europe où leur talisman
jouit encore de toute sa puissance. Sa fureur , sa colère , sa haine , ses projets de
vengeance disparurent à mesure qu'elle
parcouroit cet acte boursoufflé ; le regret
de s'être échappée en imprécations contre
cette illustre famille et le plus impétueux

désir de former les nœuds qui devoient
l'unir avec elle, y succédèrent.

« Comment, mon cher frère, (elle
crut enfin pouvoir donner ce nom à
l'époux d'une d'Alleysand) M. le maréchal d'Héreville, le premier maréchal de
France, le commandant de la province,
un duc et pair, un *cordon bleu* enfin,
est curateur de mesdemoiselles d'Alleysand. »

« Oui, ma chère sœur, c'est le protecteur spécial de cette famille ; il étoit
intime ami de leur grand-père. C'est lui
qui s'est chargé de tout arranger ; qui
a obtenu de M. l'Evêque qu'il donneroit
les dispenses des trois bans, ainsi que la
bénédiction nuptiale ? »

Enthousiasmée d'une telle découverte :
« Je vous demande bien pardon, mon
cher frère, lui dit-elle, si je vous retiens ;
laissez - moi encore relire cet acte ravissant. »

« Ce ne sera point, se disoit-elle en
recommençant sa lecture, ce ne sera point
un misérable *curé* qui mariera mon fils,
mais bien un des premiers EVÊQUES de
France ! Quels délices !... » Elle soupira
ensuite profondément à la vue de la qua-
lification mesquine de son beau-frère qui
étoit, à peu de chose près, la même
que celle de son fils. « *Charles Mérinbert,
fils d'autre Charles et d'Adélaïde Clappier.* » Cela tient à peine deux lignes,

et quelles lignes !.... Quelle rebutante sécheresse ! sur-tout en les comparant à
la demi-page qui rappelle les titres et
qualités des d'Alleysands !... Les noms de
baptême, oui, les noms de baptême seuls
attestent la distance immense qui sépare
les deux familles. Son fils chéri se nomme
ignoblement *Charles* comme les garçons
meûniers, tandis que sa bru porte les noms
distingués de *Séraphine-Isabelle-Edwige-*
Octavie-Brunehaut-Christine qui, presque tous ont appartenu à des reines ou
princesses célèbres. Il en est de même
de ceux de sa sœur... Et leur père étoit
colonel !... Leur grand-père intime ami
du premier maréchal de France !... et celui-ci est leur curateur et protecteur !...

« Mon cher frère, je ne vous en veux
plus pour votre manque de foi... à une
condition cependant : vous me donnerez
votre parole d'honneur de ne rien dire
à votre épouse et à sa famille de tout
ce qui m'est échappé dans un premier
mouvement de colère ; je vous proteste
de ma plus profonde vénération pour
elle. »

« Mardié, très-volontiers, ma sœur ;
touchez-là. Permettez-moi maintenant de
me rendre chez mon épouse ; j'y vais
coucher depuis quatre ou cinq jours que
notre mariage est fait. »

« Je ne m'étonne plus, pensa Mad. Mérinbert en se retirant, que Sérapine s'oit

si affectée des obstacles qu'on oppose à
la réception de mon fils. Le nom de
Mérinbert peut-il décemment être mis
à côté du sien, si son obscurité n'est
pas relevée par l'éclat de quelque charge ?
Il faut donc tout tenter pour écarter les
obstacles qui s'opposent à cette admission.
Il ne me reste qu'une ressource ; c'est
d'obtenir du doyen une donation de ses
revenus à son neveu. Demain matin
j'essayerai de le fléchir, quoiqu'il m'en
coûte de m'abaisser encore à supplier
un homme qui m'a déjà fait éprouver un
refus humiliant. »

Elle ne balança point à faire cette démarche. L'ambitieux et l'orgueilleux sont
les êtres les plus bas, les plus rampans
auprès de ceux dont ils ont besoin ; il
seroit facile d'en citer de nombreux
exemples.

Réveillée par Désormeaux, elle s'empressa d'autant plus de lui raconter les
motifs pour lesquels elle tenoit à l'alliance illustre des d'Alleysands, que le
sachant lié avec M. de Boismont, elle
espéroit beaucoup de ses sollicitations.
« J'irai, lui dit-elle en achevant son
récit, j'irai voir le doyen, aussitôt que
je serai habillée. Je vous prie, j'attends
de votre amitié que vous vous infor-
merez tout-à-l'heure auprès de M. Boismont, s'il a quelques motifs secrets
pour s'opposer à la réception de mon fils,

afin que nous puissions nous conduire en conséquence. »

C'étoit déjà l'intention de Désormeaux. Comme on avoit admis jadis au parlement, des particuliers qui étoient moins riches, et qui avoient sur-tout moins d'espérances que Charles, il soupçonnoit que les objections de M. de Boismont n'étoient que des prétextes. Il avoit néanmoins une visite plus pressante à faire : il se rendit en diligence chez le doyen, afin de prévenir les supplications de Mad. Mérinbert et de lui enlever son appui pour le mariage de Charles avec Séraphine.

Il lui témoigna son étonnement de ce qu'il refusoit, après l'avoir promise, une libéralité qui assuroit le mariage de son neveu chéri. » J'ai été trompé, lui répondit le professeur ; mais indignement trompé. Jugez-en vous-même par le tour qu'on m'a joué.... »

Désormeaux ne put s'empêcher de rire au récit piteux du professeur. " Je ne sais, lui dit-il, où ces dames ont pris cette collection de bustes et de médailles dont vous fûtes si fort charmé ; je puis vous assurer que leur ayant rendu visite deux jours avant celui où vous leur fîtes la vôtre, il n'y en avoit pas la moindre marque dans leur salon. »

" C'est inconcevable ! Elles les ont donc emprunté tout exprès !... Attendez :

le professeur de physique, un de mes
confrères, en a précisément de semblables.
Je me rappelle qu'étant allé dans sa
chambre deux ou trois fois depuis cette
époque, je n'ai jamais pu entrer dans
son cabinet. Tantôt il en avoit oublié la
clef en ville, tantôt à sa campagne...
Cependant... j'ai peine à croire... »

« Il est facile de vérifier le fait : si ces
dames l'ont prié de vous taire ce prêt, à
supposer qu'il existe, la défense ne doit
pas subsister pour moi. Je vais lui demander à voir son cabinet ; vous vous
rendrez chez lui, une minute après, et
je le retiendrai dans le cabinet pendant
qu'on vous ouvrira ; alors vous pourrez
examiner par vous-même, si les bustes
et médailles des d'Alleysands n'y sont
plus. »

« A l'instant même. Par Cicéron !
si cela est, je les renonce. »

L'épreuve réussit complettement. Lorsque Désormeaux entendit ouvrir au professeur, il demanda à haute voix au phy-
sicien, où étoient les bustes et cadres
fameux dont on parloit dans Grenoble.

« Chez les dames d'Alleysand, répondit-il, elle m'ont prié de les leur
prêter pendant une dixaine de jours. »

Le professeur se retira, ne pouvant
plus contenir sa sainte indignation.

Désormeaux après lui avoir recommandé
de taire à Mad. Mérinbert, sa visite,
se rendit chez M. de Boismon. Il le pressa
si vivement, que ce magistrat lui convint
qu'il avoit des motifs particuliers pour
s'opposer à l'admission des Mérinberts
au parlement. Il lui en fit part aussitôt,
Désormeaux lui ayant juré qu'il lui gar-
deroit le secret.

CHAPITRE IV.

« M. de Marennes, dit M. de Boismont à Désormeaux, aime éperdûment
M.lle Séraphine. Il a senti qu'il ne pourroit obtenir sa main si les Mérinberts
étoient admis au Parlement, car son
rival deviendroit alors son égal en naissance et en dignité, seuls avantages que
notre architecte ait sur Charles. Il s'est
donc attaché à traverser cette admission,
et s'y est attaché avec d'autant plus de
constance qu'il connoît la façon de penser des dames d'Alleysand. Quoiqu'em-
pressées de faire de riches mariages, elles
ne veulent pas sacrifier entièrement la
naissance à la fortune. Il a même su
qu'elles ne consentoient à s'allier avec
Charles, que lorsqu'il auroit obtenu l'a-
grément de ma compagnie par une délibération positive. Il a d'abord fondé ses
difficultés sur la conduite singulière de
celui-ci, sur ses aventures à la femme-
sans-tête, au corps-de-garde, à l'académie, à la prison ; nos collégues n'y
ont eu aucun égard, quand ils ont
appris qu'on accordoit M.lle Séraphine à votre ami ; une alliance aussi
illustre effaçoit tout. D'ailleurs, ils
étoient jaloux d'acquérir des hommes à
talens tels que son père et lui, et moi-

même je répugnois fortement à les exclure, malgré les obligations importantes
que j'ai à M. Demarennes ; obligations
qui lui donnent un droit sacré à mes
services. »

« Il a pris alors les renseignemens les
plus exacts sur la fortune de Mad. Mérinbert, et il a été informé, avant hier,
des pertes que Montmartin avoit faites
à Lyon. Je suis allé le même jour en
instruire la marquise (*) à qui son fils
les avoit tues. Je lui ai fait les mêmes
observations qu'à Mad. Mérinbert sur la
diminution des revenus de celle-ci, diminution qui détruisoit tous les avantages que Mad. d'Alleysand avoit entrevus
dans cette alliance, puisqu'il étoit très-
douteux que Charles fût admis au Parlement. Ces deux considérations l'ont
frappée. Elle s'est excusée sur les obligations qu'elle avoit à son amie, sur ses
promesses, sur la signature du contrat.
— Vous vous acquitterez facilement de
ces obligations, lui ai-je répondu ; M.
Demarennes, pour qui je viens vous
demander mademoiselle votre fille, se
charge de rembourser à Mad. Mérinbert
tout ce qu'elle vous a avancé ; il vous
assurera même une pension... Il est ac-

(*) Cette visite eut lieu après la promenade
que les dames d'Alleysand firent avec Charles,
au jardin de l'hôtel-de-ville.

tuellement plus riche que Charles , et
celui-ci n'est pas même anobli , car je
vous le répète, il y a à parier qu'il ne
sera pas reçu... Une d'Alleysand s'allier
avec un bourgeois ! pensez-y donc ?..
N'avez-vous pas convenu que la célébration du mariage n'auroit lieu qu'après
la délibération du Parlement ? Si Mad.
Mérinbert ne l'obtient pas , pourra-t-elle
vous faire le moindre reproche ? »

" La marquise étoit ébranlée ; une
dernière observation l'a tout-à-fait déci-
dée. — Mad. Mérinbert, lui ai-je dit,
ignore encore le mariage de son beau-
frère avec M.lle Lucie. (M. de Boismont
étoit présent à la célébration.) Ne craignez-vous point que quelque ame offi-
cieuse ne l'en informe ? Pouvez-vous
douter du parti qu'elle prendra ? Voudriez-vous exposer à l'affront cruel de
lui voir rompre la première le mariage
de son fils? — Mad. d'Alleysand que la
disparition de Charles au moment de la
signature du contrat avoit déjà mortifiée à
l'excès, a sur-le-champ communiqué à
ses enfans mes propositions et tout ce que
je lui avois appris. Le comte s'est vivement récrié : — Gardez-vous bien, a-t-il
dit, de faire soupçonner à Mad. Mérinbert que vous avez changé d'avis : si
elle montroit aux Rogers les billets que
je n'ai pu me dispenser de lui remettre
pour les sommes qui m'ont été volées ,
ils

ils ne voudroient peut-être plus consentir à mon mariage.. Qui sait même si, pour se venger, elle ne prendroit pas la fantaisie de favoriser la passion effrénée de son fils ? Son mari a tant de pouvoir sur l'esprit du père d'Amélie et du général, que je courrois grand risque de voir renverser toutes mes espérances. »

« Cette observation a été un coup de foudre pour M.lle Séraphine qui se croyoit aimée de Charles ; elle n'a plus voulu d'un cœur qui appartenoit à une autre. Elle a sur-le-champ pris la plume : elle vouloit informer Mad. Mérinbert qu'elle acceptoit M. de Marennes ; son frère a eu besoin de tout son ascendant pour l'en empêcher. Il a été convenu que Mad. d'Alleysand iroit prévenir son amie que sa fille, affectée du retard qu'éprouvoit la réception de Charles, ne se sentoit pas en état de supporter la célébration de son mariage. (*) On espéroit que je détournerois Mad. Mérinbert de presser la délibération du Parlement jusqu'au moment où celui de Montmartin seroit conclu.

(*) C'est pendant la visite qu'elle fit à Mad. Mérinbert à ce sujet, que celle-ci envoya son fils chez Séraphine où il se rencontra avec Amélie. Séraphine pour faire croire à sa cousine qu'elle n'étoit plus aimée de Charles, se conduisit de manière à lui donner à entendre qu'elle avoit un rendez-vous avec celui-ci.

N'ayant plus à craindre les obstacles qu'elle pourroit y apporter, on s'expliqueroit alors avec elle. Comme elle insiste, au contraire, sur cette délibération, je me suis décidé, mon cher Désormeaux, à vous faire part de tout ceci. Si suivant votre promesse, vous l'engagez à suspendre ses sollicitations, vous me rendrez le plus grand service, car je répugne plus que jamais à concourir à l'exclusion de son fils et de son mari, malgré la parole que j'ai donnée à mon ami de seconder ses projets de tout mon pouvoir. Je vous garantirai même par écrit, qu'ils seront reçus l'un et l'autre, quoique l'alliance de Charles avec les d'Alleysands ait échouée. Tâchez seulement d'obtenir qu'elle renvoie à deux jours ses demandes. »

Mad. Mérinbert attendoit Désormeaux avec la plus vive impatience. Le professeur, furieux d'avoir été trompé par l'emprunt des bustes et médailles antiques, venoit de lui déclarer que non-seulement il ne céderoit point les revenus de ses biens à son neveu, mais encore qu'il tâcheroit de faire casser la donation de la propriété.

Désormeaux lui annonça d'abord que, si elle vouloit suspendre ses sollicitations, l'admission de son mari et de son fils

étoit sûre, lors même que le mariage de
ce dernier n'auroit pas lieu. Il lui rappela ensuite les observations de M. de
Boismont sur la diminution de sa fortune ; il fut interrompu. La porte de la
chambre de Mad. Mérinbert s'ouvrit
tout-à-coup avec fracas. Un militaire
traînant d'un bras vigoureux le confident
de Montmartin, le jeta plutôt qu'il ne
le poussa en dedans, et lui dit avec un
geste menaçant : « Scélérat, avoue tout
ce que tu as fait à M. de Mérinbert fils,
où je t'ouvre le ventre et je t'en coiffe
la figure. » Sans-chagrin qui parut en
même-temps, le saisit à la gorge en lui
répétant avec colère : « Avoue, avoue,
coquin, ou tu ne sors pas d'ici. »

On a vu (liv. 9, ch. 13.) que Sans-
chagrin, avoit prié la Ramée de prévenir Mérinbert de l'arrivée de sa famille,
et que celui-ci n'avoit pu sortir du cabinet de la prison où il étoit avec Amélie,
lorsque le geolier lui avoit dit qu'on le
demandoit. La Ramée, impatient de rejoindre ses camarades, chargea le geolier
de sa commission ; il apperçut en traversant la place S.t-André, Lapierre posté
vis-à-vis de la prison (celui-ci examinoit si Charles n'en sortiroit point avant
que Montmartin y fût rentré) ; il crut
reconnoître en lui le personnage officieux
qui avoit si bien recommandé Mérinbert
aux soldats de garde lors de son engage-

M 2

ment, et qui par-là, avoit causé indirec-
tement ses malheurs. Il s'arrêta pour s'assurer s'il ne se trompoit point.

Un instant après, Sans-chagrin étant
venu s'informer des motifs de son retard,
il lui fit part de sa découverte. Ils suivirent ensemble Lapierre à qui Montmartin
en revenant à la prison, venoit de faire
signe de retourner à son poste, c'est-à-
dire, dans une boutique située vis-à-vis
de la maison Mérinbert.

Lorsque le comte avoit quitté la veille,
au soir, Mad. Mérinbert, Lapierre lui
avoit rapporté qu'un homme déguisé
(c'étoit Désormeaux) y étoit resté plusieurs heures, et venoit de disparoître.
Son déguisement et le soin qu'il avoit
mis à échapper à Lapierre inquiétèrent
Montmartin. Il rentra à l'hôtel Mérinbert, où il prétexta d'avoir une visite de
félicitation à faire à Charles. Son inquiétude redoubla quand il apprit que cet
inconnu avoit entretenu long-temps et
Mad. Mérinbert et son fils. Il recommanda, le lendemain matin à son domestique, d'observer s'il reparoissoit ;
mais pendant les courses que fit Lapierre
pour le prévenir du rendez-vous de Charles et d'Amélie, Désormeaux étoit rentré
chez son amie.

Sans-chagrin et son camarade suivirent
Lapierre dans la même boutique où ils
se remirent enfin ses traits. Sans-chagrin

alla aussitôt chercher le redoutable Intrépide qui étoit venu à Grenoble sur
son invitation, et qui, sans plus de cérémonie, se saisit de Lapierre, et le
traîna chez la mère *de l'ami* de Sans-
chagrin.

Cette incursion étrange étourdit d'abord
Mad. Mérinbert et Désormeaux. Celui-
ci reprenant bientôt sa présence d'esprit,
dit froidement aux soldats : « Mes amis,
je vous remercie pour M. de Mérinbert
fils; il reconnoîtra votre service. Laissez-
nous ce coquin-là, il répondra sans se
faire prier ; nous avons entre nos mains
de quoi le faire pendre, s'il ne convient
absolument de tout. »

Les frippons s'effraient aisément. Lapierre ignorant pourquoi les soldats l'ar-
rêtoient, s'imagina qu'on connoissoit ses
démarches, et il promit à genoux de
tout révéler, pourvu qu'on ne lui fît aucun mal et qu'on le tirât sur-tout des
mains de l'Intrépide dont le regard, le
costume, et la figure tailladée de coups
de sabre, l'épouvantoient. Désormeaux
lui en donna sa parole, et recommanda
aux soldats de ne parler de cette scène à
personne.

Le récit que fit Lapierre des diverses
commissions dont Montmartin l'avoit
chargé, transporta de fureur Mad. Mérinbert qui l'interrompit ; elle se repro-

choit justement et avec horreur, d'avoir
plus d'une fois concouru à l'exécution
des desseins du petit-maître, dont elle
ignoroit à la vérité toute la noirceur.
Désormeaux garda mieux son sang-froid,
quoiqu'il apprît une foule de circonstances dont il ne se doutoit pas. Il ne consentit à renvoyer Lapierre que lorsqu'il
eut reçu les papiers que lui envoyoit le
lieutenant-général de police de Lyon,
et qu'il avoit recommandé de lui apporter chez Mad. Mérinbert, aussitôt
après l'arrivée du courrier.

« Contenez-vous, madame, lui dit-il,
ce que vous allez apprendre, mérite bien
plus justement votre indignation. Le lieutenant de police m'envoie la preuve que
le comte s'est fait voler pour couvrir la
dissipation qu'il a faite de vos fonds. Tout
ce que je puis lui accorder, ainsi qu'à
son complice, c'est de quitter la ville
sur-le-champ. S'il part, nous garderons
le silence sur tout ceci, par respect pour
la famille illustre à laquelle il appartient ; sinon, je dévoilerai toute l'infamie
de sa conduite. »

Lapierre courut avertir son maître qui
déjà se préparoit à partir. Il venoit de
recevoir une lettre dans laquelle Latune
l'informoit du bruit que faisoient ses aventures à Lyon ; il vouloit se rendre dans
cette ville afin d'aviser aux moyens d'as-

soupir cette affaire, mais sur l'avis de Lapierre, il se garda de prendre cette route.

Le lieutenant de police envoyoit à Désormeaux une copie de la déposition du voleur arrêté, ainsi que des certificats des joueurs et des marchands sur les pertes et dépenses de Montmartin. Mad. Mérinbert ne put en supporter la lecture : « Ah ! mon ami, s'écria-t-elle, épargnez-moi, je vous en conjure. Que m'importe la certitude de tant de bassesses ! je ne regrette pas la perte de ma fortune, mais c'est, ajouta-t-elle avec une fureur concentrée ; c'est d'avoir concouru moi-même aux persécutions dont on a abreuvé mon fils, à ces persécutions qui l'ont forcé de prendre le parti des armes, et ont failli à me le ravir, c'est cette horrible conduite qui me brise le cœur. Pourrais-je jamais recevoir un seul de ces épanchemens d'affection filiale qui faisoient ma félicité ! Que dis-je ? pourrais-je soutenir un seul de ses regards ? Non, non, il faut que je le fuie à mon tour, je frissonne à la seule idée de le revoir... »

« Arrêtez, il vous reste un moyen de vous mettre à l'abri de ses justes reproches. Vous abusiez de son affection pour l'entraîner à une union inconvenante qu'il abhorroit et qu'il abhorre encore ; eh ! bien, apprenez que vous le jetiez en pure

M 4

perte dans le désespoir. Séraphine renonce à lui ; elle a accepté M. de Marennes ; je le sais de la manière la plus
positive, et je vous ferai le détail de
cette intrigue, ce matin même, car je
ne doute pas que celui qui me l'a confiée
sous le secret, ne me dégage de ma parole, lorsque je lui apprendrai comment
cette famille s'est conduite à votre égard.»

« Eh ! mon ami, que m'importe encore ! ne me parlez plus de cette odieuse
famille. Son affreuse trahison à l'égard
du négociant dont elle nous vole la succession, ne la jugeoit-elle pas assez, si
j'eusse été moins aveuglée ? Où est le
moyen de me laver aux yeux de mon
fils ? où est-il ? cela seul m'intéresse,
cela seul peut me rendre à la vie, car
il m'est impossible de vivre sans lui,
et je ne saurois supporter sa présence :
je suis trop indigne de sa tendresse. »

« Eh ! ne le sentez-vous pas ? c'est
de consentir à son mariage avec Amélie.»

« Que dites-vous ? ô ciel ! cela se
pourroit-il ? Ah ! vous vous abusez, mon
ami ; vous ne connoissez pas la haine
que me porte sa mère. »

« Je sais que c'est un grand obstacle ;
mais s'il dépend de vous de le faire cesser, j'ose vous prier... »

« Prier ! prier ! dites-moi, ordonnez-moi ce qu'il faut faire. Est-il d'humiliation assez grande pour effacer mon crime à mes yeux ? »

« Il n'est pas question d'humiliation, madame. Vous avez déjà écrit à Mad. Roger, et sa réponse annonce que cette démarche a déjà effacé à moitié le courroux de cette femme vaniteuse. Je suis persuadé qu'une simple visite de politesse achevera de vous réconcilier. Donnez-m'en votre parole, en cas que je réussisse, comme je l'espère, à arranger ce mariage. »

« Courez, volez, mon ami ; mettez le comble aux obligations que je vous ai, et tâchez de conclure avant que Charles revoie sa trop coupable mère qui va se dérober à tous les regards, pour gémir sur sa conduite. »

Désormeaux passa chez son ami. Il étoit à la noce de Sans-chagrin. Il trouva sur sa table les élémens de marine destinés au général, ainsi que la déclaration des musiciens que Charles y avoit jointe le matin. Muni de ces papiers importans, il se rendit chez M. Mérinbert, où, sur une invitation de celui-ci, le général et M. Roger vinrent bientôt le joindre.

Il lut d'abord au marin la déclaration des musiciens. « Double-bordée ! je n'en

M 5

avois pas besoin ; j'étois déjà persuadé
de l'innocence de notre ami. Triple-
sabord! il m'a fait la plus jolie chanson...
Et à la première vue, vous l'entendrez,
messieurs, je vous en réponds ; je la sais
déja d'un bout à l'autre. »

« Ce n'est rien encore, général. Voilà
des élémens de marine qu'il vous a dédiés et qu'il devoit vous présenter le jour
de l'aventure des brigands. Vous lui fîtes
refuser votre porte, d'après les calomnies dont l'avoit noirci ce scélérat de
Montmartin. »

« Double-bordée ! que dites-vous là de
l'époux de ma nièce ? »

« Un instant, général, interrompit le
jurisconsulte ; l'allégation est pertinente ;
nous allons mettre sous vos yeux les
pièces probantes : *Instrumentum de re*
contestatâ habemus. »

Le marin fit plus d'un saut sur son fauteuil, et frappa plus d'un coup sur le
parquet pendant le récit de Désormeaux
et la lecture des lettres, certificats,
etc. il l'interrompit à moitié : « Par le
sabre de Ruiter, c'en est trop : je vais
apprendre à vivre à ce misérable faquin. »
On l'arrêta.

« Il s'agit de bien autre chose, reprit
M. Mérinbert ; vous voyez comment
mon fils a été mené, et le tout pourquoi, *messieurs?* parce qu'il aimoit M.lle

Amélie et qu'il en étoit aimé. Pour le dédommager, je viens vous demander, ainsi qu'à Roger, de marier ces deux amans qui l'ont bien mérité. »

Le général ne le laissa pas achever ; il l'étouffoit de caresses. « Saccacorbieu ! notre ami, que ne parliez-vous plutôt ? savois-je rien de cette amourette, moi qui ne sais deviner que les signaux maritimes ? Double-bordée ! un savant qui a posé mon anémomètre, tracé les plans de mon yacht, qu'il finira, j'en suis sûr : qui m'a dédié des élémens de marine qui doivent être bons, si j'en juge par la première page ; qui a fait la plus jolie chanson, que vous entendrez... Triple-sabord ! un brave qui a houspillé les brigands du château, et tué le revenant de la redoute : un bon garçon qui a sauvé deux fois mon Amélie et guéri la pauvre rosette : enfin votre fils unique, notre ami, et de la charmante Dame de Rossières.. Par le sabre de Ruiter ! je ne m'attendois pas à tant de bonheur ! et mon Amélie, la plus méritante femme du monde, seroit tombée entre les mains de ce bélitre qui n'étoit pas bon à être mousse ; qui avoit peur de s'enrhumer quand il falloit faire une sortie ! Double-bordée ! triple sabord ! Et toi, Roger, qu'en dis-tu ? saccacorbieu ! »

« Il y a long-temps que Mérinbert sait ma façon de penser. Nous avions déjà

M 6

négocié ce traité ensemble , lorsque vous
nous êtes venu tourmenter avec ma femme ; mais , grace à cet habile politique ,
les machinations du comte sont déjouées ,
et le traité sera ratifié. Cependant je suis
embarrassé de savoir comment nous ferons entendre raison à Mad. Roger. »

« Oh ! qu'elle l'entende ou ne l'entende
pas , il faudra qu'elle y passe , saccacorbieu ! c'est bien assez qu'elle nous ait
emberné si long-temps de ce misérable
faquin ! »

« N'allons pas si vîte , général , reprit
M. Mérinbert. Suivant le droit Romain ,
le consentement du père de famille suffisoit , mais ceci a changé par le droit
Français ; il faut le consentement de la
mère ainsi que du père , suivant le texte
précis des ordonnances de Blois et d'Orléans. »

« Que cela ne vous inquiéte point ,
messieurs , dit Désormeaux ; je me charge
encore d'obtenir ce consentement , à condition que vous ne direz rien de ce qui
s'est passé ; et pour plus de sureté restez
ici à dîner ; dans une heure je vous l'apporte. »

Désormeaux se servit d'un expédient
décisif ; il passa pardevant notaires, une
vente de tous ses biens à Mad. Roger,
et, après lui avoir expliqué tout ce qui
s'étoit passé , il lui en présenta l'extrait.

« Madame, ajouta-t-il, il étoit difficile
de vous faire assurer par votre fille et son
époux, une fortune indépendante ; l'un
et l'autre étant mineurs, leurs actes auroient
été susceptibles d'être annullés ; ce contrat vous garantit que vous n'avez rien
à risquer de semblable de la part de
Mérinbert. »

On pense bien qu'elle n'osa accepter
une proposition aussi généreuse, quoique
Mad. de Juignac essayât de l'y engager.
Elle n'objecta contre le mariage proposé
que le défaut de noblesse de Mérinbert
et la haine de sa mère. Désormeaux écarta
la dernière objection en lui disant que
Mad. Mérinbert viendroit lui faire des
excuses comme lui ayant manqué la première, et qu'il espéroit qu'elles s'embras-
seroient ; il affoiblit la seconde en lui
montrant la promesse que venoit de lui
faire M. de Boismont de lever tous les
obstacles qui s'opposoient à la réception
de Charles et de son père au Parlement.
« Vous ne pourriez, ajouta-t-il, procurer un grand parti à votre fille qu'à
l'aide de la fortune de son oncle, et il
veut absolument ce mariage ; vous sentez
que cela détruit tous vos plans. Au reste,
puisque vous ne voulez pas accepter la
vente que je vous ai passée, je vous
garantis, sur mon honneur, que nous
arrangerons le contrat de manière à ce

que vous jouissiez d'un aussi grand revenu que vous le désirerez. „

Comme il n'y avoit plus à compter
sur Montmartin, il falloit bien se résoudre à donner le consentement. Mad.
de Juignac lui fit observer pour l'y décider que si elle refusoit, le général
piqué, s'opposeroit sans doute à tout arrangement qui lui seroit avantageux.

Dans ce moment, le général arriva
lui-même avec son frère et M. Mérinbert. Les diverses courses que Désormeaux avoit faites soit chez le notaire
pour passer sa vente, soit chez M. de
Boismont pour en obtenir la promesse
relative à l'admission de Charles, et ses
sollicitations auprès de Mad. Roger,
avoient employé plus du double du temps
convenu. Soupçonnant qu'elle faisoit
des difficultés, ils venoient eux-mêmes
les lever. « Double-bordée ! dit le marin en entrant et en frappant violemment
le plancher ; tout ce tracas est-il fini ?
Pouvons-nous enfin lever l'ancre ? il
est temps, saccacorbieu ! avec ce mis-
taudin dont vous nous embarrassiez... »

Désormeaux arrêta cette sortie, en
assurant le bouillant marin que tout
étoit convenu, et Mad. Roger n'osa le
contredire. « À la bonne heure, triple-
sabord ! et ne perdons pas de temps :

pendant que les boulets chauffent,
écrivons tout de suite. »

« Je suis de cet avis, dit Désormeaux ; mais il faut pour cela, que
nous réunissions plusieurs personnes qui
nous manquent. Je vais chercher Mad.
Mérinbert et son fils. Chargez - vous
d'obtenir le consentement de mademoiselle Amélie. » Il courut aussitôt à l'hôtel Mérinbert ; mais les choses avoient
bien changé de face depuis le matin.

CHAPITRE V, ET DERNIER.

Lorsque Désormeaux avoit quitté Mad. Mérinbert, elle avoit demandé à Nicolas si son fils étoit rentré ; elle craignoit qu'il ne revînt avant que Désormeaux eût réussi à lui obtenir la main d'Amélie. Comment soutenir sa présence si, plus épris que jamais de son amante, comme l'indiquoit son rendez-vous du matin à la prison, annoncé par Lapierre dans sa confession, il venoit lui rappeler qu'elle l'avoit jadis trompé sur le mariage d'Amélie, et qu'elle avoit parlà causé presque tous ses malheurs?... »

» M. Charles, répondit Nicolas, ne s'est pas arrêté d'après ce que nous lui avons dit, que vous permettiez qu'il allât à la noce de Jullien jusqu'à la nuit. »

Mad. Mérinbert s'enferma aussitôt dans son appartement : elle y fit servir son dîner, et défendit d'y admettre tout autre que Désormeaux ; elle étoit transportée du bonheur que son ami alloit procurer à son fils. Comme celui-ci la remercieroit lorsqu'il apprendroit qu'ellemême avoit engagé Désormeaux à conclure cette union, qui combleroit sa félicité!

Son allégresse se dissipe pendant le dîner; elle réfléchit sur les événemens

singuliers qui, dans un clin-d'œil, ont
renversé tous ses plans chéris. Sûre de
n'avoir pas à craindre, de quelques heures,
la vue de son fils, elle cède à son ancienne
habitude de méditer sur les chimères de
son élévation future. Est-ce un crime de
se livrer à une aussi douce illusion ? Il
ne lui reste que peu d'instans à s'en re-
paître !.. Mais cette occupation dangereuse réveille la passion terrible qui l'a
dominée depuis son enfance, depuis le
moment où elle a sucé les idées de grandeur dont son institutrice entretenoit ses
jeunes années.

Elle se réveille cette passion terrible !
Que dis-je ? Elle a déjà repris sa première
force, sa première fureur. Mad. Mérinbert
vient d'appercevoir sur son bureau la fatale généalogie... Elle se saisit du papier
magique ; elle le lit encore : " C'est pour
la dernière fois, se dit-elle, oui, pour la
dernière fois ! » Mais il produit encore
les mêmes effets sur son esprit malade :
il lui fait oublier et la diminution de sa
fortune, et les procédés de la famille
d'Alleysand, et le consentement qu'elle
vient de donner au mariage de son fils,
et cette foule d'autres circonstances qui
ne lui permettent plus de renouer celui
qui a été si long-temps l'objet de tous ses
vœux. " Faut-il donc renoncer à voir le
nom de Mérinbert inscrit sur ce tableau
pompeux qu'on va mettre sous les yeux

du ministre ?... Le mariage de Séraphine
avec le conseiller est-il donc si sûr !...
ou plutôt Désormeaux ne l'auroit-il pas
supposé, dans le dessein de favoriser la
passion de son ami ?... S'il doit se conclure en effet, pourquoi n'a-t-il pas nom-
mé celui dont il en a appris le projet ? Pourquoi la marquise lui a-t-elle encore donné
sa parole d'honneur, il y a à peine deux
jours ?... Ne seroit-il pas prudent de s'en
informer avant de s'engager pour toujours ?... » Transportée de cette idée, elle
se dispose à sortir.

Mais auprès de qui s'en informer? Voilà
le plus embarrassant. Peut-elle se présenter chez les d'Alleysands après avoir fait
dire à Montmartin de quitter la ville ?
Ne lui fermeront-elles pas d'ailleurs leur
porte, si elles ont effectivement rompu
leur alliance avec elle, et contracté avec
le conseiller – architecte... Après de longues réflexions, elle ne voit que celui-ci
qui puisse l'éclairer sur le fait qu'elle ré-
voque en doute ; elle feindra d'avoir renoncé à ses projets, et son ancien amant
ne se refusera pas à lui communiquer les
siens... Elle court précipitamment vers
sa porte, mais une nouvelle réflexion l'arrête et la livre aux plus déchirantes agi-
tions. M. de Marenne demeure près
de l'auberge où se fait la noce de Sans-
chagrin ; Dieux ! si elle alloit rencontrer
son fils !... Elle lui a fait recommander de

se retirer avant la nuit ; et comme elle n'a
pas fixé d'instant précis, il peut en sortir
une heure, comme une minute, avant le
déclin du jour...

Cette idée a déjà calmé sa fougue. Elle
se promène à grand pas, dans sa chambre :
elle se représente ce fils livré au plus sombre chagrin, à la plus vive douleur. Qui
sait même à quel excès son désespoir
pourra le porter ? Elle frissonne, mais
elle tient encore la fatale généalogie, et
le combat le plus terrible s'élève dans son
cœur, entre l'ambition et la nature : elles
se le partagent tour-à-tour, ou plutôt
elles le déchirent mutuellement. Elle
éprouve des tourmens affreux, inouis ;
elle les a mérités ; devoit-elle jamais balancer entre l'amour maternel et de vaines
chimères ?...

Tantôt elle fixe avec complaisance la
généalogie, examine l'endroit où le nom
de Charles seroit placé, réfléchit aux
noms qu'on lui donneroit, au titre pompeux de marquis que son acquisition imprudente peut lui procurer ; elle tressaille
de plaisir : ses doigts tremblent : son cœur
bat avec rapidité : sa respiration s'entre-
coupe... Tout-à-coup elle froisse ce papier
avec rage, se tord les bras, se frappe la
poitrine, s'arrache les cheveux, de ce
qu'elle médite avec autant de ravissement
le malheur de son fils : elle tombe sur un
fauteuil étouffant d'indignation contre sa

foiblesse, et lui en demandant pardon.

Un instant après la même scène se répète : elle reprend le talisman qui cause
ses tourmens ; elle le déploie, et tâche de
se souvenir de la rédaction boursoufflée
du mariage de Lucie ; de ces évêques,
maréchaux de France, ducs et pairs,
premier président, etc., qui y ont assisté.
Sa mémoire trop fidèle n'omet aucune
des circonstances qui peuvent contribuer
à la persécuter, car elle lui redit encore
que ce mariage enlève à son fils une succession immense, que c'est pour l'allier
à une aussi odieuse famille qu'elle veut
l'arracher à son amante et au bonheur,
et le plonger dans l'infortune pour le reste
de ses jours !...

Nicolas interrompt les nouveaux transports de rage auxquels elle s'abandonne ;
il lui annonce que le professeur désire lui
parler, et qu'il a une proposition avan-
tageuse à lui faire. « Qu'ai-je à attendre
de cet homme, s'écrie-t-elle, après son
manque de foi ? Non, non, je ne veux
plus le voir !... » Le professeur qui l'a
entendue entre aussitôt : « Je viens réparer
ma faute, madame ; soyez satisfaite.
J'abandonne à mon neveu, dès cet
instant, tous les revenus de mes domaines,
et même une partie du produit de mes
bénéfices, si vous le désirez. » (Il venoit
de voir Charles. V. l. 9. ch. 13.).

« Se pourroit-il, mon cher doyen ?...

Mais sans doute... c'est en faveur de son mariage ?... »

« Oui, madame ; oubliez ce que j'ai pu vous dire ce matin ; je m'oubliois moi-même, j'oubliois mon neveu... Insensé que j'étois ! Comme si je n'eusse pas dû me reprocher éternellement de l'affliger !... »

« Eh ! que m'importe à présent ? il n'a plus besoin de vos bienfaits. »

« Comment, madame, ce mariage seroit il rompu ? »

« De quel mariage voulez-vous donc parler ? »

« Vous n'êtes pas à vous, ma sœur ; calmez ce transport, reprenez vos sens ; Charles ne se marie-t-il plus avec mademoiselle d'Alleysand ? »

« O ciel ! vous y consentez donc à présent ? » (Elle croyoit d'abord qu'il venoit d'apprendre celui qu'on projettoit avec Amélie, et qu'il se décidoit à cette libéralité en faveur d'une union que les talens de l'épouse devoient lui faire approuver.) Aussitôt elle se jette au cou du professeur ; tous ses projets renaissent avec ses espérances ; la donation de son beau-frère lèvera tous les obstacles qui s'opposent à l'admission de son fils au parlement ; les d'Alleysands, n'ayant plus ce prétexte pour lui refuser Séraphine, n'oseront manquer à leur parole et à leur bienfaitrice... Qu'importe la conduite de Mont-

martin ? En sont-elles coupables ?.. Après
tout est-il au fond si criminel ? Il aimoit
Amélie ; sa passion a pu l'aveugler sur
ses entreprises ; combien d'hommes, dans
une situation moins critique que la sienne,
et dans une âge plus mûr ; eussent tout
sacrifié pour obtenir une épouse aussi aimable et aussi riche ?... S'il a perdu au
jeu des sommes considérables qui ne lui
appartenoient pas, il a été entraîné par
les premiers bénéfices qu'il y avoit faits.
Tous les joueurs ne se conduisent-ils pas
de même ? N'empruntent-ils pas, pour le
risquer, ce qu'ils savent bien n'être jamais
en état de rendre ?.. Vouloit-il d'ailleurs
lui faire partager ses pertes ? Loin d'avoir
cette idée criminelle, il lui assuroit le
remboursement de tout ce qu'il avoit retiré en son nom.

Elle se rend avec le professeur chez
un notaire ; elle se propose, aussitôt que
la donation sera passée, d'arrêter les démarches de Désormeaux. Elle tressaille
de plaisir, et elle ne sait comment témoigner sa reconnoissance d'un bienfait
aussi inespéré, aussi utile ....

Cependant la rédaction ennuyeuse et
diffuse de la donation excite bientôt son
impatience ; elle craint que, dans cet intervalle, Désormeaux n'avance tellement
sa négociation, qu'il ne soit difficile ou du
moins honteux de le désavouer. Les clau-
ses, en style barbare, dont on surcharge

cet acte, lui paroissent d'abord inutiles et ensuite impertinentes. Elle prie l'homme de loi d'abréger : celui-ci objecte la nécessité de suivre les formes, d'accomplir les dispositions des ordonnances. Madame Mérinbert maudit les unes et les autres ; le tabellion s'en offusque, et il faut que le flegmatique professeur s'aide à l'appaiser. Ces démêlés font perdre beaucoup de temps, car le praticien redoute trop de passer pour ignorant, s'il omet un seul mot de son *guid'âne*. Enfin la rédaction est terminée ; la colère de Mad. Mérinbert fait place à la joie la plus vive.

Elle s'élance vers le bureau, arrache le papier à l'éternel écrivassier, saisit une plume et la présente à son beau-frère. Nouveau motif d'impatience : on s'oppose à ce que la donation soit signée avant d'avoir été lue.

« Vous me feriez mourir, monsieur ! Le doyen ne l'a-t-il pas entendu dicter ? »

« Mais, madame, le statut delphinal; l'ordonnance de 1731... »

« Eh ! laissez votre sotte ordonnance ? »

« Madame, madame, respectez la loi ! »

« Mon cher doyen, je vous en supplie, signez tout de suite ! »

« Madame, la signature de M. le doyen ne suffit pas, et je ne mettrai pas la mienne, avant la lecture. »

« Eh ! monsieur, tenez : lisez donc,

lisez, lisez, lisez, et lisez plus vîte que vous ne parlez. »

Que cette lecture paroît longue à cette femme ambitieuse !... Justement punie par la passion même à laquelle elle sa-crifie honteusement les droits sacrés de la nature, elle frappe du pied, elle saute sur sa chaise, chaque fois que le vieux routier appuie sur les mots techniques dont il fait résonner les R et les S, suivant l'usage de sa profession. Toutes les pauses qu'il fait pour respirer, sont autant de coups de poignard pour elle ; mais la mesure de ses tourmens n'est pas encore comblée : la porte s'ouvre avant que le notaire ait fini, et *Désormeaux* paroît !

« Enfin, madame, je vous trouve, et ce n'est pas sans peine ; il m'a fallu courir chez plusieurs notaires. Pourquoi n'avez-vous pas laissé chez vous, le nom de Monsieur ? Vous m'aviez promis de m'attendre. »

« Excusez-moi, mon cher Désormeaux ; trop pleine de mon bonheur, je n'ai pas songé à cette précaution. Félicitez-moi, mon ami ; enfin tous mes vœux sont remplis ; le doyen a cédé à son amitié pour son neveu ; il lui fait donation des revenus comme de la propriété de ses biens ; M. de Boismont est satisfait par ce moyen ; mon fils sera reçu sans dif-ficulté ; il épousera Séraphine ! »

Atterér

Atterré d'un changement aussi inouï, Désormeaux ne sait d'abord que répondre. Mad. Mérinbert invite le notaire à achever sa lecture ; Désormeaux recouvre cependant bientôt sa présence d'esprit accoutumée et interrompt le tabellion.

« Madame, permettez-moi de vous dire que j'ai votre parole, que vous-même m'avez demandé de mettre tout en œuvre pour faire le bonheur de monsieur votre fils : que j'ai, en conséquence, fait des démarches auprès de la famille Roger ; que tout est convenu avec elle et avec M. de Mérinbert. »

« Je suis désolée, mon cher Désormeaux, de la peine que vous vous êtes donné. Je ne vous en aurois pas prié si j'eusse pû prévoir qu'elle devînt inutile par la donation de mon beau-frère. Je ne vous en sais pas moins un gré infini. Monsieur, achevez de lire cet acte. »

« Un instant, s'il vous plaît, interrompt le professeur ; que veut dire ceci ? Charles préfère donc M.lle Amélie ? »

« S'il la préfère ! s'écrie Désormeaux : il l'aime, il l'adore, autant qu'il déteste sa rivale. »

« Comment, madame, vous abusiez ainsi de mon ignorance sur les vrais sentimens de mon neveu, pour l'entraîner dans... »

« Arrêtez, M. le doyen, Mad. de Mérinbert s'est abusée long-temps elle-même sur ces mêmes sentimens, mais sans doute qu'elle est revenue aujourd'hui. »

Mad. Mérinbert accablée de ce reproche tombe sur un fauteuil : « Oui... sans doute... je ne croyois pas... d'ailleurs... enfin... mais, dites-moi, je vous en supplie, êtes vous sûr que le mariage de Séraphine avec M. de Marennes soit arrêté ? »

« Oui, madame, je puis à présent vous faire part de ce qui s'est passé : M. de Boismont m'a rendu ma parole. » Il lui raconte alors tout ce qu'on a vu dans un des chapitres précédens au sujet de la passion de M. de Marennes, et des démarches de son patron. Furieuse d'apprendre que les d'Alleysands ne renvoyoient qu'afin d'assurer le mariage de Montmartin, et qu'elles auroient ensuite rompu avec elle, Mad. Mérinbert se rend précipitamment à son hôtel, et écrit à la marquise un billet fulminant par lequel elle lui déclare qu'elle rompt l'alliance projetée avec sa fille ; lui rappelle les obligations que lui a sa famille ; lui demande le remboursement de toutes ses avances, et la menace de la poursuivre devant les tribunaux. « Je méritois d'être jouée aussi indignement, s'écrie-t-elle ? O ciel ! après tant et de si sanglans outrages, j'avois encore la bassesse de désirer leur alliance ! »

Désormeaux reconnoît alors la faute qu'il a faite de ne pas assez insister sur les avantages qu'offre le mariage de Charles avec Amélie ; il entreprend de les lui détailler. Il lui montre d'abord la déclaration de M. de Boismont sur l'admission de son fils et de son mari au parlement ; il lui observe que rien ne l'empêchera d'obtenir le titre du marquisat qui flatte tant son orgueil, et d'en soutenir le rang, parce que le général Roger s'engage à lui rembourser les billets de Montmartin, dont il se regarde comme caution, ses promesses ayant dû autoriser les folles dépenses du petit-maître : qu'elle ne doit point répugner à voir Mad. Roger, puisqu'elle est d'une famille illustre inscrite sur ce même tableau généalogique dont elle est si enthousiasmée...

Mad. Mérinbert l'empêche d'achever ; la honte d'avoir manqué à sa parole et la rage d'être jouée par une famille qu'elle a comblée de bienfaits, ont rendu à l'amour maternel sa première force. « C'en est assez, s'écrie-t-elle ; ne m'ôtez pas tout le mérite de réparer mes fautes, mes crimes envers un fils dont je suis indigne d'être aimée. »

Désormeaux profite de ce bon mouvement. Il veut la conduire sur-le-champ chez Mad. Roger : il craint quelque nouvelle révolution, s'il attend l'arrivée de Charles qui est à l'auberge de Sans-chagrin, fort éloignée de l'hôtel de Mad. Mérinbert. Celle-ci recommande alors au

portier de dire à son fils, lorsqu'il rentrera, de se préparer pour le mariage,
car elle veut que le contrat se passe dans
sa maison, parce que tous ses parens
doivent s'y rendre, ensuite des invitations
qu'on a faites l'avant-veille, pour une
cérémonie bien différente. Elle va ensuite dans celle de son orgueilleuse voisine, et elle a besoin du souvenir de
Charles pour se rassurer; mais l'adroit
Désormeaux réussit à la tirer de peine. Il
lui fait embrasser son ennemie et détourne
la conversation sur des objets qui leur
font oublier leurs anciens motifs de haine.
On accepte la proposition de Mad. Mérinbert, et au bout d'une demi-heure,
on se sépare; chacun va s'occuper de
sa toilette.

Qu'on juge du saisissement de la sensible amante de Charles en apprenant la
révolution étonnante qui venoit de s'opé-
rer dans sa destinée ! Livrée au plus affreux désespoir depuis les adieux déchirans qu'elle lui a adressés le matin, et
depuis les promesses qu'elle a presque
aussitôt renouvellées à son infâme rival,
elle croit qu'on se joue de sa passion, et
elle a besoin d'un éclaircissement détaillé
pour se convaincre que sa félicité n'est
point une chimère. On pense bien qu'elle
ne songe plus au rendez-vous promis à
Charles, puisqu'elle va le voir bientôt
chez lui.

Mad. Mérinbert rentre dans son hôtel, transportée de la joie qu'elle va causer à son fils. Louis lui annonce qu'il s'est renfermé, et qu'il travaille à une pièce de vers relative à son mariage. Elle présume alors que Désormeaux l'en a instruit; elle est très-affectée de n'avoir pu lui en donner la première nouvelle. Elle ordonne au domestique de l'habiller aussitôt qu'il aura fini, parce que la famille Roger doit venir sur les sept heures, et elle s'occupe des préparatifs de la fête brillante qu'elle veut donner. Sa satisfaction est à son comble : son fils sera uni à celle qu'il aime; il sera avocat-général, peut-être marquis, et son épouse aura cent mille écus de rente !

A six heures et demie, Sans-Chagrin vient chercher son ami. Même réponse de la part de Louis. "Ah! mon dieu! je conviens que mon camarade a maintenant autre chose à faire que de penser à moi. Cependant il m'a promis de venir, à six heures, signer mon contrat, et il ne faut qu'un trait de plume pour ça. »

Ils l'appellent alors. Point de réponse. Ce silence les inquiète. Ils se consultent, et après l'avoir appelé de nouveau à plusieurs reprises, ils se déterminent à enfoncer la porte. Ils le cherchent en vain. La porte secrète de sa ruelle est ouverte ; ils suivent le corridor qui y aboutit; il les conduit sur l'escalier.

N 3

Le portier assure que Charles n'est point
sorti. Ils le cherchent dans les appartemens supérieurs et enfin au grenier où
ils se rappellent qu'il est allé avec eux
la veille. Le bruit qu'ils entendent sur
le toit, et qu'ils attribuent à un follet,
les fait sauver.

Sans-chagrin retourne à son auberge
où il espère trouver Charles, qui, peut-
être, aura pris pour s'y rendre, un autre
chemin que son ami pour venir à l'hôtel
Mérinbert.

Le fracas qu'ont fait en se sauvant, Louis
Sans-chagrin et Nicolas, a été entendu
au salon où Mad. Mérinbert recevoit plusieurs des parens de son mari. Elle prie
Désormeaux d'en rechercher la cause,
et envoie dire à son fils de venir faire
ses honneurs aux conviés à son mariage.
Désormeaux à qui Charles a raconté
la veille toutes ses aventures, soupçonne
d'abord qu'il est, comme à Rossières,
le follet qui épouvante les domestiques :
il change d'avis lorsqu'il trouve sur le
toit la corde nouée avec laquelle il est
descendu dans le jardin Roger. Chacun
des domestiques assure que le philosophe
n'en a pu trouver de semblable dans la
maison. D'ailleurs, à quel propos se
seroit-il exposé à un aussi grand péril
au moment où il doit être entièrement
occupé de sa félicité ? Il est donc vrai-
semblable qu'un voleur aura voulu pro-

fiter du désordre qui règne ordinairement dans ces sortes de fêtes, et qu'il se sera sauvé à l'aide de la corde.

Désormeaux envoie visiter une arrière cour de l'hôtel, et fait fouiller en même-temps tous les appartemens où le voleur pourroit s'être caché. Lorsqu'il a terminé ses recherches, on lui apprend qu'on n'a rien trouvé ni dans la cour, ni dans le jardin de Mad. Roger où la corde pouvoit atteindre. Mad. Mérinbert, inquiète de l'absence de son fils, est venue joindre son ami; elle reste interdite au récit de tout ce qui s'est passé.

« Rassurez-vous, lui dit Désormeaux; Charles n'est pas dans la même situation que lorsqu'il étoit pressé de signer le contrat de Séraphine; certes, il ne doit pas être disposé à fuir Amélie. Il est vrai-semblable qu'il aura voulu se débarrasser de Sans-chagrin à qui il avoit promis de signer son contrat, ou peut-être sera-t-il allé chercher son oncle chéri, le doyen. Je vais envoyer chez l'un et l'autre. »

La famille Roger interrompt cette expli-cation. Il faut saluer, embrasser, féli-citer chacun des parens, demander des nouvelles de leur santé, et de celles de leurs proches dont souvent on connoît à peine le nom; les recevoir, en un mot, suivant toutes les règles du livre sublime de la civilité.

N 4

Lorsque tous les assistans ont épuisé mutuellement les questions importantes de " comment vous portez-vous ? d'où venez-vous comme ça ? que faites-vous de bon ? " on s'assied, on se regarde un instant en silence. Un domestique entre :

" Madame, monsieur votre fils n'est pas allé à l'auberge de Sans - chagrin. "

Désormeaux. " J'avois deviné. Il sera chez M. le Doyen. Peut-être lui communique-t-il quelque pièce de vers relative à son mariage ! "

Le général. " Double-bordée ! que c'est bien imaginé ! Cependant je n'aurois pas été fâché de l'embrasser en arrivant. "

Un autre domestique. " Madame, M. le Doyen venoit de sortir ; il ne peut tarder d'être ici. " Il raconte en même-temps qu'on dit dans la rue qu'un voleur vient de se sauver du jardin de Mad. Roger. Cette nouvelle confirme Désormeaux dans sa première opinion.

Le Professeur arrive au moment où le domestique achève son récit.

Mad. Mérinbert. " Eh ! bien, mon cher Doyen, qu'avez-vous fait de mon fils ? "

Le Professeur. " Je ne l'ai pas vu depuis tantôt ; depuis l'instant où je suis venu vous parler de ma donation. "

Mad. Mérinbert pousse un cri d'effroi : " O ciel ! où peut-il donc être allé ? "

Un domestique. " Madame, un M.

Ollier a demandé M. Charles pour une
affaire bien pressante, pour laquelle il
l'attendoit chez lui : comme on lui a dit
qu'il n'y étoit pas , il a répondu qu'il se
seroit peut-être croisé en route, avec lui,
et il s'est en retourné. Louis l'a accompagné ; il dira à son maître de venir tout
de suite. »

Mad. Mérinbert s'élance vers la porte :
« Un rendez-vous ! que je suis malheureuse ! »

Amélie l'arrête. Etonnée et ensuite effrayée de l'absence de son amant, la visite d'Ollier la rassure. Elle fait part du
sujet de ses liaisons avec Charles. On
se récrie sur sa générosité envers les con-
damnés , mais Louis arrête les éloges ;
il accourt hors d'haleine :

« Ah ! mon dieu , madame !.... »

« Qu'est-ce qu'il y a donc ! parleras-tu,
misérable ?... »

« M'y voilà... Comme nous arrivions
à l'allée de M. Ollier , il a vu des com-
missaires chez lui , et il a crié : « Ah !
mon dieu , ils viennent pour m'arrêter ,
et puis il s'est sauvé, et puis ils lui ont
couru après. »

Mad. Mérinbert. « Mais, Charles ,
Charles ! laisse ton Ollier ! »

Louis. « Madame, j'y viens. Je suis
entré, et j'ai demandé où il étoit , et
Mad. Ollier a dit mille sottises contre
lui ; que c'étoit un méchant fou ; qu'au

N 5

lieu de lui rendre service, il ne parloit que d'une femme qu'il vouloit empêcher de se marier ; qu'il n'y seroit pas à temps, et qu'il s'étoit sauvé quand un commissaire avoit dit que la noce étoit à Notre-Dame. »

Tous les assistans se regardent avec surprise ; on ne comprend rien à ce galimathias ; Désormeaux soupçonne le mot de l'énigme : « A quelle heure, dit-il à Mad. Mérinbert, avez-vous informé votre fils de la conclusion de son mariage ? »

« N'est-ce pas vous qui le lui avez annoncé ? »

« Je ne l'ai pas vu depuis hier soir. Seroit-il bien possible qu'il l'ignorât ?..... Allons, cela est clair ; à moins qu'un de vos gens ne l'en ait instruit depuis que vous êtes revenue de chez Mad. Roger, puisque, jusques-là, personne ne pouvoit le savoir dans votre maison. »

Louis. « Ah ! monsieur, quand Mad. de Mérinbert est rentrée, mon maître étoit fermé depuis long-temps dans sa chambre ; aucun de mes camarades ne lui a parlé, c'est sûr ; c'est Sans-chagrin et moi qui avons enfoncé la porte. »

Mad. Mérinbert n'a pas attendu que Louis ait fini ; elle est déjà au bas de l'escalier où elle va interroger le portier sur l'évasion de son fils, et ordonner à ses domestiques de le chercher à Notre-Dame, et par-tout où il se sera réfugié.

Elle retourne ensuite au salon que Désormeaux vient de quitter.

Suivi de Louis, il s'est rendu à la chambre de Mérinbert pour en examiner l'issue secrète. Il ne peut se persuader qu'il se soit échappé sans que personne l'ait apperçu ; il craint qu'ignorant que le mariage d'Amélie avec Montmartin est rompu, il ne se soit porté à quelque extrémité fâcheuse.

Qu'on juge de la consternation d'Amélie ! Le matin même, à la prison, elle a entendu son amant lui protester qu'il périroit plutôt que de renoncer à elle. O ciel !.... il la croit mariée à son rival !... Dans ce moment peut-être il s'est arraché la vie !... N'avoit-il pas déjà tenté de se précipiter sur la simple annonce de ce funeste hymen ?.... Pâle, tremblante, elle attend en frémissant le retour des domestiques de Mad. Mérinbert. Toute l'assemblée garde un morne silence.

Tout-à-coup Charles lui-même a paru à l'entrée du salon : il a sorti l'arme funeste, il l'a bandée, l'a dirigée contre sa tête, s'est tourné vers son amante infortunée qu'il accuse de perfidie, et aux pieds de laquelle il veut expirer ; l'explosion fatale a fait retentir les lambris de l'appartement !.........

Il seroit difficile de peindre cette scène d'horreur. Les femmes poussent des cris

perçans : les hommes s'élancent sur Charles ; Mad. Mérinbert qui s'est d'abord
écriée : « Malheureux, c'est Amélie que
tu épouses ! » les imite : elle le voit
tomber aux genoux d'Amélie qu'il couvre de sang et dont l'œil s'est déjà fermé
à la lumière : elle ne peut résister à cet
affreux spectacle : elle tombe elle-même
à côté de son fils...

Le général, le Professeur, M. Mérinbert, Mad. Roger se précipitent auprès
d'objets si chers à leurs cœurs, et que
dans le désordre qui règne parmi les assistans, ils croient tous trois privés de
la vie, et privés par le même coup. Ce
désordre est encore augmenté par Sans-
chagrin qui entre en cet instant et qui
témoigne sa douleur par ses éclats or-
dinaires.

On ne peut pendant quelque temps
reconnoître si l'on aura à pleurer le
trépas de Mad. Mérinbert et d'Amélie
avec celui de l'auteur infortuné de cette
tragédie. Le vigoureux marin parvient
enfin à se saisir de sa nièce chérie, et
Désormeaux à écarter Sans-chagrin qui
étouffe Charles de ses embrassemens.

Toute la famille d'Amélie, ses deux
oncles, son père, sa mère, l'abbesse et
M. Ducayla l'entourent ; ils réussissent
à la rappeler à la vie.

« Laissez-moi, mon cher oncle, dit-
elle d'une voix abattue au marin trans-

porté de voir qu'elle n'est pas blessée ;
ah ! laissez-moi le joindre !.... c'est moi
qui ai causé sa mort..... qui ai causé
celle de sa tendre mère..... l'existence
m'est insupportable !...... »

Ses parens s'efforcent de dissiper son
inquiétude, mais de nouveaux éclats de
Sans-chagrin encore plus bruyans que
les précédens détournent bientôt leur
attention. Désormeaux pénètre dans leur
groupe et les invite à s'écarter pour
donner de l'air à Amélie à laquelle ils
veulent cacher la vue de son amant que
ses regards recherchent avec avidité.
Transportée à cet aspect que les Rogers
redoutoient pour elle, elle se jette vivement à genoux, tend les bras et lève les
yeux vers le Dieu de la bienfaisance dont
les inspirations ont toujours dirigé son
cœur généreux. L'émotion lui coupe la
parole, mais les larmes qui roulent sur
cette physionomie dont les mouvemens
annoncent la pureté des sentimens qui
l'animent, attestent à l'Eternel sa reconnoissance de ses bienfaits. Charles
ne lui est point ravi ; non, le destin n'a
pas été assez cruel pour rompre une
chaîne aussi belle ; le stoïcien est, dans
ce moment, à genoux devant sa mère
qu'on vient de rendre à la vie, et dont
il baigne la main de ses pleurs.

Il s'arrache tout-à-coup aux embrassemens de Mad. Mérinbert. Il a satisfait

au premier, au plus saint des devoirs,
aux soins qu'exige de lui le respect filial,
il peut s'abandonner aux élans de la passion la plus vive et la plus légitime. Il
vient se prosterner à côté d'Amélie : il
la presse contre son sein, essuie ses
larmes, et lui demande pardon des chagrins qu'il lui a causés. Il la porte aussitôt devant Mad. Mérinbert qui leur
donne sa bénédiction. Mad. Roger y joint
la sienne, et embrasse son ennemie. Cette
scène attendrissante écarte pour jamais
le souvenir des motifs de leurs divisions.

Au désordre du désespoir succède le
désordre du plaisir. Les deux familles se
mêlent ; les parens se félicitent de l'issue
heureuse et inespérée du drame qui a
justement causé leur effroi. On ne sait
long-temps à quoi l'on en est, et Désormeaux a beaucoup de peine à se faire
entendre, à arrêter sur-tout les exclama-
tions bruyantes par lesquelles le général
et Sans-chagrin témoignent leur satisfaction. L'on se décide enfin à s'asseoir ;
nouveau désordre. Chacun veut être
placé auprès des deux amans. Le général
et le Professeur, l'un comme père adop-
tif, l'autre comme instituteur, sollicitent
ce voisinage précieux, et ne le cèdent
pas, sans objections à Mesd. Roger et
Mérinbert.

Charles raconte alors succinctement ses
aventures de la soirée. Il expose que

lorsqu'il est parvenu auprès du salon, et qu'il a apperçu Amélie dans une glace placée vis-à-vis de la porte, transporté de fureur, il a résolu de se donner la mort devant sa perfide amante ; qu'en cet instant ayant entendu quelqu'un accourir dans la pièce qu'il venoit de traverser, il est entré précipitamment, s'est saisi d'un de ses pistolets, l'a armé, et s'est retourné du côté d'Amélie afin de tomber à ses pieds, avant que le nouvel arrivant pût l'empêcher de se tuer.

« Je ne pourrois, continue-t-il, vous dire, à qui je dois précisément la vie et le bonheur. Le trouble de mes sens, les mouvemens, et les cris tumultueux des deux familles ne m'ont permis de distinguer que le bruit du pistolet, l'avis de maman que j'épousois Amélie, et Amélie elle-même dont les beaux yeux se fermoient à la lumière, et aux genoux de laquelle je me suis précipité. Livré au plus vif désespoir par la persuasion où j'étois de son mariage et de celui que je devois contracter, également déchiré par le regret, l'envie, la jalousie et la vengeance, il n'est point étonnant que j'aie mal dirigé l'arme funeste, si toutefois on ne l'a point détournée, car il me semble qu'on m'a saisi le bras, au moment où je la portois contre ma tête. »

« Vous ne vous trompez point, mon ami, lui dit Désormeaux. Etonné de votre disparition de l'hôtel à l'insçu du portier , je suis allé avec Louis à votre chambre , m'imaginant que vous vous y seriez caché , et craignant que vous n'eussiez pris quelque parti violent à l'exemple de vos bien-aimés stoïciens. Nos recherches ont été infructueuses ; je les ai terminées par l'examen du corridor secret qui conduit de votre lit à l'escalier. Parvenu sur le palier , je me mettois en devoir de faire observer au portier qu'il falloit qu'il ne se fût pas tenu exactement à son poste, parce qu'il étoit impossible que vous fussiez sorti sans qu'il s'en fût apperçu , lorsqu'il m'a dit que vous veniez d'entrer , pâle, échevelé, et dans le plus grand désordre. Je lui ai demandé s'il vous avoit instruit de votre nouvel hymen. — Il ne m'a donné le temps , s'est-il écrié, que de lui dire qu'on étoit au salon ; il paroît avoir éprouvé quelqu'accident fâcheux , car il est couvert de sang. — Effrayé par ce récit , j'ai couru vers le salon , et j'y suis entré au moment où vous vous retourniez du côté de M.lle Amélie. Je vous ai saisi le bras , et nous n'avons éprouvé d'autre perte que celle d'un lustre et de la glace funeste que les balles ont brisés. »

Charles, Mad. Mérinbert , Amélie et le général, l'interrompent ensemble , ils lui adressent de vifs remercîmens. « Vous m'en devez je crois très-peu, dit-il au philosophe; votre main trembloit si fort, que je crois que vous en auriez également été quitte pour le regret d'avoir alarmé la compagnie. Mettons un instant de côté tout ce qui s'est passé : signons le contrat, et lorsque la cérémonie sera enfin terminée, nous aurons le temps de conter toutes nos prouesses et sur-tout les vôtres, car je suis persuadé que votre véracité stoïcienne s'est un peu démentie à mon égard, dans votre confidence d'hier soir. »

Après ce reproche épigrammatique l'on signe, et l'on renouvelle les félicitations, mais Charles les interrompt. Il veut aller visiter ses malheureux créanciers, tâcher de secourir le blessé, et de rendre l'honneur à celui qu'on a arrêté. Mad. Mérinbert s'y oppose; elle conçoit de nouvelles alarmes. Son fils insiste, et part accompagné du général, de Désormeaux et de Thimotée qui vient de panser la contusion qu'il s'est faite au front en tombant dans l'église de Saint-Louis. Le généreux marin témoigne par plus d'un juron combien il est émerveillé de la conduite de son neveu futur, de sa bienfaisance envers les accusés de la prison, et sur-tout de sa hardiesse à braver les périls pour se procurer un entretien avec Amélie, lorsqu'il est descendu dans le jardin Roger.

Le succès couronne leurs démarches. Ollier est relâché d'après la déclaration de Charles qu'il a lui-même sollicité le prêt usuraire pour lequel on le poursuit. La blessure de son associé n'est pas aussi grave que la trompeuse renommée le répandoit ; le charitain se charge de la guérir en moins de quinze jours. On découvre en même-temps qu'ils ont été dénoncés par Montmartin qui par-là espéroit d'occuper Charles toute la soirée, et de le détourner ainsi de mettre quelque obstacle à son mariage. (Il avoit été instruit du prêt par l'académiste chez qui il avoit vu entrer le philosophe. Voy. liv. 5, chap. 8.)

Après avoir satisfait à l'humanité, le stoïcien veut accomplir ce qu'il doit à l'amitié. Il se rend à l'auberge où se célèbrent les nôces de Sans-chagrin dont la famille ne peut se lasser d'admirer une condescendance qu'il trouve si simple.

Il seroit fastidieux de décrire la fête que donna Mad. Mérinbert, le soir même, au retour de son fils. Il suffit de dire que l'alégresse des conviés, la satisfaction des parens, et la joie vive et pure des amans en furent les ornemens principaux. Le général exigea que celle qui suivroit la bénédiction nuptiale, fixée à trois jours delà, se fît à la Bâtie où il espéroit pou-

voir transporter tout le monde sur son
yacth. Effectivement , grace aux avis
et à la surveillance active de Charles ,
le petit vaisseau fut prêt à point nom-
mé. On s'y embarqua après la cérémonie,
et le marin y commanda la manœuvre
et le service avec autant d'exactitude
que s'il eût monté son vaisseau amiral.
Il renonça dès-lors à toute autre voiture
pour se rendre à sa maison de plaisance.
Le bénédictin fut de cet avis , car il
trouvoit l'allure du bâtiment encore plus
douce que celle d'un carrosse ; mais le
professeur soutint que les galères *à six
rangs de rames* des anciens , étoient bien
supérieures à cette frêle invention mo-
derne.

On s'étoit rendu le même jour en voiture , de la maison Roger à l'église , et
de l'église au yacth. Le chevalier Ducayla se trouvant seul avec la religieuse
et le bénédictin put enfin terminer son
éternelle histoire du philosophe de
Dunkerque. Elle ne répondit pas aux
longs et fastidieux préambules dont il
les avoit si souvent ennuyés ; il s'agissoit simplement d'un jeune enthousiaste
qui avoit préféré une villageoise à une
femme opulente protégée par un lieutenant général.

L'ambitieuse Mérinbert ne réussit ni
dans les nouveaux projets que faisoit déjà

fermenter dans sa tête orgueilleuse, l'o-
pulente alliance du général Roger, ni
dans ceux même dont elle avoit depuis
vingt ans nourri sa passion dévorante.
Elle obtint à la vérité, l'agrément du
Parlement pour son fils et son mari, mais
celui-ci ne put en user. Il n'avoit pas
encore reçu les provisions de sa charge,
lorsqu'une hernie occasionnée par la
chute qu'il fit au moment où il croyoit
Charles fusillé, le conduisit au tombeau
quelque temps après le mariage. Le philosophe *commençant sa maison* ne fut
pas jugé assez *noble* pour être décoré du
titre de *marquis ;* ennemi des distinc-
tions dues au hasard ou à la richesse, il
se réjouit de ce que sa mère avoit échoué.

L'éclat avec lequel il remplit, dès son
début, la place brillante que, malgré
sa répugnance, il consentit à exercer
pour lui complaire, fournit de nouveaux
alimens à son ambition. Elle sollicita
l'agrément d'une charge de président à
mortier, bien supérieure à celle d'avocat
général, mais la même cause, le défaut
d'illustration, empêcha le succès de ses
démarches, quoiqu'elle n'épargnât ni
l'argent, ni les supplications, car l'orgueil
cède presque toujours à l'ambition.

Mortifiée à l'excès de ce refus humiliant, elle s'adressa à un Parlement
éloigné. La vanité des membres de celui-
ci n'étant point blessée par le voisinage

de la famille *ignoble* de l'aspirant, on lui accorda sa demande. L'amour filial surmonta encore chez Mérinbert sa répugnance à son élévation qu'il se contenta de retarder jusqu'au retour du général occupé à une expédition lointaine. Sur ces entrefaites, le fameux Maupeou exécuta ses plans contre les cours supérieures : Charles ne voyant dans leur destruction que la consolidation du despotisme auquel seules, elles opposoient quelque obstacle, se *montra* si énergiquement qu'on l'exila même avant leur dissolution.

Instruit par ses émissaires de l'ambition de Mad. Mérinbert, le rusé chancelier lui fit proposer pour Charles un brevet de président dans le nouveau tribunal qu'il établit à Grenoble, sûr de lui donner de la consistance s'il y plaçoit des hommes d'un tel mérite. Elle résista d'abord ; l'opinion publique et sur-tout l'opinion des familles puissantes qu'elle prisoit plus que toute autre, proscrivoit les *intrus*; mais elle ne tint point contre l'espoir dont on la berça de voir son fils quelques années après *premier président*. Elle brava les mortifications dont la noblesse l'accabla, et les brava cette fois à pure perte. Le stoïcien aimoit trop la liberté, la vertu et ses devoirs pour les sacrifier à des chimères, et se souiller d'une trahison. Loin delà, il consentit au remboursement de sa charge, et ne voulut pas la re-

prendre , lorsque la magistrature fut
rétablie au commencement du règne
suivant.

Il étoit excusable. Il jouissoit dans son
exil d'une rare félicité. L'amour conjugal
et paternel, l'amitié, la bienfaisance,
l'étude, la contemplation de la nature
et la philosophie s'y partageoient tous
ses instans ; il y exécutoit ce plan de
vie si long-temps médité dans ses rêves
philosophiques. Après avoir gravi dès
l'aube du jour, les cimes voisines des
Alpes, il trouvoit, à son retour, un
déjeûner champêtre préparé par Amélie.
Il l'y pressoit contre son cœur, et tenoit
sur ses genoux les fruits d'une union
que, chaque jour, il reconnoissoit peu
payée par les peines et les tourmens dont
il l'avoit achetée ; Désormeaux y assis-
toit avec le général Roger et Mad. Mérinbert ; le reste de la matinée étoit consacré à l'étude. L'après-dîner on visitoit
les chaumières de la terre ,dont on con-
soloit et secouroit les malheureux ; ou
bien, arbitres volontaires des vassaux,
l'on terminoit leurs différens, et des dé-
cisions dictées par la justice obtenoient
plus de force auprès d'eux que les arrêts
des tribunaux.

Il examinoit ensuite les rentes féodales
attachées à sa seigneurie, et en accordoit
le rachat à bas prix, ou les remettoit
sans indemnité, lorsque le titre lui pa-

roissoit avoir été acquis par la violence
ou la supercherie; il visitoit, toujours
avec Amélie, les malades, et tâchoit
de les préserver de la peste dévorante
des charlatans de campagne; il surveil-
loit soigneusement l'éducation des enfans
de ses vassaux, et présidoit à celle
des siens. A la fin de chaque saison,
il distribuoit des prix aux jeunes gens
qui se distinguoient dans leurs études,
et aux cultivateurs dont le travail et
l'intelligence faisoient faire quelques
progrès au premier des arts, au
plus important pour la prospérité de
sa patrie, à l'agriculture. Il paroissoit,
dans ces fêtes, comme un père au milieu d'une famille chérie; les larmes de
la reconnoissance procuroient les plus
ineffables jouissances à son cœur pur
et généreux.

L'anniversaire de sa naissance étoit célébré avec une espèce de frénésie par
les villageois extasiés de ses vertus. Les
chefs de famille de tous les environs
venoient l'accabler de complimens gro-
tesques, mais dictés par le sentiment;
leurs expressions ridicules le flattoient
plus que les flagorneries élégantes qu'on
adresse ordinairement aux courtisans, et
que dément le cœur de ceux dont il
les achètent. Ils fondoient *des milliers
de messes* pour demander au ciel de
conserver les jours de leur seigneur

qui dès son arrivée, avoit abjuré ce
titre orgueilleux pour s'honorer de celui
de leur *ami* dont il se montroit digne,
et dont il étoit récompensé par celui
de *père*.

Pendant qu'il obtenoit si facilement
le bonheur par un genre de vie dont
nous omettons mille détails, qu'on peut
suppléer, en songeant à ses principes de
philosophie, les dames d'Alleysand cher-
choient à le conquérir dans des plaisirs
bruyans qui l'excluent presque toujours,
ou du moins n'en font sentir que de rares
et fugitives lueurs auxquelles succède un
vide rongeur et insupportable. Leur
ingratitude fut rigoureusement punie.
Entraînés d'abord dans leur folle dissipation, le négociant et le conseiller, sous-
crivirent à toutes leurs fantaisies pendant les deux premières années. Mais
l'amour qui n'est fondé que sur la beauté
s'évanouit bientôt, lorsque les qualités
de l'esprit, la conformité des caractères,
et une conduite estimable, ne lui arra-
chent pas ses ailes. Leurs manies reprirent un empire acquis par une longue
habitude, et non disputé par les charmes
de l'affection conjugale. M. de Marennes
insensible aux pleurs de sa compagne,
se fixa dans une de ses terres qu'il vouloit décorer d'un château à l'italienne.
Cette construction l'y retint long-temps,
et consuma la plus grande partie de sa

fortune

fortune que Séraphine désiroit employer en parties de plaisir.

Le négociant trompa le calcul intéressé de la marquise. Il étoit moins vieux de dix ans que ne l'annonçoit l'adroite Mérinbert pour dégoûter les jeunes beautés dont il s'amourachoit. Mad. d'Alleysand n'eût pas même l'idée de s'assurer de l'exactitude de son assertion. Elle savoit que le jurisconsulte étoit de beaucoup son cadet, et celui-ci, vieilli par ses travaux pénibles et ses parties bachiques, paroissoit au moins septuagénaire. Le négociant atteignoit à peine sa soixante-sixième année lorsqu'il se maria. Grace à sa constitution vigoureuse, et au régime régulier qu'il observoit, il pût encore, pendant vingt-cinq ans, fatiguer Lucie de ses minutieuses méthodes. Elle voulut, en vain, pour s'en affranchir, user des revenus qu'il lui assuroit par son contrat; comme il se réservoit le placement des capitaux, il sut la mettre dans sa dépendance. Comédies, bals, concerts, assemblées, modes, elle fut obligée de renoncer à la plupart des jouissances qui contrarioient d'une minute la règle monacale de son mari. Le chagrin flétrit ses attraits; une vieillesse précoce l'empêcha de songer à de nouveaux nœuds, comme l'en avoit flattée sa mère qui comptoit honteusement sur la mort peu éloignée du gendre qu'elle acceptoit.

Lorsque les enfans de Charles eurent atteint leur adolescence, il leur fit lire son histoire, à laquelle il joignit une instruction morale tirée des diverses aventures qu'elle offroit : nous en allons rappeler les traits principaux.

" Les traverses, les chagrins et les tourmens que j'ai éprouvés, et les dangers inouis que j'ai courus avant d'obtenir la plus charmante des femmes peuvent être attribués aux causes suivantes : à mon ignorance du caractère et des mœurs des hommes, à ma précipitation, à l'ambition de ma mère, à celle de Montmartin, et à la fausse morale qu'il avoit puisée dans la fréquentation de ses contemporains, et qui légitimoit à ses yeux des trames criminelles que son bon naturel eût repoussées avec horreur, s'il eût été éclairé par l'instruction. De cette considération, il est facile de déduire plusieurs maximes ou conseils qui peuvent vous être utiles dans la carrière orageuse que vous allez parcourir.

» Vous êtes nés dans la société et pour la société ; il faut donc vous instruire des divers élémens qui la composent.

» La plupart des jeunes gens se bornent à étudier les usages du grand monde afin de se les approprier, sans s'inquiéter de leur futilité ou de leur perversité. Vous ne devez pas sans doute être étrangers à ces manières minutieuses dans lesquelles seules on fait trop souvent consister le mérite, et quelquefois la vertu ; mais vous devez vous appliquer avant tout, à sonder les mœurs de vos concitoyens, à creuser leur caractère, et à apprendre les lois d'après lesquelles ils se dirigent dans les affaires importantes de la vie. Cette étude vous sera aussi profitable qu'elle leur sera désavantageuse à vos yeux. Elle vous aidera à vous garantir de leurs piéges, car vous ne les fuirez, ni ne chercherez à vous en distinguer autrement que par la vertu. Non-seulement la misanthropie vous feroit courir des dangers et rempliroit d'amertume chacun de vos jours, mais encore elle vous feroit violer un des plus saints de vos devoirs : *il faut aider ses semblables*, malgré leurs vices ; tel est le vœu de la nature qui nous a tous destinés à concourir par nos discours et nos actions au but sublime qu'elle s'est proposée en ordonnant cet univers.

» Vous ne vous bornerez pas, comme votre père, à vous pénétrer des sages leçons de la philosophie sur la nécessité de subjuguer vos passions ; vous vous efforcerez continuellement de les mettre en pratique ; vous tâcherez sur-tout de vous rendre maîtres de vous-mêmes, de résister à ces premiers mouvemens qui causent presque tous nos malheurs. Presque toujours, il est difficile de réparer les fautes qu'ils nous ont fait commettre; l'orgueil, le plus puissant de nos sentimens, nous engage au contraire à y persister, et nous fait braver les suites funestes qu'elles entraînent ordinairement. Je ne saurois trop vous le répéter, évitez la précipitation; ayez sans cesse présente à la mémoire cette maxime d'un ancien que je vous ai rappelée dans le cours de l'ouvrage :

Réfléchis avant de parler, réfléchis avant de te déterminer, et sur-tout réfléchis avant d'agir.

» L'ambition a fait le tourment de votre aïeule; elle a empoisonné des jours qui sembloient voués à la plus pure félicité vu les rares faveurs dont la fortune s'étoit plue à la combler. Malgré les charmes de l'amour maternel, elle n'a pu entièrement surmonter une passion qu'elle avoit sucée au berceau!..... Profitez de cette leçon terrible. N'ayez qu'une seule ambition : celle d'être vertueux, et de vous rendre utiles à vos semblables. Ils ne vous en témoigneront pas toujours de la reconnoissance, mais vous trouverez une récompense inappréciable dans le contentement de votre ame.

» La passion effrénée de Montmartin pour le faste, le jeu et les femmes, et le sot orgueil de mériter les applaudissemens des plus méprisables des hommes, l'ont entraîné dans le plus grand des malheurs, dans le *crime*. Le bon naturel dont il étoit doué ne lui a pas suffi pour résister à leurs suggestions et à leurs exemples, parce qu'il étoit dépourvu de l'appui solide de l'instruction. Il eût été honnête homme, et il est devenu un vil scélérat. Il fuit sa patrie pour éviter la censure des esprits estimables qu'il dédaignoit auparavant, et dont le blâme tourmente le pervers malgré l'insensibilité dont il affecte de se munir. Ce naturel heureux et les premières maximes de la vertu que n'ont pu entièrement étouffer les illusions de sa morale corrompue, le déchirent sans cesse, dans les climats les plus reculés, et le rendent le plus misérable des mortels. En vain, réussiroit-il à échapper à tous les regards, à se dérober même à la lumière du jour, il porteroit toujours dans son cœur un serpent cruel qui le rongera jusqu'au dernier moment, le *remords !* supplice terrible dont le ciel punit les méchans, lorsque, ce qui est plus rare que certains misanthropes ne le prétendent, lorsqu'il a permis que leurs entreprises coupables eussent un heureux succès.

» Eclairés par les désastres de Montmartin , vous serez aussi jaloux de mériter l'approbation des hommes instruits et honnêtes , qu'indifférens à la censure des ignorans ou des pervers , quelque prévention qu'ils vous inspirent par leur amabilité, car, Montmartin vous en offre un exemple, elle ne prouve pas plus que la fatuité , qu'on a de l'éloignement pour le vice. Vous éviterez cependant de les heurter lorsqu'il s'agira de coutumes ou habitudes insignifiantes. Ce seroit un bien pauvre orgueil que de vouloir se distinguer par des manières qui sont indifférentes à la vertu ; mais vous rejetterez avec indignation celles qui tendroient à la blesser ; pour toutes les autres vous céderez au torrent quoiqu'avec prudence et modération.

» L'instruction eût maintenu Montmartin dans les sentiers de l'honnêteté, et l'eût conduit à ceux du bonheur auxquels seuls ils ouvrent la voie. Elle lui eût obtenu la main de sa cousine à qui son ignorance inspira d'abord de la répugnance pour une union sollicitée par sa famille. Etudiez donc, et étudiez toujours ; il n'est aucun instant de la vie, où la science ne soit utile, et souvent elle est nécessaire. S'il est une panacée

universelle, disoit un philosophe, c'est
sans doute la science. Elle seule peut
guérir tous nos maux et nous consoler,
nous soutenir dans les horreurs de la
misère, comme dans les éclats souvent
trompeurs de la fortune. Mais qu'elle
ne vous inspire pas un présomptueux
dédain pour ceux qui pourroient en avoir
moins que vous! Il est rare que le plus
ignorant de tous les hommes n'ait pas
quelque chose à apprendre au plus ren-
forcé des érudits. »

Fin du Tome cinquième et dernier.

www.ingramcontent.com/pod-product-compliance
Lightning Source LLC
Chambersburg PA
CBHW070213030726
47505CB00006B/1672